UNBARMHERZIG

MILLIARDÄR LIEBESROMANE (UNWIDERSTEHLICHE BRÜDER 3)

JESSICA F.

INHALT

Klappentexte   1
Kapitel eins   3
Kapitel zwei   11
Kapitel drei   17
Kapitel vier   25
Kapitel fünf   33
Kapitel sechs   41
Kapitel sieben   49
Kapitel acht   57
Kapitel neun   63
Kapitel zehn   71
Kapitel elf   79
Kapitel zwölf   87
Kapitel dreizehn   95
Kapitel vierzehn   103
Kapitel fünfzehn   111
Kapitel sechzehn   119
Kapitel siebzehn   127
Kapitel achtzehn   133
Kapitel neunzehn   141
Kapitel zwanzig   149
Kapitel einundzwanzig   157
Kapitel zweiundzwanzig   165
Kapitel dreiundzwanzig   173
Kapitel vierundzwanzig   181
Kapitel fünfundzwanzig   189
Kapitel sechsundzwanzig   197
Kapitel siebenundzwanzig   205
Kapitel achtundzwanzig   211
Kapitel neunundzwanzig   217
Kapitel dreißig   223
Epilog   228

Veröffentlicht in Deutschland:

Von: Jessica F.

© Copyright 2021

ISBN: 978-1-64808-919-0

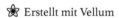 Erstellt mit Vellum

KLAPPENTEXTE

(UNWIDERSTEHLICHE BRÜDER 3)

Sexy, klug, witzig und ein bisschen dickköpfig, dieses Mädchen hat mich wirklich überrascht ...
Ihre hitzköpfige Art hat mich angezogen.
Ihr heißer Körper hat mich genau dahin gebracht, wo ich sein wollte.
Wir haben uns so sehr verbogen, dass wir beinahe zerbrochen sind.
Aber dann habe ich den Verstand verloren.
Habe ich sie auch verloren?
Würde sie einem Idioten vergeben?
Und selbst wenn sie mir vergeben konnte, würde ich sie am Ende dennoch verlieren?

Heiß, charmant und draufgängerisch, einem Mann wie ihm konnte ein Mädchen nicht leicht widerstehen ...
In dem Moment, als er durch die Tür schritt, hatte er ein Auge auf mich geworfen.
Ich hätte es besser wissen müssen, anstatt ihm alles zu geben.
Er wollte noch mehr, er wollte mich kontrollieren.

Das konnte ich nicht zulassen.

Falls er ein Schoßhündchen anstatt einer Frau suchte, war er bei mir an der falschen Adresse.

Ich konnte auch ohne diesen Mann leben.

Oder nicht?

KAPITEL EINS

Cash

Carthage, Texas — Panola County
1. Januar

Es schneite und mein Kopf pochte bei jeder Flocke, die auf den Boden fiel. Ein Großvater den ich nicht nur nie getroffen hatte, sondern von dem ich auch nie etwas gehört hatte, hat mir und meinen Brüdern eine Farm hinterlassen, in einer Stadt, die etwa eine Stunde von unserem Heimatort entfernt war. Ein Vorort von Dallas war immer unser Zuhause gewesen, aber jetzt war ich mir nicht mehr sicher, wo unser Zuhause sein würde.

Alles, was ich wusste, war, dass Mom und Dad nicht auf der Liste der Erben von Collin Gentry standen, die dem Anwalt vorlag. Obwohl er der Vater meines Vaters war, hatte er alles, was er besaß, meinen Brüdern und mir hinterlassen und niemandem sonst. Warum? Ich hatte keine Ahnung.

Tyrell, der älteste von uns dreien, hatte am Weihnachtstag einen Anruf von einem Mann namens Allen Samuel erhalten, der sagte, dass er der Anwalt unseres Großvaters sei. Er hatte alles in die Wege geleitet und nun waren wir in Carthage, Texas und würden erfahren, was wir geerbt hatten. Unser Vater war der Meinung, dass uns das Kopfschmerzen bereiten würde, aber ich hatte andere Vorstellungen.

Ein Privatjet hatte uns von Dallas zu dem kleinen Stadtflughafen in Carthage gebracht. Allen hat uns dort mit einer Limo abgeholt. Er saß vor uns und blätterte einen Ordner durch, während wir still dasaßen und darauf warteten, was er uns zu sagen hatte.

Schließlich legte er den Ordner zur Seite und schaute uns an. „Der gesamte Besitz, dazu gehören Whisper Ranch, der dreißigtausend Quadratmeter große Wohnsitz, das sich auf der Ranch befindet, und natürlich alle Fahrzeuge, sowie die Cessna Citation II, in der Sie angekommen sind, gehört nun Ihnen, meine Herren." Allen blickte über seine Schulter und klopfte an die dunkle Trennscheibe, die uns vom Fahrer trennte. Ich sah, wie sich die Scheibe senkte. „Davenport, wir müssen einen Halt bei Mr. Gentrys Bank einlegen, bitte."

Nickend antwortete der Fahrer: „Aber sicher."

Allen wandte Tyrell seine Aufmerksamkeit zu. „Tyrell, was hat man Ihnen über Ihre Großeltern väterlicherseits erzählt?"

„Nicht viel", antwortete mein ältester Bruder. „Sobald man eine Frage über unsere Großeltern gestellt hat, sagte meine Mutter immer, dass man, wenn man nichts Nettes über jemanden sagen kann, besser gar nichts sagen sollte. Wir hatten immer die Vermutung, dass unsere Großeltern keine netten Menschen waren."

„Ja, Mom und Dad mochten es nie, wenn man sich nach ihnen erkundigte", fügte Jasper hinzu. „Also haben wir schon früh aufgehört zu fragen. Allein die Frage, wer unsere Großeltern waren, verursachte bei ihnen schlechte Laune."

Der Anwalt nickte. „Verstehe." Wir fuhren auf den Parkplatz der Bank von Carthage. „Da sind wir. Ich werde sie alle für das Konto der Farm eintragen lassen. Und wir können das restliche Geld Ihres Großvaters auf persönliche Konten einzahlen, die Sie bei dieser Bank eröffnen. Falls das für Sie in Ordnung ist. Natürlich können Sie auch bei einer anderen Bank ein Konto eröffnen, wenn Sie möchten. Ihr Großvater war jahrelang ausschließlich bei dieser Bank. Ich kann Ihnen versichern, dass der Präsident der Bank die Arbeit von

Whisper Ranch zu schätzen weiß und alles für die Zufriedenheit seines Kunden tut."

Tyrell zuckte mit den Schultern und sah Jasper und mich an. „Diese Bank scheint so gut wie jede andere zu sein. Was denkt ihr, Jungs?"

Während ich darüber nachdachte, was wir tun sollten, fuhr ich mir mit der Hand durch das Haar. „Klingt gut, finde ich. Es wird ohnehin mein erstes Konto sein." Ich hatte immer für Bargeld gearbeitet und brauchte daher nie ein Bankkonto. Zumindest bis jetzt, wie es aussah.

Jasper zuckte mit den Schultern. „Hört sich für mich auch gut an. Auf meinem jetzigen Konto sind nicht mehr als 20 Mäuse. Vielleicht noch nicht einmal das. Vor unserem Abflug habe ich noch eine Flasche Jack gekauft – damit habe ich mein Konto vielleicht sogar überzogen und schulde der Bank sogar noch was."

„Wir nehmen diese Bank, Allen" sagte Tyrell, bevor wir alle aus dem Auto stiegen. „Danke. Er hat Sie Davenport genannt, richtig?"

Der Fahrer hielt uns die Autotür offen. „Ja. Ich fahre außerdem verschiedene Traktoren auf der Farm. Wenn Sie einen Fahrer brauchen, rufen Sie mich einfach und ich bringe Sie, wohin Sie wollen."

Tyrell sah so aus, als fühlte er sich unwohl und fragte: „Verraten Sie mir Ihren Vornamen, wenn es Ihnen nichts ausmacht?"

„Buddy", antwortete der Fahrer. „Ihre Großvater gab sich gerne vornehm."

„Wir sind da anders. Stört es Sie, wenn wir Sie stattdessen Buddy nennen?", fragte Tyrell.

Buddy schien eher erfreut darüber zu sein. „Überhaupt nicht. Es würde mir sogar gefallen."

Jasper klopfte ihm auf die Schulter. „Freut mich, Sie kennenzulernen, Buddy. Ich bin Jasper, das ist Tyrell und der Kleine hier ist Cash, der jüngste der Gentry-Brüder."

Keiner von uns war wirklich klein und ich regte mich jedes Mal auf, wenn Jasper mich auf diese Art ärgerte. „Jasper, du bist der Kleinste von uns, du Blödmann."

Mit angespanntem Bizeps fuhr Jasper sich durch die Haare und antwortete: „Um winzige zwei Zentimeter, Cash. Du bist kleiner."

„Auch nur um winzige zwei Zentimeter." Ich ging voraus. „Die Bank sieht ganz schön nobel aus."

„Es ist die Beste dieser kleinen Stadt", sagte Allen und ging an mir vorbei, um uns die Tür aufzuhalten. „Alles klar. Mr. Johnson ist der Präsident der Bank. Er wird sich um uns kümmern."

„Der *Präsident* wird sich um alles kümmern?", fragte Tyrell über-rascht. Es klang für mich, als ob ein Präsident sich üblicherweise nicht um diese Dinge kümmerte. „Über wie viel Geld reden wir hier, Allen?"

Der Anwalt legte den Kopf zur Seite und schaute etwas verwirrt. „Wollen Sie mir sagen, dass Sie trotz des Jets, des Hauses und der Farm, noch immer keine Ahnung haben, wie viel Geld Ihr Großvater hatte?"

„Nicht die geringste Ahnung", sagte Jasper, als er die Bank betrat und sich umschaute. „Mann, schick."

Tyrell betrat die Bank und blickte zu dem Kronleuchter, der in der Mitte der Decke hing. „Ich habe noch nicht viele Banken gese-hen, in denen so ein Ding über den Köpfen der Menschen hängt."

Jeder in der Bank schaute uns an, während der Anwalt uns in den hinteren Bereich der großen, offenen Halle führte. „Diese Bank betreut eine Menge exklusiver Geschäfte aus Carthage. Im Gegensatz zu anderen Banken kann diese sich einen bestimmten Luxus leisten."

„Hallo, meine Herren", sagte eine junge Frau, als wir ein kleines Büro betraten. „Sie müssen die Gentrys sein."

Mein ältester Bruder gab ihr die Hand und stellte sich vor. „Tyrell."

Jasper nickte. „Jasper."

Ein Lächeln legte sich auf ihr Gesicht – ein wirklich hübsches Gesicht – „Dann müssen Sie Cash sein."

„Genau." Ich gab ihr die Hand und lächelte sie an. „Und Sie sind?"

„Sandra, die persönliche Assistentin des Bankdirektors." Sie ließ meine Hand los, behielt aber ihr Lächeln. „Wenn die Herren mir dann bitte folgen würden. Ich werde Sie zu Mr. Johnson bringen, damit die Sache losgehen kann." Sie richtete ihre Aufmerksamkeit auf Tyrell. „Gemessen an den Jeans und T-Shirts, dürften Sie ganz schön überrascht sein, wie groß Ihr Erbe ausfällt."

Dad hatte uns gesagt, dass wir höchstwahrscheinlich gerade genug erben, um Großvaters Schulden bezahlen zu können. Ich hatte mir daher keine großen Hoffnungen gemacht. Aber die Art, wie sich der Anwalt und die Sekretärin verhielten, sagte mir, dass sich unsere Eltern vielleicht geirrt hatten.

Während Sandra uns in das Büro führte, stand der Bankpräsident auf und begrüßte uns herzlich. „Bryce Johnson zu Ihren Diensten, meine Herren. Bitte nehmen Sie Platz, wo Sie möchten. Darf ich Ihnen eine Zigarre anbieten? Es sind kubanische. Oder vielleicht etwas zu trinken? Ich habe einen dreißig Jahre alten Scotch, der perfekt zu diesem Anlass passen würde."

Während wir uns setzten, ergriff Tyrell das Wort: „In Ordnung, Bryce. Wir sind uns ziemlich sicher, dass die Farm in Schulden versinkt. Und wir sind nicht einmal annähernd so etwas wie Farmer. Unser Vater hat uns den Rat gegeben, einen Käufer zu suchen und das ganze hinter uns zu lassen."

Mir war nicht klar, warum mein Bruder es so eilig hatte. Ich blickte ihn stirnrunzelnd an, und ließ ihn wissen, was ich wollte. „Ich hätte *gerne* einen Scotch, Tyrell. Lass den Mann doch dieses Treffen leiten, in Ordnung?"

„Also, Scotch für alle", sagte der Bankpräsident zu Sandra, die den Raum verließ, um die Getränke zu holen. „Allen hat Sie also noch nicht über alles informiert?"

„Das habe ich", antwortete der Anwalt. „Zwar nicht die genauen Zahlen, aber ich habe ihnen gesagt, was ihnen nun alles gehört. Sie scheinen es nur nicht zu begreifen, Bryce."

Sandra kehrte mit unseren Drinks zurück. „Hier bitte, meine Herren. Lassen Sie es sich schmecken." Während sie jedem von uns ein Glas teuren Scotch reichte, schenkte sie mir ein weiteres Lächeln. Ich war diese Aufmerksamkeit gewohnt. Die meisten Frauen schenkten mir Beachtung. Ich führte das auf meine schulterlangen, dunklen Locken zurück, und die blauen Augen schadeten bestimmt auch nicht.

„Ganz schön viel Tamtam, oder nicht?", fragte Tyrell, bevor er einen Schluck aus seinem Glas nahm.

Sandra zwinkerte mir zu. „Sie sind es wert." Sie stellte das Tablett auf einem Tisch ab und setzte sich auf den Stuhl, der mir am Nächsten stand.

Der Bankpräsident überreichte jedem von uns ein Blatt Papier, auf dem ein paar Zahlen standen. „Die Zahlen sollten für sich selbst sprechen."

„Ich bin mir nicht sicher, wie man diese Zahl ausspricht", sagte Tyrell und klang verwirrt. „Und ich bin mir auch nicht sicher, dass ich verstehe, was das heißt. Unser Vater hat uns gesagt, dass die Farm einen Haufen Schulden angesammelt haben muss."

Der Banker lachte so laut, als sei das das Verrückteste gewesen, das er je gehört hatte. „Whisper Ranch gehört zu den ertragreichsten Geschäften, mit denen diese Bank zusammenarbeitet. Was Sie da sehen, ist Ihr jeweiliger Anteil des Geldes, das sich auf den Privatkonten von Collin Gentry befindet." Er gab Tyrell ein weiteres Blatt Papier. „Das hier ist der Kontostand der Farm."

Tyrell sah immer noch verwirrt aus, als er sagte: „Wenn ich das richtig sehe, ist die Farm Millionen wert."

„Sie sehen nicht richtig", sagte der Banker. „Schauen Sie noch einmal hin."

Mein ältester Bruder schien es nicht zu verstehen. „Oh, Tausende."

Im Gegensatz zu Tyrell, verstand ich die ganzen Zahlen, die uns präsentiert wurden. „Tyrell, die Farm ist *Milliarden* wert, und jeder von uns hat fünfzehn *Milliarden* Dollar geerbt."

Mein Bruder war noch immer nicht überzeugt, als er sagte: „Dad hat gesagt, wir müssten mehr Geld bezahlen, als wir bekommen."

Der Bankdirektor klärte Tyrell auf. „Ihr Vater hat sich geirrt. Ihr Großvater hat sich von einem Rinderfarmer zu einem Rennpferdzüchter entwickelt. Sie haben vielleicht schon von einigen seiner berühmten Pferde gehört: General's Son? Old Faithful? Coy's Burden?"

„Wir haben uns nie besonders für Pferderennen interessiert, Sir", sagte Jasper. „Ich schätze, diese Pferde befinden sich auf der Farm?"

„Das tun sie", antwortete der Banker. „Und es handelt sich um preisgekrönte Hengste. Ihr Großvater hat damit begonnen, ihren Samen zu verkaufen und hat ein Vermögen damit verdient. Diese Verkäufe, die Rinder und die Rennpferde haben ihm ein schönes Sümmchen eingebracht. Ein Sümmchen, das nun Ihnen gehört."

„Unser Vater wird nirgendwo in dem Testament erwähnt?", fragte Tyrell.

Der Anwalt beantwortete diese Frage, die ich mir auch gestellt hatte. „Sehen Sie. Ich weiß, es ist schwer zu verstehen, aber lassen Sie es mich Ihnen zeigen." Er gab Tyrell ein weiteres Dokument. „Hier erklärt Ihr Vater, dass er von diesem Tag an, nichts von Collin oder Fiona Gentry haben wolle. Er wurde nicht dazu gezwungen, das zu unterschreiben. Coy hat das getan, um seinen Standpunkt klarzumachen, nachdem seine Eltern sich geweigert hatten, seine Ehe mit Lila Stevens anzuerkennen."

Tyrell sah so verwirrt aus, wie ich mich fühlte. „Moment. Was?"

„Ihre Großeltern wollten den Namen Gentry zu einer Art Adel aufbauen", erzählte uns der Banker. „Aber Ihr Vater hat sich in ein Mädchen von der falschen Seite der Stadt verliebt. Ein Mädchen, dessen Familie von der Wohlfahrt lebte. Ein Mädchen, das früher als Hausmädchen auf der Farm gearbeitet hatte."

Wir schauten uns verwirrt an und Tyrell fragte: „Warum haben sie uns nie davon erzählt?"

„Wahrscheinlich wollten sie nicht, dass Sie drei erfahren, was die beiden hier zurückgelassen hatten. Die Familie Ihrer Mutter war ebenfalls gegen diese Ehe."

„Wow, klingt als hätten uns unsere Eltern eine ganze Menge verheimlicht." Tyrell schaute Jasper und mich an, diese Neuigkeiten hatten uns alle geschockt.

Der Anwalt war noch nicht fertig und fuhr fort. „Es gibt da noch eine Sache, die Sie wissen sollten, meine Herren. Es wurde verfügt, dass weder Ihre Mutter, noch Ihr Vater jemals einen Fuß auf das Grundstück setzen dürfen. Und auch das Geld Ihres Großvaters darf ihnen in keiner Weise zu Gute kommen. Sollten Sie Ihren Eltern auch nur fünf Dollar geben, geht der gesamte Besitz – inklusive dem Geld – an den Staat Texas."

Ich fand das etwas übertrieben. „Heftig."

„Ja", stimmte der Präsident der Bank zu. „Ihr Großvater galt als harter Mann. So hart, dass viele Menschen glauben, Ihre Großmutter sei aufgrund seiner harten Art nur zwei Jahre nach dem Weggang Ihres Vaters, im Alter von fünfundvierzig Jahren, gestorben."

Mit wem zur Hölle war ich verwandt?

KAPITEL ZWEI

Bobbi Jo

„Ja, hol zwei Kisten Crown von hinten und auch ein paar Jack Daniels." Ich ging hinter die Bar und füllte den Kühlschrank mit Bier auf. „Und fünf Kisten Michelob Ultra. Das ist unser Bestseller." Joey war noch neu in der Bar und ich wusste, dass ich ihn noch etwas an die Hand nehmen musste. „Sobald du damit fertig bist, kannst du auf den Parkplatz gehen und nachsehen, ob er sauber ist. Du weißt schon: keine Zigarettenkippen, kein Müll; nichts außer einem lupenreinen Parkplatz für unsere Kunden."

Sein dunklen Augen trafen meine und er lächelte mich schief an. „Und was genau tust *du*, Bobbi Jo?"

„Im Ernst, Neuling?" Ich stemmte die Hand in die Hüften. „Du bist erst fünf Minuten hier und legst dich schon mit mir an?"

„Entschuldigung", sagte er und verschwand kleinlaut im Lager, um den Nachschub für die Bar zu holen. „Ich erledige das. Kann ich heute Abend ein paar Drinks mixen?"

„Aber sicher." Ich hatte geplant, mich zurückzulehnen und den neuen Barkeeper bei der Arbeit zu beobachten. „Ich werde dich heute Abend beaufsichtigen."

Sein Lächeln verriet mir, dass er damit einverstanden war, die ganze Nacht zu arbeiten. Ich war froh, dass er so dachte. Jahrelang habe ich meistens alleine gearbeitet. Endlich haben sich die Besitzer des Watering Hole meinen Rat – oder besser mein Flehen – zu Herzen genommen und noch jemanden eingestellt.

Während Joey die schwere Arbeit übernahm, räumte ich ein wenig auf und spielte einige Partien Poker auf meinem Handy. Normalerweise war der Freitagnachmittag immer etwas hektisch, aber nicht heute. Ich war absolut entspannt, als die ersten Gäste durch die Tür kamen. „Tag, Leute."

Der Mann und die Frau waren keine Einheimischen und schauten sich in der leeren Bar um. „Ähm, wir sind wohl früh dran?", fragte der Mann und legte seinen Arm um die Frau.

„Sind Sie." Ich nutzte die Gelegenheit, um ihnen behilflich zu sein und führte sie zu einem hübschen Tisch in der Nähe der Bar. „Ich habe hier drüben einen Tisch mit Ihrem Namen drauf. Ich bin Bobbi Jo, Ihre Bedienung für heute Abend."

Das Pärchen nahm Platz. Beide lächelten und wirkten schon etwas entspannter, als der Mann schließlich sagte: „Für einen Moment hatten wir befürchtet, dass wir in einer dieser Privatbars gelandet sind, in denen nur Mitglieder erlaubt sind."

„Nicht hier im Watering Hole. Bei uns ist jeder willkommen." Ich zeigte auf die Tafel hinter dem Tresen. „Das sind unsere Spezial-Cocktails. Natürlich servieren wir auch sämtliche bekannte Biersorten. Und falls Sie Teeliebhaber sind, bieten wir auch gesüßten Tee an, sowie verschiedene Sorte Cola und auch Kaffee."

„Wie steht es mit etwas zu essen?", fragte die Frau.

Ich bot ihr unseren meist bestellten Snack an. „Wie wäre es mit gesalzenen Cracker mit Sommerwurst und Cheddar?"

„Klingt toll", antwortete der Mann. „Wir hätten gerne zwei Bier vom Fass und – und diese Cracker-Dinger. Sie verhungert."

„Kommt sofort." Ich ging hinter die Bar und bereitete das Tablett mit den Crackern vor, bevor ich gekühlte Gläser mit Bier befüllte. Joey kam aus dem Lager und füllte den Kühlschrank mit Bier auf. „Ich kümmere mich gerade um diesen Tisch, aber in Kürze wird hier einiges los sein. In dieser Gegend haben Leute die Angewohnheit anzuhalten, sobald sie auch nur ein Auto auf dem Parkplatz sehen."

Während er die Flaschen in den Kühlschrank stellte, antwortete Joey: „Ich bin bereit, Boss."

„Gut. Ich werde gerne Boss genannt." Ich stellte die Bestellungen auf das Tablett und brachte sie zum Tisch, als weitere Personen die Bar betraten. „Sieht so aus, als hätten Sie heute Abend die Party eröffnet. Ich werde später wieder nach Ihnen sehen. Und falls Sie keine Lust haben aufzustehen, heben Sie einfach die Hand. Ich werde mich dann darum kümmern, dass Sie noch ein paar Bier bekommen."

„Danke", sagte die Frau und stürzte sich gleich auf das Essen. „Ich habe so einen Kohldampf."

Kohldampf war ein Wort, das man in unserer kleinen Stadt im Osten Texas nicht oft hörte. „Super. Lassen Sie es sich schmecken." Ortsfremde waren immer leicht zu erkennen.

Nach und nach kamen die Stammgäste. Jeder blickte erst zu dem Neuen hinter der Bar und dann zu mir. Ich winkte nur und lächelte, während sie sich auf ihre üblichen Plätze setzten. Ich blickte kurz zu Joey, bevor ich meine Aufmerksamkeit auf die Tische richtete um zu sehen, welche er schnell bedienen sollte.

Er erkannte, was ich von ihm wollte und eilte zu unseren besten Gästen. Nun konnte ich mich wirklich entspannen und ihn bei der Arbeit beobachten. Nachdem ich die Jukebox gestartet hatte, nahm ich mein Telefon aus der Tasche und setzte mich hinter die Bar. Heute Abend würde ich an der Kasse bleiben und sicher gehen, dass Joey sie richtig bediente und Wechselgeld rausgeben konnte.

Ich setzte mich auf einen Barhocker und legte meine Füße auf einem anderen hoch. Ich spielte gerade ein Spiel auf dem Handy, als mehr Leute herein kamen. Joey bewegte sich blitzschnell in der Bar hin und her und ich liebte es. Er kam zur Kasse um einen Tisch abzurechnen und ich nutzte diesen Augenblick, um ihm zu sagen, wie gut er alles im Griff hatte. „Hey, mit dir könnte es hier wirklich funktionieren, Junge."

„Danke", sagte er und ging wieder.

Ich seufzte erleichtert, denn so wie es aussah, waren meine

schwierigen Tage, in denen ich den Laden alleine schmeißen musste, vorüber. Die Tür öffnete sich erneut und drei gutaussehende Typen kamen herein. Alle groß. Alle lächerlich heiß. Alle gebaut wie Backsteinhäuser.

Joey machte sich schon auf den Weg zur Bar, um die drei zu bedienen. „Ähm, lass mich das machen, Joey."

Grinsend nickte er mit dem Kopf. „Verstanden, Boss."

Ich schenkte den Neuankömmlingen meine ganze Aufmerksamkeit. „Hi. Willkommen im Watering Hole. Ihr Jungs seid nicht von hier, sonst wüsste ich, was ich euch servieren soll."

Sie setzten sich an die Bar. Zwei von ihnen schauten sich im Lokal um, während der andere nur mich anschaute. Seine geraden weißen Zähne leuchteten im Schwarzlicht der Bar. „Wir hätten gerne Bier, und zwar eine Menge", sagte er.

Ihr toller Körperbau verriet mir ihre bevorzugte Biersorte. „Drei Ultras also." Ich schnappte mir drei gekühlte Gläser aus dem Kühlschrank und füllte sie mit kaltem Bier vom Fass auf. Ich stellte das Bier vor ihnen auf den Tresen und schenkte ihnen etwas südliche Gastfreundschaft. „Geht aufs Haus. Es kommen nicht oft Neulinge her."

Einer von ihnen schaute mir direkt in die Augen. Seine blauen Augen passten zu den anderen. „Gewöhn dich daran, uns öfter zu sehen. Wir leben jetzt hier. Wir sind die Gentry-Brüder. Ich bin Tyrell, hier neben mir ist Jasper und der Kleine da drüben ist unser jüngster Bruder Cash."

Der Typ da drüben war alles andere als klein. „Freut mich, euch kennenzulernen, Jungs. Ich bin Bobbi Jo. Und ich bin sehr neugierig. Seid also nicht beleidigt, wenn ich euch eine Menge persönlicher Dinge frage, in Ordnung?"

Cash, nickte und trank einen Schluck Bier. „Sorg dafür, dass mein Glas voll bleibt und du kannst mich fragen, was du willst, Schönheit."

Ich füllte eine Schale mit frischen Erdnüssen und stellte sie vor den Jungs auf den Tresen. Dabei blickte ich in Cashs blaue Augen und versuchte, wegen seiner dichten, dunklen Haare, nicht ins

Schwärmen zu geraten. „Warum erzählt ihr mir für den Anfang nicht, was euch in unsere kleine Stadt Carthage verschlagen hat?"

Der Typ, der mir als Jasper vorgestellt wurde, beantwortete meine Frage: „ Wir haben die Whisper Ranch geerbt."

„Ihr habt gesagt, euer Name ist Gentry?", fragte ich nachdenklich. „Also seid ihr mit dem alten Gentry verwandt – dem Farmer, der sein Haus kaum verlassen hat. Wow, ich wusste gar nicht, dass der Mann überhaupt Verwandte hatte."

Cash grinste mich an. „Ja, wir haben gehört, dass er ein ganz schöner Arsch war. Nicht, dass wir ihn je getroffen hätten. Unser Vater wollte nichts mit seinem Vater zu tun haben."

Tyrell fragte: „Weißt du, wie viele Leute auf der Beerdigung von Collin Gentry waren oder wer?"

Ich hatte absolut keine Ahnung. „Ich achte nicht so sehr auf Todesanzeigen. Ich höre natürlich eine Menge Dorfklatsch. Und eines kann ich euch versprechen: Ihr wollt nicht, dass ich euch irgendetwas von dem erzähle, was ich über Collin Gentry gehört habe."

Tyrell blickte zu den Billardtischen und dann zu Jasper. „Lust, dich beim Pool von mir schlagen zu lassen?"

„Du kannst es ja versuchen." Er stand auf und die beiden ließen den attraktiven Cash allein zurück.

„Ihr lebt jetzt also auf der Farm?", fragte ich, während ich ein gespültes Glas mit einem weißen Handtuch abtrocknete. Das war eine Angewohnheit von mir geworden.

Nickend nahm er einen weiteren Drink. „Das Haus ist riesig. Ich habe noch nie zuvor eine Blockhaus-Villa gesehen, und jetzt lebe ich in einer."

Ich hatte das Haus auf der Whisper Ranch noch nie gesehen oder etwas darüber gehört. „Ich wette, es ist beeindruckend."

„Da hast du recht." Sein Lächeln ließ mein Herz schneller schlagen. „Und, was machst du sonst so, wenn du dich nicht gerade um das Watering Hole kümmerst?"

„Hauptsächlich schlafen", antwortete ich lachend. „Das ist meine

Arbeit, meine Freizeitbeschäftigung und auch überwiegend mein soziales Leben."

„Du gehst nicht oft aus, willst du das damit sagen?" Er lachte leicht, seine Brust bewegte sich auf und ab und zog meine Aufmerksamkeit auf sich.

Fasziniert von diesem Mann antwortete ich: „Falls du mich jemals suchen solltest, wäre genau hier der beste Ort dafür."

„Cool." Er nahm einen weiteren Drink. „Es ist immer gut zu wissen, wo ich ein hübsches Mädchen finde, mit dem man sich unterhalten kann. Bringst du mir noch eines, Schönheit?"

Während ich ein neuen, gekühltes Glas für ihn auffüllte, sah ich im Spiegel, dass er mir auf den Hintern blickte. Vielleicht fand er mich ja so scharf wie ich ihn.

Als ich ihm das Glas brachte, ließ ich ihn wissen, dass er nicht der erste Gast war, der versuchte, mich anzumachen. „Damit du es weißt: Ich habe bestimmt schon jeden Anmachspruch gehört. Und *Schönheit* werde ich sicher zehn Mal am Abend genannt. Ich habe gedacht, ein Mann deines Kalibers hätte mehr zu bieten."

„Klingt nach einer Herausforderung." Er nahm das Glas entgegen und berührte dabei meinen Handrücken. „Wie wäre es dann, wenn ich gar nicht versuchen würde, dich aufzureißen?"

Die Hitze, die durch meinen Körper fuhr, verriet mir, dass ich nichts dagegen hätte, wenn er mich aufreißen würde. Aber ich war keines dieser Mädchen, die ihre Gedanken laut aussprachen. „Das wäre wohl das Beste, Cash. Ich bin eh nicht der Typ für Verabredungen. Du würdest nur deine Zeit verschwenden."

„Ja, verstehe." Seine Lippen formten sich zu einem verschlagenen Lächeln. „Du würdest deine Zeit ebenfalls verschwenden. Ich bin auch nicht der Typ für Verabredungen."

Ich war mir sicher, dass er sich gar nicht verabreden musste. Die Frauen fielen ihm ja praktisch zu Füßen, und er konnte sie sich nach Lust und Laune aussuchen.

„Cool. Gut zu wissen, dass wir uns einig sind."

KAPITEL DREI

Cash

Die kleine blonde hinter der Bar war von einem Strahlen umgeben, dass mich direkt in seinen Bann zog. Nicht viele Frauen waren dazu in der Lage. Ich war nicht leicht zu beeindrucken, aber sie schaffte es, ohne es überhaupt zu versuchen. „Ja, Partnersuche ist ein Witz." Ich trank mein zweites Bier.

„Da stimme ich dir zu." Sie wischte mit einem weißen Handtuch über die schon saubere Bar. „Warum mit jemandem essen gehen, um zu sehen, ob man etwas gemeinsam hat. Ich meine, jeder muss essen, oder? Warum sollte man prüfen, ob man das gemeinsam hat?"

„Nun, nicht jeder mag das gleiche Essen" warf ich ein. „Einmal habe ich ein Mädchen getroffen und wir sind zu ihr gegangen. Sie hatte den Kühlschrank voller Thunfischdosen, sonst nichts. Ich dachte, sie hätte eine Katze, die ich nur noch nicht gesehen hatte."

„Oh Gott", sagte Bobbi Jo in böser Vorahnung. „Ich wette, sie hatte keine Katze."

Ich nickte. „Genau, keine Katze. Nur ein strenger Diätplan, der ausschließlich aus Thunfisch bestand. Ich muss wohl nicht erwähnen, dass ich nicht lange genug bei ihr blieb, um herauszufinden, was diese Art der Ernährung bei ihr auslöste."

„Ich kann mir vorstellen, dass es eine Menge Dinge bei ihr ausgelöst hat." Sie hielt sich die Nase zu. „Inklusive diesem frischen Dosengeruch in bestimmten Bereichen."

„Ja, die Befürchtung hatte ich auch." Ich aß eine Erdnuss. „Ich wollte es aber nicht aus erster Hand erfahren."

„Schlau." Sie ging zur Kasse und nahm einen Stift und einen Zettel. „Heute sind du und deine Brüder eingeladen. Auf diese Art heißen wir Neulinge in Carthage Willkommen. Und natürlich hoffen wir, dass ihr oft genug wiederkommt und sich diese Geste später auszahlt."

„Natürlich." Ich war mir bereits sicher, dass ich diese Örtlichkeit sehr gerne öfter besuchen würde. „Wir sind aus Dallas. Ich kann nicht sagen, ob das hier die beste oder schlechteste Bar ist, in der ich je war, aber ich kann behaupten, dass die Barbedienung äußerst charmant ist."

Sie drehte sich um und sah den Typen an, der gerade eine Flasche Crown vom Tresen nahm. „Redest du von Joey?"

Der Typ schaute zu mir herüber und wackelte mit seinen Augenbrauen. „Hallo Mister."

„Hallo Joey. Ich bin Cash Gentry." Ich nickte ihm zu.

Er unterbrach seine Tätigkeit und sah mich an. „Gentry?"

„Ja." Ich aß noch eine Erdnuss.

„So wie der Whisper Ranch Gentry?", fragte er.

„Ja." Ich hatte das Gefühl, dass uns diese Reaktion noch öfter begegnen würde. „Du hast von der Farm gehört?"

„Meinem Onkel gehört die Farm westlich daneben. Die Castle Ranch", klärte Joey mich auf. „Sein Name ist Richard. Er ist ein guter Mann. Er ist ungefähr im gleichen Alter wie euer Großvater war. Er hat mir erzählt, dass sie zusammen zur Schule gegangen sind."

„Cool." Vielleicht würde ich einmal vorbei gehen und Hallo sagen. Es wäre schön, mehr über meinen Großvater zu erfahren.

„Auf der anderen Seite der Whisper Ranch liegt die Seven Pesos Ranch" sagte Bobbi Jo. „Sie gehört George und Lori Sandoval, bzw.

Lori. George ist letztes Jahr verstorben. Er war auch im gleichen Alter wie dein Großvater. George ist letztes Jahr gestorben, dein Großvater dieses Jahr." Sie blickte Joey an. „Ich hoffe, dein Onkel achtet besser auf sich, als die beiden es getan haben."

Joey schüttelte den Kopf und ging weg, um sich um zwei Gäste zu kümmern. „Das hoffe ich auch. Meine Cousins wären furchtbare Farmer. Sie sind schnöselige Arschlöcher, die in Lubbock aufs College gehen."

Bobbi Jo schaute wieder zu mir. „Du siehst auch so aus, als wärest du im College-Alter. Gehst du irgendwie zur Schule?"

„Nein." Ich hatte nie vor gehabt, aufs College zu gehen. „Meine Eltern hatten nicht genug Geld, um uns aufs College zu schicken. Und keiner von uns hatte ausreichen gute Noten für ein Stipendium. Aber jetzt wüsste ich auch nicht, wofür wir irgendein Diplom bräuchten. Wir schwimmen im Geld."

„Ja, das sehe ich." Sie deutete auf mein altes T-Shirt und meine alte Jeans. „Man sieht dir die Millionen praktisch an."

Ich strich über mein T-Shirt. „Wir haben das Geld erst heute bekommen. Ich hatte noch keine Zeit zum Shoppen. Aber wenn du mich das nächste Mal siehst, werde ich aussehen, als hätte ich mein Gewicht in Gold aufgewogen."

Zwinkernd sagte sie neckisch: „Hat Pferdesamen nicht eine andere Farbe, als Gold, Cash?"

„Du weißt also, dass Whisper Ranch sein Geld auf dem Pferdesamenmarkt gemacht hat?" Das musste ich ihr lassen: Sie wusste über diese Stadt gut Bescheid.

„Rennpferdsamen", korrigierte sie mich. „Ich kann mit Stolz behaupten, dass mehr als nur ein Käufer hier einige Drinks zu sich genommen hat."

„Ich habe das Gefühl, dass meine Brüder und ich uns entspannt zurücklehnen können und das Geld von ganz alleine kommt." Ich hatte noch keine Zeit gehabt, mir wirklich Gedanken darüber zu machen, aber warum sollte ich mir unbedingt eine Beschäftigung suchen, wenn ich bereits mehr Geld besaß, als ich ausgeben konnte?

Sie runzelte leicht die Stirn und ich fragte mich, was sie von meiner Einstellung hielt.

„Ich hoffe, du wirst nicht *so* ein Mann, Cash."

„Was meinst du?" Ich hatte eine Ahnung, wollte es aber direkt von ihr hören.

„Ein Treuhandfond-Schnösel." Sie wischte wieder mit einem Tuch über die Bar und ich konnte sehen, dass sie schnell von mir gelangweilt sein würde, wenn ich nicht mehr als das war.

„Also, was sollte ich deiner Meinung nach tun?" Ich hatte keine Ahnung, warum ich sie das fragte.

„Irgendwas", sagte sie. „Alles. Außer Tag und Nacht rumsitzen, trinken und den Frauen nachjagen. Du solltest dieses Geld nicht verschwenden. Verstehst du, was ich meine?"

„Es klingt, als wärst du der Meinung, dass ich – soll ich es laut aussprechen? - arbeiten sollte?" Ich war gerade stinkreich geworden und die erste Frau, die ich danach traf, wollte, dass ich arbeite. „Siehst du, genau aus diesem Grund habe ich keine ernsthaften Beziehungen."

Sie wirkte verwirrt. „Weil eine Frau mehr von dir erwarten könnte? Oberflächlicher Mann. Das habe ich nicht erwartet."

„Du bist keine typische Frau, Bobbi Jo." Ich nahm einen großen Schluck Bier und beobachtete sie aus dem Augenwinkel.

„Ich versuche, es nicht zu sein." Sie zog ihre Jacke aus und präsentierte mir durchtrainierte Arme. „Siehst du, ich bin weit mehr, als du vielleicht denkst, Cash. Ich bin auch kein Freund von Beziehungen. Ich finde, sie engen einen Menschen ein." Sie spannte einen Bizeps an. „Wenn ich nicht arbeite, trainiere ich gerne. Ich habe zu Hause in der Garage meinen eigenen Fitnessraum. Männer mögen keine Frauen, die stärker oder zäher sind als sie."

„Du hast absolut recht." Ich zwinkerte ihr zu. „Wie wäre es, wenn du mir nachschenkst, Süße?"

Mit einem lauen Seufzer füllte sie mein Glas wieder auf gab es mir zurück. „Die Sache ist, mir ist es egal, ob Männer mich mögen oder nicht."

„Weil du auf Frauen stehst?" Ich ärgerte sie nur. Sie kam mir nicht so vor.

„Sehr witzig." Sie schlug mit dem Handtuch nach mir und traf mich am Handgelenk. „Ich genieße die Gesellschaft von Männern – nur nicht für einen längeren Zeitraum."

„Du bist also eingefleischte Junggesellin?", fragte ich. Ich selbst bezeichnete mich schon seit der Pubertät als eingefleischten Junggesellen.

„Eingefleischt?" Sie tippte sich gegen das Kinn. „Ich schätze, so kann man das ausdrücken. Ich habe nicht die Absicht, Mr. Right zu finden, Kinder zu bekommen, mich um den Haushalt zu kümmern und einen Minivan zu fahren. Aber gegen ein bisschen Spaß habe ich nichts einzuwenden."

„Ich auch nicht." Ich hielt mein Glas hoch. „Auf dich, Bobbi Jo. Eine Frau, die weiß, was sie will und keine Angst davor hat, was andere über sie denken." Dafür hatte sie meinen Respekt verdient.

Für einen kurzen Moment errötete sie und sie fuhr sich mit der Hand durch ihren blonden Pferdeschwanz. „Ich schätze, ich wirke manchmal etwas harsch. Ich bin aber wirklich keine Männerhasserin."

„Und ich bin kein Frauenhasser." Aber ich war nicht auf der Suche nach etwas Ernsthaftem. „Ich bin froh, dass du und ich deutlich gesagt haben, was Sache ist. Ich möchte nicht darüber rätseln, was eine Frau will. Ich wette, du willst auch nicht erst raten müssen, was ein Mann will."

„Was gibt es da zu raten?", fragte sie. „Männer wollen einfache Dinge. Eine Frau, die ihn bemuttert, bekocht, sich um ihn kümmert, ihm das gibt, was er will, wann er es will. Ich aber gebe nicht jedem was er will und wann er es will."

„Hey, Bobbi Jo. Wie wäre es mit einer weiteren Runde hier?", rief ein Typ.

Sie nickte, schnappte sich ein paar Bier und ging zu dem Tisch. „Vielleicht bin ich so, weil es schon meine Arbeit ist, Leuten das zu geben, was sie wollen, wann sie es wollen."

„Wer weiß das schon?" Ich nahm noch einen Schluck und

schaute ihr hinterher. Es faszinierte mich, wie ihr kleiner fester
Hintern sich hin und her bewegte, als sie zu dem Tisch eilte und die
Bestellung dort ablieferte. Sie hatte einen tollen Hintern. Sie hatte
diese großartige Sanduhrfigur, von der die meisten Frauen nur
träumen können.

    Als sie wieder hinter der Bar stand, knurrte ihr Magen plötzlich.
„Oh verdammt. Ich werde etwas zu essen bestellen müssen. Wenn ich
nicht dreimal am Tag etwas esse, werde ich sehr launisch. Was ist mit
dir, Cash?"

    „Was mit mir ist?" Ich hatte keine Ahnung, wovon sie sprach.

    „Hast du schon zu Abend gegessen?" Ich fand es nett, dass sie
fragte.

    „Habe ich. Zuhause haben wir einen eigenen Koch. Er hat gebra-
tene Hähnchenschnitzel, Kartoffelpüree und grüne Bohnen gemacht.
Es war großartig. Besser, als ich es jemals gegessen habe." Sogar die
Erinnerung an das Essen, ließ mir das Wasser im Munde zusam-
menlaufen.

    „Verdammt. Das klingt gut." Sie holte ihr Telefon aus ihrer
Hosentasche. „Vielleicht bringst du mir hin und wieder die Reste von
eurem Essen im Gegenzug für Freigetränke. Bisher war das Dairy
King immer meine Rettung gewesen."

    „Klingt nach einem guten Deal." Es war egal, dass ich mehr Geld
hatte, als ich mir jemals hätte vorstellen können. Wenn jemand mit
mir Essen gegen Alkohol tauschen wollte, war ich dabei. „Irgendwelche Wünsche? Ich schätze, ich kann ihn dazu bringen, das zu
kochen, was ich will."

    „Ich wette, dass du das kannst. Wenn man bedenkt, dass du und
deine Brüder jetzt seine neuen Chefs sind." Sie schickte ihre Bestellung an den Laden, den sie erwähnt hatte. „Zur Info, ich liebe Steaks.
Jede Art von Steak. Und ich mag sie blutig."

    „Ich auch." Mir gefiel das an ihr. „Leute, die ihr Steak zu lange
braten, regen mich auf. Ich denke dann immer: Für dich ist eine Kuh
gestorben, Idiot. Ruiniere doch nicht das, was sie dir gegeben hat."

    Ihr Lachen klang wie Musik und zauberte mir ein Lächeln ins
Gesicht. „Ich habe das tatsächlich mal zu meiner Cousine Gina

gesagt. Wir waren in diesem Steakhaus und sie hat ihr Steak gut durch bestellt. Ich habe zu ihr gesagt: Warum ruinierst du dein Steak? Diese Kuh ist für uns gestorben."

„Sieht aus, als sehen wir die Dinge ganz ähnlich." Ich war noch nie mit einem Mädchen nur befreundet. Ich hatte ein Mädchen noch nie so sehr gemocht. Aber Bobbi Jo war nicht wie andere Mädchen. Die meisten waren so bemüht darum, mir zu gefallen, dass sie genau darauf achteten, was sie sagten.

„Das bezweifle ich doch stark." Sie riss den Kopf hoch, als ein paar Mädchen durch die Tür kamen. „Ich wette, du und ich denken komplett unterschiedlich über diese Mädchen dort."

Ich blickte zu ihnen herüber und als sie zu mir blickten, nickte ich ihnen freundlich zu. „Ich sehe vier junge Damen, Arbeitskolleginnen. Und ich wette, sie arbeiten bei einer Bank." Tatsächlich hatte ich sie vorher in der Bank gesehen, als wir den Termin dort hatten, der unser Leben komplett verändert hatte.

„Haben die Namensschilder dir einen Hinweis gegeben?", fragte Bobbi Jo und lachte. „Zu einfach, Cash. Viel zu einfach."

Ja, genau wie mit dir zusammen zu sein.

KAPITEL VIER

Bobbi Jo

Die Gentry-Brüder waren bis Ladenschluss geblieben und ich hatte eine Menge Zeit damit verbracht, zumindest einen von ihnen sehr gut kennenzulernen. Cash hatte die ganze Nacht an der Bar gesessen und sich mit mir unterhalten. Er war unterhaltsam, so viel stand fest. Und ich wusste, dass mich die anderen Mädels in der Bar darum beneidet hatten, dass er mir seine ganze Aufmerksamkeit geschenkt hatte.

Ich saß im Bett und streckte mich. Es war bereits Mittag. Betty Sue saß am Schminktisch und machte sich für den Tag fertig. „Bist du endlich wach, Schlafmütze?"

Ich nickte. „Ich würde mich nicht unbedingt als Schlafmütze bezeichnen. Ich bin erst gegen vier Uhr heute Morgen ins Bett gekommen. Ich habe also nur die üblichen 8 Stunden geschlafen." Sie hatte ihren Lockenstab eingeschaltet, was bedeutete, dass sie später noch ausgehen würde. „Und was hast du heute vor?"

„Lance nimmt mich mit nach Dallas. Wir verbringen die Nacht in einem Hotel." Sie warf einen Luftkuss in Richtung Spiegel. Ich fand es witzig, wie sehr sie sich selbst bewunderte. Sie und ich waren eineiige Zwillinge, wir sahen exakt gleich aus. Aber anders als Betty Sue, sah ich mich nicht als Gottesgeschenk an die Menschheit.

„Lance?" Den Namen hörte ich jetzt zum ersten Mal.

„Lance Strongbow." Sie zog ihre Augenbraue hoch. „Er ist ein Ureinwohner – ich glaube Apache."

„Wirklich?" Ich hatte da so meine Zweifel. Meine Schwester ließ sich so leicht reinlegen, dass es schon nicht mehr lustig war. „Welche Haarfarbe hat er ?" Ich musste das fragen, denn einmal ist sie auf einen Typen hereingefallen, der behauptet hatte, Chinese zu sein. Das Problem war nur: er hatte blonde Haare, blaue Augen, war mindestens 1,85 m groß und gebaut wie ein Wikinger.

Jungs belogen meine Schwester über ihre Herkunft, weil sie ein Gespräch ständig damit anfing, indem sie über Amerikaner schimpfte. Ich weiß nicht, ob sie diesen Selbsthass, den Hass auf ihre Landsleute und auf ihr Land irgendwie ‚hip' fand, jedenfalls begann sie die meisten ihrer Unterhaltungen mit neuen Leuten auf diese dämlich Weise.

„Schwarz", sagte sie mit einem nüchternen Gesichtsausdruck. „Langes, glänzendes schwarzes Haar, das bis zur Hüfte reicht. Dieser Typ ist echt. Der Name seines Großvaters lautet Trotting Horse. Also, wenn das kein Name für einen Ureinwohner ist."

Ich hatte so einen Namen noch nie zuvor gehört, was hätte ich also schon dagegen sagen können? „Du fährst also mit diesem Typen nach Dallas? Wie gut kennst du ihn überhaupt? Du hast mir noch nie etwas von ihm erzählt." Meine Schwester hatte absolut keinen Selbsterhaltungstrieb. Meistens musste man sie immer fragen, was zur Hölle sie sich dabei dachte. „Und weiß Dad über dein kleines Übernachtungsdate Bescheid?"

„Wie alt sind wir denn, Bobbi Jo?" Sie schaute mich durch den Spiegel an.

„Zweiundzwanzig." Meiner Ansicht nach galt das für manche Menschen als alt genug, aber nicht für sie. „Aber wir leben noch immer in Daddys Haus, und du kennst seine Regeln."

„Was Dad nicht weiß, macht ihn nicht heiß." Sie drehte sich zu mir herum und streckte mir die Zunge heraus. „Du verrätst mich nicht."

Sie wusste, dass ich sie nicht verraten würde. Aber das lag nur daran, da ich ja immerhin wusste, wo sie war. „Ich werde nichts sagen. Aber du wirst mir eine Nachricht schicken, sobald du da bist, und du wirst mir sagen, wo du dort hingehst. Außerdem will ich wissen, welche Pläne er hat, bevor er dich irgendwo hinbringt. Ich will sicher sein, dass er dich auch an die Orte bringt, die er vorher nennt. Und -"

Sie hob ihre Hand, um mich zu stoppen. „Okay, okay. Ich weiß, wie es läuft. Du Glucke. Ich glaube, es besteht kein Grund zur Sorge. Außerdem gefällt mir dieser Hauch von Gefahr, der diese Typen umgibt. Nicht zu wissen, wo sie mich hinbringen, gehört dazu."

Ich massierte mir die Schläfen und war davon überzeugt, dass mein Zwilling mich eines Tages noch umbringen würde. Nicht physisch, sondern psychisch. „Betty Sue, so solltest du wirklich nicht denken."

„Du würdest es nicht verstehen, weil du prüde bist und nie flach-gelegt wirst. Obwohl du könntest, wenn du nur wolltest." Sie umkreiste ihr Gesicht mit einem Finger. „Wir sehen genau gleich aus. Und ich hatte noch nie ein Problem damit, die Aufmerksamkeit eines Mannes auf mich zu ziehen."

„Ich auch nicht. Ich bin lediglich etwas wählerischer als du", sagte ich. „Tatsächlich saß letzte Nacht ein umwerfender Mann die ganze Zeit bei mir an der Bar und hat sich mit mir unterhalten."

„Aber warst du mit ihm im Bett?", fragte sie und schaute mich mit großen Augen an.

„Nein." Ich war ganz anders, als meine Schwester. Ich benötigte eine tiefere Verbindung zu jemandem, bevor ich mit ihm ins Bett ging.

„Worauf wartest du?", fragte sie grinsend. „Muss er dir erst einen Heiratsantrag machen?"

Ich dachte überhaupt nicht ans Heiraten. „Betty Sue, da du ständig nur über dich redest, weißt du das vielleicht nicht über mich, aber ich stehe nicht auf Verpflichtungen. Ich hasse Verabredungen. Ich hasse es, Teil eines Pärchens zu sein. Und ich hasse es, mir die ganze Zeit über die Gefühle anderer Gedanken machen zu müssen."

Sie stand auf, verschwand in unserem begehbaren Kleiderschrank und suchte ihr Outfit für den Abend aus. „Ich denke überhaupt nicht über die Gefühle anderer nach, Bobbi Jo. Ich habe meine Spaß und dann ziehe ich weiter. Man muss doch kein Paar sein, um Sex und Spaß miteinander zu haben."

„Wirklich toll", sagte ich und verdrehte die Augen. „Du bist ein richtiges Schätzchen, nicht wahr?" Ich verstand einfach nicht, was die Typen an ihr fanden. Oberflächlich durch und durch. Dieses Mädchen war ein wandelnder, sprechender Albtraum. ‚Spaß haben und weiterziehen' lautete ihr Motto. Jedoch legte sie diese Information über sich selbst erst offen, wenn das Date vorüber war.

„Aber genug von mir", sagte sie und kam mit einem kurzen Kleid aus dem Schrank heraus. „Wer ist der Typ, den du letzte Nacht kennengelernt hast? Ist er von hier?"

Ich deutete auf den kurzen Fetzen Kleidung. „Du weißt schon, dass wir Januar haben, oder? Und draußen liegt Schnee. Dieses Kleid passt wohl besser in den Sommer, anstatt in den tiefsten Winter."

„Er wird mich schon warmhalten." Sie zog das Kleid über ihren Slip und BH. „Also, dieser Typ ist ...?" Sie fuchtelte mit den Händen vor mir herum und wartete darauf, dass ich mehr sagte.

„Sein Name ist Cash Gentry." Ich war mir nicht sicher, wie viel ich ihr erzählen wollte. „Er und seine Brüder sind neu in der Stadt. Sie sind gerade aus Dallas hergezogen." Ich fand, dass das Grundlegendste reichte, mehr brauchte sie nicht zu wissen.

„Wie alt ist er?" Sie durchsuchte ihre Schmuckschatulle nach passenden Accessoires zu ihrem Outfit.

„Er ist ungefähr in meinem Alter, schätze ich." Ich seufzte, als ich sein Bild im Kopf hatte und mein Mund von ganz alleine redetet. „Er ist 1,80 m groß, hat blaue Augen und dunkles, lockiges Haar, das bis zu seinen breiten Schultern reicht. Und er ist bestimmt der heißeste Typ, den ich je gesehen habe."

„Faszinierend", sagte Betty Sue. „Und du hast gesagt, dass er

Brüder hat? Ja, ich kann mich gut in den Armen von einem oder mehreren von ihnen vorstellen. Sind sie alle so heiß wie er?"

Ich nickte. „Sind sie. Ich bezweifle, dass sie lange Single bleiben. Sogar der, der die ganze Zeit mit mir geredet hat, hat alle weiblichen Blicke auf sich gezogen – sogar von denen, die ihre Männer dabei hatten."

„Klingt fast so, als hättest du auch mal einen Mann, Bobbi Jo. Wenn er wirklich so gefragt ist, solltest du ihn dir schnappen und festhalten. Und ich meine nicht nur wegen der anderen Frauen in der Stadt, ich rede auch von mir."

Irgendetwas regte sich in mir, als meine Schwester sich selbst im Spiegel betrachtete. „Du hältst dich von ihm fern, Betty Sue!"

Lächelnd drehte sie sich zu mir um. „Und warum? Hast du vor, ihn vom Markt zu nehmen?"

„Nein." Ich hatte nie geplant, überhaupt jemanden vom Markt zu nehmen. Schon gar nicht, weil ich selbst nicht vom Markt genommen werden wollte. „Es ist nur: er ist ein nett. Und ich glaube, er vertraut Menschen – vielleicht etwas zu sehr. Du würdest ihn benutzen und fallen lassen. Ich will nicht zusehen, wie ihm das passiert."

„Dann sieh nicht hin." Sie stemmte die Hände in die Hüften und wandelte durch das Zimmer. „Nun, wie sieht mein Hintern in diesem Kleid aus?"

„Tja, der untere Teil guckt heraus, wenn das deine Frage beantwortet." Ich legte mich wieder hin und starrte an die Zimmerdecke. Aber ich sah nicht die weiße Decke; ich sah sein Gesicht. Cashs starkes Kinn, seine Wangenknochen und die kantigen Lippen tauchten vor meinen Augen auf. Und in meinem Kopf ertönten seine tiefe Stimme, das heisere Lachen und die verführerischen Worte.

Es klopfte an der Tür. „Seid ihr wach?", fragte mein Vater.

Ich setzte mich aufrecht hin und Betty Sue eilte zum Schrank und versteckte ihr aufreizendes Outfit unter einem Mantel. „Ja, Daddy."

Ich verdrehte die Augen. Ich konnte nicht nachvollziehen, wie unser Vater immer wieder auf Betty Sues Schauspielerei reinfallen konnte. „Du kannst reinkommen, Dad."

Die Tür öffnete sich und er steckte den Kopf hindurch. „Ich mache mich jetzt auf den Weg zur Wache. Eure Mutter ist bereits im Futterlager. Was habt ihr vor, Mädchen?"

„Arbeiten, wie üblich", sagte ich und blickte zu meiner Schwester. Ich war gespannt darauf, was sie sich ausgedacht hatte.

„Oh, Daddy, ich werde dieses Wochenende nicht hier sein. Eine Freundin aus der Highschool hat mich zu sich nach Dallas eingeladen." Betty Sue klimperte mit ihren langen, falschen Wimpern. „Ich glaube, ihr kleiner Cousin feiert Geburtstag. Er wird fünf. Es wird sicher lustig. Du weißt ja, wie sehr ich Kinder liebe."

Dad nickte. „In Ordnung. Schick deiner Schwester eine Nachricht, wenn du dort angekommen bist. Wie immer." Er richtete seine Aufmerksamkeit auf mich. „Und du sei vorsichtig bei der Arbeit. Du hast doch noch den Baseballschläger hinter der Bar, oder?"

Dieses Ding hatte mein Vater mir gegeben, als ich im Watering Hole angefangen hatte. Ich musste ihn noch nie benutzen. „Er liegt noch immer genau da, wo du ihn hingelegt hast, Dad. Ich glaube nicht, dass dieses Wochenende irgendetwas passieren wird, worüber man sich Sorgen machen muss."

„Es ist aber immer noch eine Bar, in der du arbeitest, junge Dame." Er zeigte mit seinem langen Finger auf mich. „Es wäre schön, wenn du einen ähnlichen Job wie deine Schwester hättest."

Betty Sue lächelte mich an. „Ich könnte Miss Cherry fragen, ob sie dich einstellt, Bobbi Jo."

Obwohl ich die Leute, die dort arbeiteten, bewunderte, konnte ich es mir für mich nicht vorstellen. „Danke, Betty Sue. Aber nein. Ich glaube nicht, dass ich für die Arbeit in einem Pflegeheim geeignet bin. Ich serviere lieber angetrunkenen Gästen Getränke. Das amüsiert mich."

Schulterzuckend sagte Betty Sue: „Die meiste Zeit kommt es mir so vor, als seien die Leute, mit denen ich rede, angetrunken. Aber vielleicht liegt es auch nur daran, dass die meisten von ihnen Alzheimer haben."

Ich war mir ziemlich sicher, dass es hauptsächlich am Alzheimer lag. „Nichtsdestotrotz mag ich meine Arbeit. Und ich fühle mich dort sicher, Dad."

„Du weißt, wie ich bin, wenn es um meine kleinen Mädchen geht", sagte er. „Seid vorsichtig. Tschüss." Er schloss die Tür und ich schaute meine Schwester an, die zurück zum Schrank ging, um ihren Mantel wegzulegen.

„Er hatte nicht die geringste Ahnung, was dich angeht, Betty Sue." Ich konnte mir nicht erklären, wie mein Vater so ahnungslos sein konnte, wenn es um sie ging. „Er macht sich mehr Sorgen wegen *meiner* Arbeit anstatt darüber, was *du* an den meisten Wochenenden treibst. Merkwürdig."

„Ich bin nur froh, dass es funktioniert hat." Sie zog sich ein Paar High Heels an. „Viel Spaß beim Getränke servieren. Ich werde das Wochenende mit meinem Typen im fabelhaften Dallas verbringen."

Ich setzte meine Hoffnungen darauf, dass der Typ, der mich vor Kurzem so gut unterhalten hatte, heute wiederkommen würde, um damit weiterzumachen.

KAPITEL FÜNF

Cash

Auf meinem Ritt zum nördlichen Zaun sah ich einen Ford Truck, der sich von der anderen Seite näherte. Als er nah genug war, konnte ich den Schriftzug auf der Seite lesen: Castle Ranch.

Als der Truck anhielt, brachte ich auch mein Pferd zum Stehen. Ich stieg ab und ging auf den Mann zu, der aus dem Wagen stieg.

„Morgen", rief er mir entgegen.

„Morgen." Am Alter und an der Kleidung konnte ich erkennen, dass es sich um Richard Castle handelte, den Besitzer der Ranch. Der Typ in der Bar hatte mir von ihm erzählt. „Ich glaube, ich habe Ihren Neffen Joey gestern Abend im Watering Hole kennengelernt. Sie müssen Richard Castle sein." Ich streckte ihm meine Hand über den Stacheldrahtzaun entgegen.

Er schüttelte sie und lächelte. „Und Sie müssen einer von Collins Enkeln sein."

„Ich bin der jüngste, Cash. Schön Sie kennenzulernen, Mr. Castle. Joey hat mir erzählt, dass Sie meinen Großvater kannten."

Er nickte und vergrub seine Hände in den Taschen seines Mantels. „Er und ich waren gleich alt. Bis zur Highschool waren wir

ziemlich gut befreundet. Dann ging er irgendwie seinen eigenen
Weg. Danach waren wir nicht mehr besonders eng miteinander."

„Tut mir leid, dass zu hören." Ich zuckte mit den Schultern. „Oder
vielleicht war es gar nicht so schlecht, dass er sein eigenes Ding
machte. Wie ich gehört habe, war er ein ziemlicher Korinthenkacker,
um es freundlich auszudrücken."

Nickend stimmte er mir zu: „Oh ja. Collin war bestenfalls ein
Korinthenkacker. Aber Ihre Großmutter war überhaupt nicht wie er.
Fiona war ein Schatz auf den Ihr Großvater nicht gut genug aufge-
passt hat."

„Also meine Großmutter war nicht so schlimm wie er?" Ich
wusste gar nichts von ihr. Niemand hatte je über sie gesprochen.

„Fiona gehörte zu Carthages aufrechtesten Bürgern. Sie hat mit
vielen Wohltätigkeitsorganisationen der Stadt zusammengearbeitet.
Nachdem Euer Vater die Stadt verlassen hatte, hat sie sich regelrecht
in der Gemeinschaft vergraben, auch in der Kirche." Sein Lächeln
verriet mir, dass er meine Großmutter wirklich gemocht hat. „Wäre
sie nicht mit diesem Bastard verheiratet gewesen, hätte ich ihr den
Hof gemacht."

„Und wie dachte Ihre Frau darüber?" Ich musste einfach danach
fragen.

Er wippte auf seinen Fußballen vor und zurück. „Ich habe mir nie
eine gesucht. Irgendwie habe ich Fiona so sehr nachgetrauert, dass
ich nie die Richtige für mich gefunden habe. Ich rede mir ein, dass es
daran lag, weil *sie* die Richtige für mich war. Ich habe aber ein paar
uneheliche Söhne. Sie leben bei ihrer Mutter im Norden von New
York. Und eines Tages werden sie diese Ranch erben. Es ist wirklich
eine Schande."

„Wow." Mir war nicht klar, worüber ich hier gestolpert war.
„Haben Sie viel Zeit mit meiner Großmutter verbracht?"

Sein Lächeln sagte mir Ja. „Es gab mehr als nur ein paar verstoh-
lene Momente. Ihr Großvater hat sie die meiste Zeit allein gelassen.
Er hatte eine Geliebte, der er viel Zeit schenkte. Fiona hatte sie für
eine Zeit vertrieben. Aber dann kam diese Frau zurück nach
Carthage. Ihre Familie lebt hier. Sie lebt noch immer in der Stadt. In

dem Haus, das Ihr Großvater ihr gekauft hat. Die arme Fiona musste den Rest ihres Lebens mit dem Wissen leben, dass die Frau, die ihr Mann wirklich liebte, in der gleichen Stadt lebte wie sie."

„Was für ein Arsch." Ich schüttelte den Kopf bei dem Gedanken daran, wie furchtbar das für meine Großmutter gewesen sein muss. „Aber meine Großmutter war keine Heilige. Sie war sich mit meinem Großvater darüber einig, dass meine Mutter nicht gut genug für meinen Vater war."

Seine blauen Augen wanderten hin und her und er legte den Kopf zur Seite. „Wie kommen Sie darauf, dass Sie ihm zugestimmt hat?"

„Nun, weil es so war." Ich dachte, sie musste mit meinem Großvater einer Meinung gewesen sein, wenn mein Vater sich dazu entschlossen hatte, mit meiner Mutter die Stadt zu verlassen und nie wieder zu kommen, und auch nie wieder ein Wort mit seinen Eltern redete.

„Vielleicht sollten Sie Ihre Eltern nach der ganzen Geschichte fragen", sagte er. „Ich war nicht in alle Details eingeweiht. Fiona konnte manchmal sehr verschlossen sein, insbesondere wenn es um ihren Mann und ihren Sohn ging."

„Wir werden sie bald besuchen. Ich werde sie danach fragen." Es war offensichtlich, dass dieser Mann meine Großmutter geliebt hat. „Also, ich werde es niemandem erzählen, aber haben Sie und meine Großmutter jemals ... Sie wissen schon?"

Er schüttelte den Kopf. „Nein. Nicht, dass ich es nicht versucht hätte. Aber Ihre Großmutter war eine gute Frau – eine gottesfürchtige Frau. Sie hätte ihr Ehegelübde niemals gebrochen."

„Sie lebte nicht mehr lange, nachdem mein Vater gegangen war."

Richard sah verärgert aus und antwortete: „Nein, sie lebte danach nicht mehr lange. Ich weiß, dass der Weggang Ihres Vaters ihr das Herz gebrochen hat, aber auch die Affäre ihres Ehemanns brach ihr das Herz. Collin wartete nach Fionas Tod auch nicht lange. Es war noch kein Monat nach ihrem Tod vergangen, da brachte er dieses klassenlose Miststück schon auf die Farm."

„Das ist ganz schon verdreht." Dieser alte Mann hatte wirklich

Nerven und dicke Eier, um so etwas zu tun. „Ich kann nicht verstehen, warum er getan hat, was er getan hat. Alles, was ich weiß, ist, dass er sich aus irgendeinem Grund dazu entschlossen hat, uns seine Farm und sein Geld zu hinterlassen. Und, was hat er der Frau hinterlassen?"

„Ich weiß nur, dass sie noch immer in dem Haus lebt, dass Collin ihr gekauft hat und den alten Cadillac fährt, den er ihr kurz vor seinem Tod geschenkt hat." Er schüttelte angewidert den Kopf. „Aber diese Frau hat nie auch nur einen Tag in ihrem Leben gearbeitet. Also muss er ihr etwas Geld hinterlassen haben."

„Nun, ich muss wieder zurück. Es war schön, Sie kennenzulernen, Mr. Castle." Ich schüttelte seine Hand. „Tut mir leid, dass Sie meine Großmutter nie wirklich kennengelernt haben. Sie scheinen ein netter Mann zu sein. Ich bin mir sicher, Sie hätten sie wesentlich besser behandelt, als mein Großvater es getan hat."

„Mit Sicherheit. Es hat mich auch gefreut, Sie kennenzulernen, Cash." Er ging wieder zu seinem Truck und drehte sich noch einmal um, bevor er einstieg. „Tschüss." Er winkte zum Abschied.

Während ich wieder aufs Pferd stieg, dachte ich darüber nach, was für ein trauriges Leben meine Großmutter hatte. Es klang furchtbar.

Der Rest des Tages verstrich nur langsam. Ich konnte nur daran denken, zurück zur Bar zu fahren und die hübsche Barkeeperin wiederzusehen. Und als wir alle am Esstisch saßen, fiel mir plötzlich wieder etwas ein, das Bobbi Jo zu mir gesagt hatte.

Ella, unser junges Hausmädchen füllte gerade unsere Gläser mit Tee auf. „Hey, Ella, meinst du, du kannst mir einen Teller zum Mitnehmen fertig machen?"

Sie stemmte die Hand in die Hüfte und neigte ihren Kopf zur Seite. „Warum?"

„Weil ich Bobbi Jo Abendessen bringen möchte." Ich lächelte sie an. „Also, glaubst du, du kannst einen hübschen Teller für sie herrichten?"

„Wer ist Bobbi Jo?" Das junge Hausmädchen stellte eine Menge Fragen und ich sah, wie sich mein Bruder Tyrell darüber amüsierte.

„Sie ist Barkeeperin im The Watering Hole", antwortete ich.

„Dieser Laden ist eine Spelunke. Warum willst du denn da hin?", fragte sie. „Und was für eine Art Frau ist denn das, Cash? Eine Barkeeperin? Wirklich? Du kannst jedes Mädchen haben, das du willst." Sie hob die Hand und zeigte auf meine Brüder. „Jeder von euch kann jede Frau in dieser Stadt haben, die er will. Sogar die verheirateten. Warum willst du dann eine Barkeeperin beeindrucken?"

„Zuerst einmal, ich *will* überhaupt keine Frau, Ella." Ich war nicht auf der Suche nach einer festen Beziehung. „Ich möchte nur nett sein. Diese junge Dame arbeitet hart und sie muss die ganze Zeit Fast Food essen. Ich würde ihr gerne hin und wieder ein selbstgekochtes Essen bringen. Außerdem bekomme ich dann Freigetränke von ihr."

Damit war für die junge Frau gar nichts klar. „Cash, das ergibt überhaupt keinen Sinn. Gut, ich kann verstehen, wenn du einem Mädchen etwas Gutes zu essen bringen möchtest, aber doch nicht für Freigetränke. Und es gibt wirklich bessere Orte als eine Bar, an denen man ein Mädchen kennenlernen kann, das man mag."

„Ich möchte kein Mädchen zum Mögen kennenlernen, Ella. Du verstehst es nicht. Und ich erwarte auch nicht, dass du das tust." Ich schaute Tyrell hilfesuchend an.

„Ella", sagte Tyrell, „Cash ist das, was man einen Spieler nennt."

„Nein", fauchte ich.

Tyrell und Jasper nickten, als Tyrell sagte: „Ja, genau das bist du. Siehst du Ella, Cash will nicht nur ein Mädchen. Er will sie alle. Also solltest auch du bei ihm vorsichtig sein."

„Muss sie überhaupt nicht!" Ich schaute das Mädchen an, auf das mein Bruder eindeutig ein Augen geworfen hatte. „Ich finde dich wirklich süß, Ella. Aber ich scheiße nicht dort, wo ich esse."

„Igitt!" Sie schüttelte den Kopf.

„Ich will damit sagen, dass ich nichts mit Frauen anfange, die ich jeden Tag sehe." Ich fuhr mir mit der Hand übers Gesicht. „Du musst dir wegen mir also keine Sorgen machen. Was du machen solltest ist, in die Küche gehen und mir einen Teller mit diesem großartigen Essen zu holen. Und richte ihn bitte hübsch an."

„Damit du sie beeindrucken kannst?", fragte sie.

Ich wollte niemanden beeindrucken. „Nein. Ich möchte nur nicht, dass es unappetitlich aussieht."

„Also keine rote Rose oben drauf?" Sie lachte über ihren eignen Witz und verließ den Raum.

Ich sah Tyrell an. „Es wäre nett, wenn du dein Mädchen etwas zügeln könntest, Bruder."

„Sie ist nicht mein Mädchen, Cash." Tyrell schüttelte den Kopf.

„Seit wir eingezogen sind, hast du sie schon zweimal in deinen starken Armen aufgefangen. Ich denke schon, dass sie *dein* Mädchen ist." Ich nahm einen Schluck frischen, kalten Eistee, den Ella mir zuvor eingeschenkt hatte.

„Und ich kann mich nicht daran erinnern, wann du dich das letzte Mal so lange mit einer Frau unterhalten hast, ohne dass sie hinterher in deinem Bett gelandet ist", sagte Jasper und legte den Kopf zur Seite. „Du und die Barkeeperin habt euch endlos miteinander unterhalten. Und du hast nicht einmal einen Gutenachtkuss bekommen. Was war denn da los?"

„Ich habe sie nicht danach gefragt." Ich hätte einen bekommen, wenn ich gewollt hätte.

„Also holst du dir heute einen?", fragte Tyrell. „Bringst du ihr deswegen etwas zum Abendessen mit? Ein paar gedünstete Langusten im Austausch für ein paar Zungenspiele?"

„Du bist kindisch, Tyrell." Ich beendete mein Essen. „Wenn die Herren mich dann entschuldigen würden, ich werde nun zur Bar fahren. Vielleicht werde ich etwas Pool spielen und ein paar neue Freundschaften schließen."

„Falls du dich von der hübschen Kleinen Barkeeperin losreißen kannst", neckte mich Jasper.

„Es ist nicht so schwer, sich von ihr loszureißen." Ich stand auf, drehte mich aber noch einmal zu ihnen um. „Und man kann sich gut mit ihr unterhalten."

„Und gut ansehen" sagte Jasper. „Hat sie eine Schwester?"

„Woher soll ich das denn wissen." Ich drehte mich um und wollte gehen, als mich Jaspers Bemerkung zu Bobbi Jos Aussehen traf und mich irgendwie ärgerte. „Und nur damit ihr es wisst: Bobbi Jo ist mehr als nur ein hübsches Gesicht."

„Sicher ist sie das", sagte Tyrell grinsend. „Sie hat Potenzial zur festen Freundin."

Meine Brüder wussten, dass ich keine Freundin wollte. „Darüber macht man keine Witze. Aber ich glaube nicht, dass ich mir in dieser Hinsicht Sorgen machen muss. In diesem Bereich denkt sie wie ich. Sie will auch keinen festen Freund."

Jasper lachte nur. „Klar, wer würde nicht gerne die Freundin eines reichen, jungen, gutaussehenden Typen sein? Sicher keine arme Barkeeperin."

„Wer sagt, dass sie arm ist?" Ich hatte das nicht gesagt. „Und was kümmert es mich überhaupt, wie viel Geld sie hat? Wir sind alle aus dem Nichts gekommen."

Tyrell hob seine Hände und deutete auf den großen Speisesaal. „Muss ich dich daran erinnern, dass wir es vielleicht nicht wussten, aber wir sind nicht aus dem Nichts gekommen; wir sind aus dem hier gekommen. Und du musst dich vor Goldgräbern in Acht nehmen, Cash. Das müssen wir alle."

Könnte Bobbi Jo wirklich eine Goldgräberin sein?

KAPITEL SECHS

Bobbi Jo

Als sich die Tür öffnete und Cash alleine hereinkam, hatte ich das Gefühl, dass er hier war, um mich zu sehen. Und das gefiel mir überhaupt nicht. „Hi", sagte ich kurz. „Bier?"

Er schüttelte den Kopf und blickte zu den Billardtischen, die bereits besetzt waren. „Ich wollte ein bisschen Pool spielen. Sieht hat aber so aus, als hätten alle anderen die gleiche Idee gehabt."

Trixie vom Speedy Stop konnte ihren Blick nicht von ihm wenden, und schließlich stand sie von dem Tisch auf, an dem sie zusammen mit einer Gruppe Mädels gesessen hatte. Mir blieb nicht viel Zeit, um den armen Kerl zu retten. „Warum setzt du dich nicht an die Bar und wartest dort?"

Er schien etwas verunsichert zu sein, während er den leeren Barhocker vor sich betrachtete. „Gibt es hier keine anderen Bars, in denen man Pool spielen kann?"

Trixie kam immer näher und ich musste schnell etwas unternehmen, oder er würde zu ihrer Eroberung des Tages werden. Das wollte ich ihm ersparen. „Keine, die so gut ist wie diese hier. Komm schon.

Setz dich. Und da du nicht in Bierlaune bist, werde ich dir einen schönen Drink mixen."

Wieder blickte er den Hocker an, als würden sich Schlangen auf ihm tummeln. „Ich weiß nicht."

Es blieb nicht mehr viel Zeit und die Frau mit den vier Kindern hätte ihn in ihren Fängen. Ich ergriff seine Hand und zog ihn hinter mir her. „Komm schon, Cash. Trink etwas. Geht aufs Haus."

„Hey! Den wollte ich mir gerade greifen", rief Trixie, als ich ihr Cash in letzter Sekunde vor der Nase wegschnappte. Glücklicherweise war es in der Bar laut genug, und Cash hatte sie gar nicht gehört.

Ich tat so, als hätte ich sie nicht gehört. „Also, was ist dein Lieblingsgeschmack, Cash?"

Er setzte sich auf den Hocker, den ich ihm anbot, während ich hinter die Bar ging. „Kommt darauf an, bei Kuchen mag ich Erdbeeren am liebsten."

„Das hier ist auf jeden Fall ein niedrigeres Level." Ich holte eine Flasche Wodka mit Bananengeschmack.

Er schien mich zu verstehen und nickte mit dem Kopf. „Ja, außer mir mag niemand in meiner Familie Erdbeeren. Und die einzige Süßigkeit, die ich mag, ist Schokolade."

Ich holte eine große Tafel Bitterschokolade unter dem Tresen hervor. „Gibt es etwas anderes?"

Er schüttelte den Kopf. „Was mich betrifft, nein." Er lächelte mich an, während ich das Glas Cocktailkirschen aus dem Kühlschrank nahm. „Weißt du, ich war ziemlich mies gelaunt, als ich herkam."

Das hatte ich bemerkt. „Nicht dein Ernst!" Ich zwinkerte ihm zu.

Er lachte nur. „Ja. War nicht zu übersehen, oder?"

Ich hielt Daumen und Zeigefinger in kurzem Abstand zueinander hoch. „Nur ein kleines bisschen." Ich nahm eine Flasche Vanille-Rum. „Aus diesem Grund werde ich dir etwas Einzigartiges zubereiten. Wenn es dir schmeckt, werde ich es Cash Spezial nennen. Für nur Neun-Neunundneunzig."

Er schaute mir interessiert zu. „Also, was machst du da, Bobbi Jo?"

„Zuerst verrätst du mir, warum du so schlecht gelaunt bist." Ich nahm den Kahlua und begann damit, das Getränk zu kreieren.

Er seufzte und blickte auf den Tresen. „Da wir jetzt dieses Geld haben, ist das Leben irgendwie schwieriger geworden."

„Ich kann mir nicht vorstellen wie." Ich musste lachen. „Wenn es so ein Ärgernis ist, schick es mir. Ich werde mich dann an deiner Stelle den Schwierigkeiten, die unermesslicher Reichtum mit sich bringt, stellen." Natürlich machte ich nur Spaß.

Als mich seine blauen Augen ansahen, hatte ich das Gefühl, dass er sich schon gedacht hatte, dass ich so etwas sagen würde. „Bobbi Jo, hätten meine Brüder und ich kein Geld, hättest du uns dann letzte Nacht auch Drinks ausgegeben?"

Ich nahm eine gerade Körperhaltung ein. „Cash, ich spendiere allen Neuankömmlingen, die frisch nach Carthage gezogen sind, am ersten Abend die Drinks. Und dieses Getränk hier geht aufs Haus, weil du mein Versuchskaninchen bist. Einen anderen Grund gibt es nicht."

Die Art, wie er seinen Kopf zur Seite neigte, verriet mir, dass er nicht ganz überzeugt war. „Meine Brüder und ich haben und heute beim Abendessen unterhalten. Wir sprachen darüber, dass es möglich ist, dass sich Goldgräber an uns heranmachen könnten."

Ich nickte und wusste, dass er recht hatte. „Ja, ihr solltet euch wirklich vor denen in Acht nehmen." Ich nickte in Trixies Richtung. „Siehst du die Frau da drüben?"

Er drehte sich zu ihr um und richtete seine Aufmerksamkeit dann wieder auf mich. „Die Rothaarige mit dem breiten Grinsen?"

„Ja, genau die." Ich schüttete den Kahlua in ein Glas. „Sie hat vier Kinder – von vier Männern. Diese Männer haben eines gemeinsam: Geld. Nicht annähernd so viel wie du und deine Brüder, aber viel Geld. Sie hat sich absichtlich schwängern lassen, um von diesem Geld etwas abzubekommen. Sie hat dich schnell entdeckt. Ich glaube, sie hat einen Riecher für reiche Männer. Nicht viele hier kennen dich oder deine Brüder, ganz zu schweigen eure finanzielle Situation. Schon komisch, oder?"

„Du sagst es." Cash drehte sich noch einmal zu ihr um und sie winkte ihm zu. Er winkte nicht zurück und sah mich wieder an. „Ich denke, du hast recht, was sie angeht. Ich habe mir immer noch keine neuen Kleider gekauft. Diese Jacke und die Stiefel habe ich schon seit der Highschool."

„Ich finde, durch solche Leute solltest du dir nicht die Laune vermiesen lassen, Cash. Sobald du dich daran gewöhnt hast, wirst du sie früh genug erkennen." Ich schüttete die restlichen Zutaten in das Glas und gab zum Schluss einen Schuss Sahne, eine Kirsche und Schokostreusel darauf". „Hier bitte – der Cash Spezial." Ich beobachtete ihn, als er das Getränk entgegennahm.

Ein kurzer Schluck, gefolgt von einem großen Schluck, dann ein Seufzer. „Ah, das ist köstlich."

„Dann haben wir also einen Drink." Schnell füllte ich eine Rezeptkarte aus und legte sie in den Ordner, in dem ich alle Eigenkreationen festhielt. „Ich denke mir gerne ab und zu etwas Neues aus."

Lächelnd nahm er einen Schluck. „Ich bin gerne dein Versuchskaninchen, Bobbi Jo. Es macht Spaß."

„Gut. Ich habe gerne jemanden in meiner Nähe, der keine Angst davor hat, neue Dinge auszuprobieren." Ich räumte alles wieder weg, während er an seinem Drink nippte und sich in der Bar umschaute. „Und, was hat euer Koch heute Abend zu essen gemacht?"

„Scheiße!" Cash stellte seinen Drink ab und rannte zur Tür.

Ich stand da, schaute ihm nach und fragte mich, was ihn so aufgeschreckt hatte. Ein anderer Gast winkte mir zu und ich ging zu seinem Tisch, um die Bestellung aufzunehmen. Als ich zurückkam, saß Cash wieder an der Bar, vor ihm stand ein Styroporbehälter. „Für mich?"

Er nickte und nahm seinen Drink wieder in die Hand. „Und es schmeckt auch."

Als ich den Deckel öffnete, kam mir ein herrlicher Duft entgegen. „Ich liebe Meeresfrüchte."

„Das glaube ich dir." Er griff in seine Tasche und holte eine Gabel heraus. „Hier bitte. Lass es dir schmecken."

„Du hast wirklich an alles gedacht, was?" Ich war beeindruckt.

Und als ich einen Bissen nahm, fühlte ich mich wie im Himmel. „Oh ja. Das bringt dir Freigetränke für eine Woche. Es schmeckt fantastisch."

Während ich aß, saß er da, beobachtete mich und genoss seinen Drink. „Weißt du, es würde nicht als Date zählen, wenn du mal zu mir zum Essen kommen würdest. Ich würde es eher als einen Akt der Freundlichkeit bezeichnen."

„Diesen Akt der Freundlichkeit würde ich jeden Tag in Anspruch nehmen." Ich dachte darüber nach. „Warte, jeden Tag an dem ich frei habe. Das wären Sonntage und Montage." Ich zwinkerte ihm zu. „Und ich würde es auch nicht als Date bezeichnen, du bist also sicher, Lover Boy."

„Morgen ist Sonntag" stellte er fest.

Ich wusste nicht, was ich dazu sagen sollte. Also schaute ich ihn einfach an.

„Warum gibst du mir nicht deine Nummer und ich rufe dich an, bevor ich dich abhole?", fragte er.

Ich holte Stift und Zettel und schrieb ihm meine Nummer auf. „Warum rufst du mich nicht an und ich komme alleine? Wir wollen doch keinen falschen Eindruck erwecken."

„Nein, das wollen wir nicht." Er nahm den Zettel, holte sein Handy heraus und speicherte die Nummer ab. Kurz darauf vibrierte mein Handy in meiner Hosentasche und ich holte es heraus. „Bist du das?"

Er nickte. „Ja. Jetzt hast du auch meine Nummer. Aber versuche bitte, auf nächtliche Anrufe zu verzichten, wenn du betrunken bist. Ich bin auch nur ein Mensch, weißt du."

„Das dürfte mir nicht schwer fallen, da ich ja nicht trinke." Ich zeigte ihm die Wasserflasche, die unter dem Tresen stand.

„Du arbeitest in einer Bar. Du kreierst deine eigenen Drinks. Aber du trinkst nicht?" Er sah mich verwirrt an.

„Ich probiere hin und wieder." Ich nahm einen weiteren Bissen und summte aufgrund des großartigen Geschmacks. „Ich freue mich schon auf morgen. Ich wette, es wird toll."

„Das glaube ich auch." Er hörte nicht auf, zu lächeln. „Ich bin froh, dass du vorbeikommst. Der Ort ist so groß, dass ich mich manchmal verlaufe. Es könnte Spaß machen, alles mit dir zu entdecken."

„Ich bin noch nie auf der Farm gewesen, Cash." Ich hatte keine Ahnung, wobei ich ihm helfen könnte.

„Nein, ich meinte, dass wir uns zusammen verlaufen könnten." Er beugte sich zu mir vor und ich spürte seinen Atem auf meinen Lippen.

Ich stützte mein Kinn auf meiner Hand ab. „Ich glaube, mein Drink ist dir zu Kopf gestiegen, Cash Gentry."

„Denkst du?" Er musterte mein gesamtes Gesicht. „Ich mag diese kleinen Sommersprossen auf deinen Wangen. Die sind mir vorher gar nicht aufgefallen. Ich schätze, man muss wirklich nah herangehen, um sie zu entdecken."

Diese Seite an ihm gefiel mir, er war süß und liebenswert. „Ich schätze, ich werde morgen einen weiteren Cash Spezial entwerfen. Sie scheinen dir gut zu bekommen."

„*Du* bekommst mir gut, Bobbi Jo." Er lehnte sich etwas zurück und musterte mich von oben bis unten. „Du versuchst nicht einmal, gut auszusehen, oder?"

„Hä?" Ich versuchte aber auch nicht, schäbig auszusehen.

„Ich meine, dass du gut aussiehst, ohne dir Mühe geben zu müssen." Er lächelte schüchtern.

„Ja, du bist betrunken. Wie wäre es mit einem Kaffee?" Ich machte ihm eine Tasse fertig.

„Ich bin nicht betrunken", widersprach er. „Ich sage nur, wie es ist. Du siehst aus, als würdest du morgens aus dem Bett rollen und dir einfach irgendetwas anziehen. Und das funktioniert großartig bei dir."

„Ich mache schon ein bisschen mehr als das." Ich stellte den Kaffee vor ihm ab. „Aber trotzdem danke?" Ich war mir nicht sicher, ob er mir damit ein Kompliment machen wollte oder nicht.

„Gern geschehen." Er nahm den Kaffee wortlos entgegen und nahm einen Schluck. „Du machst sogar großartigen Kaffee, Bobbi Jo. Hast du überhaupt keine Fehler?"

Meine Schwester kam herein. Sie trug ihr kurzes Kleid und war in Begleitung eines großen Mannes. Ihr Blick wanderte zu dem Mann, der vor mir saß. Sie ließ ihre Begleitung stehen und stellte sich direkt neben Cash. „Hi."

Er sah sie an, dann mich und dann wieder sie. „Hat dir schon einmal jemand gesagt, dass du der Barkeeperin des Watering Hole verdammt ähnlich siehst?"

Sie und ich lachten, doch im Grunde war mir gar nicht nach Lachen zumute, während sie ihren Arm um Cashs Schulter legte und mich auf eine Art angrinste, die mich sehr nervös machte.

KAPITEL SIEBEN

Cash

Bei der Frau, die mir am Arm hing und die der Frau, der ich den ganzen Abend meine Aufmerksamkeit gewidmet hatte, so verdammt ähnlich sah, wunderte mich nur, warum sie so viel Make-up im Gesicht trug. „Du weißt schon, dass du die ganze Paste in deinem Gesicht nicht nötig hast, oder?"

„Paste?" Sie zog ihre dunkelblonden Augenbrauen hoch und blickte zu Bobbi Jo. „Ist er das?"

„Wer?", fragte ich und blickte die Frau an, die an meinem Arm hing, obwohl sie in Begleitung eines Mannes gekommen war. Ein Mann, der regungslos dastand und mich einfach anstarrte.

Bobbi Jo schüttelte nur den Kopf. „Nein. Würde es dir etwas ausmachen, meine Gäste nicht zu belästigen, Betty Sue!"

„Betty Sue?", fragte ich. „Seid ihr Zwillinge?"

„Was hat uns verraten?", fragte Betty Sue grinsend.

„Ich bin etwas angeheitert, aber nicht betrunken. Ich erkenne die Ähnlichkeiten." Ich wusste nicht, warum ich die ganze Zeit über die Menge Make-up nachdachte, die sie im Gesicht trug, aber ich tat es. „Warum trägst du so viel Zeug im Gesicht, Betty Sue? Sieh dir deine

Schwester an." Ich deutete auf Bobbi Jo. „Sie ist eine natürliche Schönheit. Du könntest genauso aussehen."

Betty Sue verzog das Gesicht und sagte: „Ich trage gerne Make-up. Ich fühle mich dadurch hübscher."

Bobbi Jos Wangen hatten inzwischen eine rosige Farbe bekommen.

„Warum wirst du denn rot?", fragte ich.

Sie schüttelte den Kopf und richtete ihre Aufmerksamkeit auf ihre Schwester. „Lass ihn in Ruhe, Betty Sue. Dein Date wartet auf dich. Ich dachte, ihr wolltet nach Dallas fahren."

„Machen wir auch" antwortete Betty Sue. „Er wollte nur vorher noch eine Drink haben."

„Trinkst du auch?", fragte Bobbi Jo ihre Schwester.

„Ja." Endlich ließ Betty Sue meinen Arm los und ging zurück zu dem Mann, mit dem sie hergekommen war. „Was möchtest du gerne trinken, Lance? Es geht aufs Haus, du kannst also bestellen, was du willst."

Bobbi Jo war nicht erfreut darüber, dass ihre Schwester trinken wollte. „Ihm werde ich Alkohol servieren, aber dir nicht. Ich werde nicht zulassen, dass du trinkst und dann noch fährst, Betty Sue. Das solltest du mittlerweile wissen."

Das Mädchen stemmte die Hände in die Hüften „Und erklärst du mir auch warum nicht?"

„Du wurdest schon zweimal beim Fahren unter Alkoholeinfluss erwischt, und du bist erst zweiundzwanzig." Bobbi Jo stellte eine Flasche Wasser auf den Tresen. „Hier, bitte. Und was möchtest du, Lance?"

„Jack auf Eis, bitte." Er kam zu mir und streckte mir seine Hand entgegen. „Lance."

Ich schüttelte seine Hand. „Cash. Freut mich, dich kennenzulernen.

„Gleichfalls." Er setzte sich neben mich auf einen leeren Hocker. „Neu in der Stadt?"

„Das bin ich." Ich trank einen Schluck meines mittlerweile

lauwarmen Kaffees, und verzog bei dem bitteren Geschmack das Gesicht.

Bobbi Jo verlor keine Sekunde und füllte die Tasse mit frischem Kaffee auf und gab außerdem noch ein paar Stücke Würfelzucker hinzu. „Das sollte den Geschmack verbessern, Cash."

Ich konnte nicht anders, als zu lächeln. „Sehr aufmerksam von dir. Danke."

Betty Sue seufzte. „Also Lance, beeil dich mit deinem Drink. Ich will mich so schnell wie möglich auf den Weg nach Dallas machen, damit ich auch etwas trinken kann."

Bobbi Jo sah ihre Schwester mit einem ernsten Blick an. „Klingt so, als wolltest du dir ein paar Bier kaufen und während der Fahrt trinken."

„Du kannst mich nicht kontrollieren." Betty Sue blickte ihre Schwester mit ähnlich ernstem Blick an. „Ich bin eine *erwachsene* Frau."

„Ja. Eine erwachsene Frau, die jedes Mal, nachdem sie angetrunken beim Autofahren erwischt wurde, eine Woche im Gefängnis verbracht hat. Wann lernst du endlich daraus?", fragte Bobbi Jo.

„Wann lernst du endlich, dich aus den Angelegenheiten anderer Leute herauszuhalten?" Sie schaute auf den Kaffee, den ich trank. „Hat er den überhaupt bestellt? Oder hatte er etwas zu viel Spaß und du hast ihn dazu gezwungen, diesen miesen Kaffee zu trinken?"

Ich hob einen Finger, um die beiden zu unterbrechen. „Ich kann das regeln, wen du willst, Bobbi Jo."

„Das ist nicht dein Problem, Cash. Aber trotzdem danke." Bobbi Jo wandte sich wieder ihrer Schwester zu. „Du hast wohl vergessen, dass ich diejenige war, die deine Kaution bezahlt und dir dabei geholfen hat, die Sache so lange es ging, vor Dad geheim zu halten. Dabei hatte ich nicht wirklich Zeit, nach Dallas zu fahren, um deinen Hintern aus dem Gefängnis zu holen. Und so wie es aussieht, bist du auch heute wieder auf dem besten Weg, in Dallas in einer Zelle zu landen. Aber dieses Mal werde ich nicht kommen, um dich da rauszuholen. Das verspreche ich dir."

Ich hatte das Gefühl, ein weiteres Mal eingreifen zu müssen. „Ich kann dir aushelfen, Bobbi Jo. Das kann ich wirklich."

Betty Sue schaute mich mit einem sexy Lächeln an. „Und verrätst du mir, wie du aushelfen kannst, Cash?"

„Nur wenn deine Schwester es möchte", antwortete ich.

Bobbi Jo schnaubte verärgert, blickte erst ihre Schwester und dann mich an. „Wie kannst du hier helfen, Cash?"

Ich setzte mich etwas aufrechter hin und trug meine Lösung vor: „Ich habe eine Limo und einen Fahrer. Außerdem habe ich einen Privatjet. Ich kann den Fahrer bitten, die beiden hier abzuholen und zum Flughafen zu bringen. Von dort bringt der Pilot die beiden dann nach Dallas. In Dallas können sie sich dann ein Taxi rufen."

„Perfekt!", rief Betty Sue und sprang aufgeregt auf und ab. „Und jetzt gib mir einen Drink, Bobbi Jo. Cash wird sich um alles kümmern." Sie sah mich mit ihren blauen Augen an. „Lust, mitzukommen, Cash?"

Ich schüttelte den Kopf. „Nein. Ich bleibe hier."

Betty Sue schüttelte den Kopf und sah ihre Schwester an. „Du hast morgen frei. Du hast den Neuen eingestellt. Du könntest auch mitkommen, Bobbi Jo. Ich wette, wenn du kommst, kommt Cash auch mit."

Sie hatte recht. Aber eigentlich hatte ich gar keine Lust, mitzukommen. Ich wollte lieber alleine Zeit mit Bobbi Jo verbringen. Also versuchte ich, Bobbi Jo mit einem Blick meine Gedanken zu vermitteln.

„Ich habe morgen schon was vor, Betty Sue. Falls du Cashs Angebot annehmen willst, solltest du das tun. Aber halte mich aus deinen Plänen heraus." Sie füllte ein Glas mit Cola und stellte es vor ihrer Schwester ab. „Und eines sage ich dir, Betty Sue: falls du mich wieder aus einem Gefängnis anrufst, werde ich dir den Hals umdrehen." Dann schenkte sie mir ein Lächeln, das das ganze Theater wert war. „Danke, Cash."

„Kein Problem." Ich lehnte mich zufrieden zurück. Es schien so, als hätte ich Bobbi Jo eine große Last bezüglich ihrer Schwester von den Schultern genommen.

Ich holte mein Telefon aus der Tasche und schickte Buddy eine Nachricht, in der ich ihn darum bat, ein paar Freunde abzuholen. Er antwortete sofort und teilte mir mit, dass er sich gleich auf den Weg mache.

Ich hatte noch nie über die Mittel verfügt, um so etwas Nettes tun zu können. Ich schaute zur Decke und dankte meinem Großvater stumm für alles. Ohne sein Erbe würden wir uns immer noch für jeden Dollar abrackern.

Kurze Zeit später verließen Betty Sue und Lance die Bar. Da es ein Samstagabend war, blieben die feierlustigen Gäste bis Ladenschluss. Ich trank nichts mehr und half Bobbi Jo stattdessen beim Saubermachen, damit Joey nah Hause gehen konnte.

„Du musst nicht bleiben, Cash", sagte sie und stellte die Stühle hoch, um den Boden wischen zu können.

Ich hatte schon viel Zeit mit Wischen verbracht. „Ich werde das Wischwasser holen, während du fegst. Es macht mir nichts aus, dir zu helfen, Bobbi Jo. Mir gefällt das sogar. Früher wurde ich für solche Dinge bezahlt. Es ist irgendwie cool, diese Dinge jetzt einfach nur aus Spaß zu tun."

„Spaß?" Sie lachte. „Putzen hat überhaupt nichts Spaßiges an sich."

Ich zuckte lediglich mit den Schultern und holte das Wischwasser. Für mich bestand der Spaß darin, Zeit mit diesem Mädchen verbringen zu können. Sie war so anders als alle anderen Mädchen, die ich je getroffen hatte. Sie verstellte sich nicht. Sie versuchte nicht, mit mir zu flirten. Sie versuchte nicht, sich aufzubrezeln, um mir zu gefallen.

Als ich mit Eimer und Wischmopp zurückkam, war sie mit dem Fegen so gut wie fertig. Ich machte mich daran, den Boden zu wischen. „Ich bin recht schnell bei so was. Wenn du willst, fahre ich dich nach Hause, wenn wir hier fertig sind."

„Ich bin mit dem Auto da." Sie ging nach hinten und brachte den Besen weg.

Ich beeilte mich mit dem Wischen und dachte über andere Möglichkeiten nach, wie ich mehr Zeit mit ihr verbringen könnte. Als sie zurückkam, ging sie zur Kasse und holte die Einnahmen des Abends heraus. Da kam mir eine Idee. „Warum fahre ich dir nicht hinterher und du packst schnell ein paar Sachen zusammen und kommst mit zu mir? Wir haben zig Gästezimmer und du wolltest morgen eh vorbeikommen. Warum leistest du mir nicht beim Frühstück Gesellschaft? Chefkoch Todd macht ein hervorragendes Frühstück. Ella – das ist das Mädchen, auf das mein Bruder Tyrell ein Auge geworfen hat, es aber nicht zugeben will – hat gesagt, dass Todd einen Sonntags-Brunch zubereitet, der einen umhaut. Ihre Worte, nicht meine. Ich sage selten ‚umhaut‘.“

Während sie das Geld in einen Geldbeutel der Bank packte, lächelte sie und ich dachte für einen Moment, dass sie auf meinen Vorschlag eingehen würde. „Das ist wirklich nett von dir, Cash. Aber ich schlafe sonntags gerne aus, das heißt bis zwei oder drei Uhr nachmittags. Ich würde euren Brunch also verschlafen. Dennoch würde ich gerne zum Abendessen kommen, wenn das Angebot noch gilt.“

„Sicher.“ Ich konnte die Enttäuschung in meiner Stimme nicht verbergen. „Ich verstehe schon. Du arbeitest die ganze Woche bis spät in die Nacht. Du musst eine Menge Schlaf nachholen. Ich habe nur -“

Sie vollendete meinen Satz: „- gehofft, dass wir mehr Zeit miteinander verbringen könnten.“

Ich nickte und lächelte sie an. „Ja, blöd, nicht wahr?“

„Mehr Zeit miteinander verbringen zu wollen ist blöd?“, fragte sie mit großen Augen. „Ich denke nicht. Ich finde es eher süß. Und ich finde, es klingt wie etwas, das Menschen wollen, die auf der Suche nach einer Beziehung sind. Ich möchte eines ganz klar stellen, Cash: Ich genieße deine Gesellschaft. Ich mag dich. Aber ich mag auch meine Freiheit.“

„Ich auch.“ Ich mochte meine Freiheit. „Und du hast recht. Ich verlange zu viel. Ich werde es ruhiger angehen lassen. Vielleicht liegt es daran, in einer neuen Stadt zu sein und noch nicht viele Bekanntschaften gemacht zu haben, dass ich mich so an dich klammere. Du bist meine erste Freundin hier, Bobbi Jo.“

Mir gefiel das kleine Lächeln, das sich auf ihre Lippen legte. „Das ist in Ordnung. Ich denke, wir werden gute Freunde sein, Cash."

Ich hatte es satt, nur Freunde zu sein. Ich wollte etwas mehr sein. Nein, viel mehr. Also wischte ich mit dem Mopp weiter über den Boden und in ihre Richtung.

Sie schaute mich an, während ich immer näher kam. Ich ging hinter die Bar und stellte mich ganz dicht an sie heran. „Nur weil wir Freunde sind, heißt das ja nicht, dass wir keinen Spaß miteinander haben können. Weißt du, was ich meine?" Ich stellte den Mopp neben die Bar und legte ihr meine Hände auf die Schultern.

Sie leckte sich über die Lippen. „Ich denke, ich verstehe, was du sagen willst."

„Gut." Ich legte meinen Arm um sie und zog sie dicht an mich heran, während wir uns tief in die Augen sahen. Langsam bewegte ich mich näher auf sie zu, bis sich unsere Lippen trafen. Die Spannung, die mich dabei durchfuhr, verriet mir, dass wir alles hatten, was es brauchte, um unsere Freundschaft auf ein viel körperliches Level zu heben.

KAPITEL ACHT

Bobbi Jo

Vor meinem inneren Auge ging ein Feuerwerk los. Das war mir noch nie passiert, und ich hatte auch keine Ahnung, was das bedeutete. Ich wusste nur, dass sich seine Arme um mich legten und mein Mund sich öffnete.

Er hob mich ganz leicht hoch und setzte mich auf der Bar ab. Ich spürte seinen Schwanz an meiner heißen Muschi. Eine Hand berührte meinen Busen und meine Nippel wurden hart. Ich stöhnte lustvoll auf.

Seine Lippen verließen meine und fuhren über meinen Hals. „Du küsst besser als die meisten, Bobbi Jo."

„Du auch." Ich fuhr mit meinen Fingern über seine Arme. „Vielleicht liegt es daran, dass deine Muskeln so sexy sind."

Er nahm meine Hände und brachte mich dazu, sein Hemd aufzuknöpfen. Anschließend legte er meine Hände auf seine nackten Bauchmuskeln. „Wie gefallen dir die?"

„Sehr gut." Er ließ meine Hände los und ich fuhr mit ihnen über seinen Bauch und seine Brust. „Überall Berge und Täler überall."

Er griff hinter mich und löste meine Schürze. Dann schob er

seine Hände unter mein Shirt und öffnete meinen BH. Ich wusste, was jetzt passieren würde.

Seine Hände legten sich um meine Brüste. „Weich", flüsterte er.

Obwohl ich nichts getrunken hatte, fühlte ich mich beschwipst. Ich legte meine Hände auf seine und motivierte ihn dazu, meine Brüste zu liebkosen. Ich blickte in seine blauen Augen. „Es gefällt mir, mit dir befreundet zu sein, Cash."

„Es gefällt mir auch, mit dir befreundet zu sein", sagte er und küsste mich wieder. Mich erfüllte eine Leidenschaft, die ich so noch nie gespürt hatte.

Ich vermutete, dass es daran lag, dass Cash der bestaussehende Typ war, den ich je geküsst hatte. Wenn man dann noch seinen tollen Körperbau dazu nahm und die Menge an Aufmerksamkeit, die er mir in so kurzer Zeit geschenkt hatte, dann passte alles perfekt zusammen.

Er schob eine Hand zwischen meine Beine und ich war mir sicher, dass er meine Erregung fühlen konnte.

Er begann, zu lächeln. „Mir platzt gleich die Hose. Wenn du heute Nacht mit zu mir kommst, verspreche ich dir, dass ich dich anschließend ausschlafen lasse. So lange du willst, und niemand wird dich stören, das schwöre ich dir. Wir haben großartige Betten bei uns. Du wirst schlafen wie ein Baby. Das heißt hinterher."

Ich tat so, als wüsste ich nicht, was er meinte. „Hinterher?"

Seine Augen leuchteten. „Ja. Nachdem ich dich so gevögelt habe, wie du noch nie gevögelt wurdest."

Mir verschlug es den Atem. So hatte noch nie jemand mit mir geredet – rau, versext und gerade heraus. Cash überließ nichts der Phantasie. Er wollte mich vögeln und ich wollte, dass er es tat.

Mir wurde klar, dass die anderen Typen, mit denen ich Sex gehabt hatte, nicht so leidenschaftlich, stark, männlich oder über-sexy gewesen waren wie Cash. Vielleicht hatte mich deswegen keiner so scharf gemacht wie er. Vielleicht hatte mir deswegen keiner gera-deheraus gesagt, dass er mit mir ins Bett wollte.

„Ich weiß nicht, ob ich mit zur Farm kommen sollte, Cash." Ich wollte nicht, dass er dachte, zwischen uns wäre mehr als nur Sex.

„Ich könnte mit zu dir kommen." Er küsste mich auf den Hals.

„Nein!" Ich schubste ihn von mir weg und schüttelte den Kopf. „Ich wohne noch zu Hause. Du willst meinen Eltern nicht begegnen. Nicht so."

Er lächelte nur. „Dann komm mit zu mir. Ich bringe dich zurück, um dein Auto zu holen – wann du willst. Aber jetzt möchte ich, dass du neben mir im Truck sitzt, damit ich dich während der ganzen Fahrt fingern kann."

„Verdammt", zischte ich. So etwas hatte noch nie jemand zu mir gesagt. „Ich hoffe, du bist auch so gut, wie du sagst, Cash Gentry."

„Ich bin sogar noch besser, Bobbi Jo Baker." Er küsste mich auf eine empfindliche Stelle hinterm Ohr. „Ich habe mich heute über dich erkundigt und ein paar Dinge erfahren – etwa deinen Nachnamen und dass dein Daddy der Sheriff dieser kleinen Stadt ist. Deine Mutter ist auch eine nette Dame. Ich habe sie heute Morgen im Futterlager kennengelernt."

„Wie?" Ich verstummte, als er begann, an meinem Hals zu saugen.

„Du hast gestern davon gesprochen, dass sie dort arbeitet. Ich wollte sie kennenlernen. Frag mich nicht warum, denn ich weiß es selbst nicht. Aber ich wollte sie sehen." Seine Lippen berührten meine Wange. „Du hast etwas an dir, dass mich fesselt. Also, was sagst du: Wollen wir?"

In meinem Kopf drehte sich alles. Er presste seinen harten Schwanz gegen mich und meine Beine zitterten. Ich ließ meine Hände über seine Schultern gleiten. „Wenn das vorbei ist, sind wir immer noch Freunde, oder? Mehr als das will ich nicht."

„Cool." Er küsste mich sanft. „Ich auch nicht. Freunde mit gewissen Vorzügen. Damit bin ich einverstanden."

„Und auch keine Spitznamen. Ich bin nicht dein Baby und du bist nicht mein Macker." Ich musste einige Regeln aufstellen. Ich würde mich auf niemanden fest einlassen. Noch nicht. Ich musste zuerst noch mein Leben leben.

Ich hatte es zu oft erlebt, dass sich eine Freundin auf einen Typen eingelassen hatte und alles viel zu schnell ging. Diese Beziehungen waren häufig von Streit geprägt. Es wurde über alles gestritten: über das Essen, über andere Frauen, über die Klamotten usw.

Ja, einige meiner Freundinnen waren absichtlich so. Und ich wollte auf keinen Fall so werden. Jede von ihnen sagte immer, dass ich genauso werden würde, sobald ich den richtigen Mann gefunden hätte.

Ich würde genauso zickig, erdrückend und unsicher wie sie. Bei jeder Gelegenheit würde ich das Handy meines Mannes durchsuchen und darauf achten, dass er mit niemandem redete. Ich würde in so einkleiden, dass wir als Paar erkennbar sein würden, damit es keine Frau wagen würde, ihn anzusprechen.

Ich wollte nicht zu so einer Person werden. Ich würde es nicht. Egal, was es kostete.

Spitznamen wären also tabu.

Er zog das Gummiband aus meinen Haaren und löste meinen Pferdeschwanz. „Warum würde ich dir einen Kosenamen geben? So etwas tun Pärchen. Wir sind kein Pärchen.“

Er fuhr mit seinen Händen an meinen Armen entlang und nahm dann mein Gesicht in seine Hände. Mein Herz raste. „Wir sind Freunde. Und deswegen sollten wir uns hin und wieder helfen. So wie ich dir vorhin beim Putzen geholfen habe, stimmt's?“

Ich konnte einfach nur nicken. „Ja.“

Er nahm meine Hand und hielt sie gegen die Beule in seiner Hose. „Und nun kannst du mir bei diesem kleinen Problem helfen, nicht wahr?“

Ich nickte erneut. „Ja.“

Er ließ meine Hand los und presste seine Hand gegen meinen Schritt. „Und so, wie es sich anfühlt, kannst du hier auch etwas Hilfe gebrauchen. Was wäre ich denn für ein Freund, wenn ich dir nicht helfen würde?“

„Ein schlechter.“ Ich atmete tief durch und schaute in sein umwerfendes Gesicht. „Also können wir uns gegenseitig helfen. Es gibt keinen Grund anzunehmen, dass es mehr ist, als ein Freundschaftsdienst. Oder?“

„Stimmt." Er küsste mich erneut und seine Hände glitten über meinen gesamten Körper.

Ich konnte mich nicht daran erinnern, dass ich jemals jemanden so sehr gewollt hatte. Gerade als mir dieser Gedanke kam, spürte ich seinen Schwanz an meiner Muschi.

Ich schnappte nach Luft. „Cash!"

Er fummelte an dem Knopf meiner Jeans. „Ja?"

„Du brauchst ein Kondom." Ich nahm keine Pille. Ich hatte nicht genug Sex, um sie zu nehmen.

„Auf dem Männerklo habe ich einen Automaten gesehen. Ich bin gleich wieder da." Er ging einen Schritt zurück und ich sah, wie groß die Beule in seiner Hose wirklich war. „Ich werde mehr als genug holen. Keine Sorge."

Ich blieb auf der Bar sitzen und nickte, während er zu den Toiletten ging. Meine Atmung war unregelmäßig und meine Nippel waren hart wie Stein. Dieser Mann war kurz davor, meine Welt zu erschüttern. Da war ich mir sicher.

Aber wäre ich auch in der Lage, seine Welt zu erschüttern?

Ich hatte bisher mit vier Typen geschlafen. Ich konnte an zwei Händen abzählen, wie oft ich insgesamt Sex hatte. Eine plötzlich aufsteigende Nervosität zwang mich dazu, vom Tresen zu springen. Unruhig lief ich hin und her und dachte darüber nach, wie dumm es doch war zu glauben, dass ich es mit einem Mann wie Cash tun könnte.

Als ich die Toilettentür hörte, richtete ich meinen Blick auf. Ich muss etwas ziemlich verwirrt ausgesehen haben. „Was ist los? Du hast doch keine Zweifel, oder?"

„Ich bin mir nicht sicher."

Er eilte zu mir und setzte mich wieder auf den Tresen. „Du solltest nicht zweifeln, Bobbi Jo."

„Du bist, na ja, du bist darin besser als ich." Ich wurde immer unsicherer und biss mir auf die Unterlippe. „Ich hatte weniger als zehnmal Sex, Cash. Ich bin nicht besonders toll darin."

„Egal." Er nahm mein Kinn in seine Hand. „Es liegt an mir, großartig zu sein. Du musst mich nur machen lassen, damit ich dir zeigen kann, was ich für dich tun kann. Mehr will ich gar nicht. Ich werde die ganze Arbeit machen. Du sollst dich nur zurücklehnen und dich entspannen."

Er hatte keine Ahnung, wie nutzlos ich in sexuellen Dingen war. „Ich habe noch nie jemandem einen geblasen."

„Egal." Er lächelte mich an.

„Auch noch nie jemandem einen runtergeholt."

Er lächelte immer noch. „Egal."

Ich musste ihm noch eine Sache gestehen, von der ich befürchtete, dass er deswegen seine Meinung ändern könnte. „Ich hatte noch nie einen Orgasmus beim Sex. Keiner der vier Typen, mit denen ich je Sex hatte, konnte mich zum Höhepunkt bringen."

„Ich werde dich auf jeden Fall zum Höhepunkt bringen, Bobbi Jo. Versprochen." Er legte mir seine Hand in den Schritt. „Willst du, dass ich es dir beweise, bevor ich dich mit nach Hause nehme und dich bis zur Besinnungslosigkeit vögele?"

„Wie?" In meinem Kopf schwirrten zahllose Möglichkeiten umher.

Langsam öffnete er meine Hose und schob sie, zusammen mit meinem Höschen, runter.

Ich starrte ihn wortlos an, während er mich dazu brachte, mich zurückzulehnen. „Du kannst gerne schreien, wenn du kommst, Bobbi Jo. Es macht mich wirklich an, wenn eine Frau im Zuge der Leidenschaft meinen Namen laut herausschreit."

„Okay." Ich ballte die Fäuste, als er mich an meiner intimsten Stelle küsste. Seine Zunge fuhr zwischen meine Schamlippen und drang schließlich in mich ein. Ich schnappte nach Luft und spürte etwas, was ich noch nie zuvor gespürt hatte. Und innerhalb weniger Minuten explodierte mein Innerstes und alles, was mir über die Lippen kam, war sein Name: „Cash! Cash! Cash!"

KAPITEL NEUN

Cash

Einige Tage nachdem ich Sex mit Bobbi Jo hatte, wollte ich nur noch mehr. Jedoch wollte sie nicht jede Nacht bei mir verbringen. Ich bekam Samstag- und auch Sonntagnacht, aber mehr als das war nicht drin.

Der sogenannte *hump day*, die Mitte der Arbeitswoche, lag vor uns und ich hatte die Hoffnung, sie da wieder ins Bett zu kriegen. Ich saß an der Bar und trank ein Bier, während Bobbi Jo saubere Gläser in das Gefrierfach stellte. „Fröhlichen *hump day*, Bobbi Jo." Ich hob mein Glas.

Lachend machte sie die Gefriertruhe zu und drehte sich zu mir um. „Dir auch einen fröhlichen *hump day*, Cash."

„Und zu diesem Anlass."

Sie schüttelte den Kopf. „Nein."

Ich hatte keine Ahnung, warum sie keinen Sex mehr wollte. Bei den ganzen Leuten in der Bar wollte ich nicht zu laut darüber reden, aber ich musste etwas dazu sagen. „Brauchst du heute Abend meine Hilfe, Bobbi Jo?"

Sie zeigte auf Joey. „Dafür habe ich ihn. Trotzdem danke."

Ich hatte nicht vor, aufzugeben. Als Joey an die Bar kam, um eine Bestellung fertigzumachen, fragte ich ihn: „Wie würde es dir gefallen, heute früher Schluss zu machen, Joey? Ich könnte bleiben und beim Aufräumen helfen."

„Cool", sagte er und drehte seinen Kopf in Richtung eines Mädchens, dass am anderen Ende der Bar saß. „Heute ist der Geburtstag meiner Freundin und ich wollte sie nach Feierabend noch zu Whataburger einladen."

Bobbi Jo runzelte die Stirn. „Nun, warum hast du mir das denn nicht gesagt, Joey? Gott, mach jetzt Schluss. Es ist doch nicht nötig, dass deine Freundin ihren Geburtstag damit verbringt, hier an der Bar zu sitzen und nichts zu tun." Sie ging zur Kasse und nahm etwas Geld heraus. „Hier, nimm das und lade sie zu etwas Besserem als Whataburger ein." Sie nahm noch eine Flasche Texas Crown Royal aus dem Regal uns gab sie ihm. „Nimm die auch noch mit. Habt einen tollen Abend und nimm dir morgen frei."

„Wow", sagte er überrascht. „Danke, Boss." Er umklammerte die Flasche und das Geld und rief seiner Freundin zu: „Komm Süße, wir hauen ab!"

Das Lächeln des Mädchens war ansteckend und sie rannte auf Joey zu und sprang ihm in die Arme. „Oh Joey!"

Während die beiden die Bar verließen, sahen Bobbi Jo und ich uns an. Dann sagte ich: „So, darf ich dir nun beim Aufräumen helfen?"

Sie nickte. „Ja, aber das ist auch alles, was wir tun werden."

„Warum?" Ich trank einen Schluck Bier aus meiner Flasche, während ich auf eine Antwort wartete.

Sie wischte über den Tresen. „Ich will nicht, dass du dich daran gewöhnst."

Als sie nah genug war, flüsterte ich: „Meinst du nicht eher, dass du dich nicht daran gewöhnen willst? Es muss furchtbar sein, in einer Welle des Vergnügens zu versinken, während du meinen Namen schreist."

Ihre Wangen wurden knallrot und sie drehte sich von mir weg.

Sie ging direkt zur Gefriertruhe, öffnete die Tür und blieb davor stehen. „Du bist schlimm."

„Du bist heiß." Ich nahm noch einen Schluck, während sich in mir etwas regte.

Sie schloss die Tür der Gefriertruhe und ging direkt wieder an die Arbeit. Sie konzentrierte sich darauf, die Flaschen im Regal neu anzuordnen und vermied es, mich anzusehen. „Du könntest aufhören, mich heiß zu machen."

„Wo bliebe da der Spaß?"

Jemand rief, dass er mehr Bier wollte und um es aus dem Kühlschrank zu holen, musste sie sich wieder zu mir umdrehen. „Cash, wir sollten nicht versuchen, uns die ganze Zeit über anzumachen."

Ich nickte. Ich wusste, dass wir das nicht sollten. Aber sie machte mich die ganze Zeit an. „Du könntest aufhören, so verdammt süß zu sein", sagte ich.

„Ich bin einfach aufgestanden, habe geduscht, mich angezogen und bin zur Arbeit gekommen", sagte sie. „ Meine Haare sind zu einem nassen Pferdeschwanz gebunden, ich trage kein Make-up und ich habe vergessen, Deo aufzutragen. Und du findest mich immer noch süß?"

Ich wünschte, es wäre nicht so, aber ich fand sie jetzt nur noch ansprechender. „Verdammt, Bobbi Jo, wie machst du das nur?" Ich musste meine Position auf dem Barhocker etwas verändern. „Du machst mir das Sitzen hier echt schwer."

„Das war nicht meine Absicht." Sie stellte vier Flaschen Bier auf den Tresen. „Willst du das den Typen da drüben bringen?"

„Ähm, nein." Ich schaute ihr in die Augen. „Du hast mir eine Latte verpasst."

Sie schaute überrascht. „Wie das?"

Ich zuckte die Schultern, da ich keine wirklich Erklärung dafür hatte. „Ich weiß nur, dass du Abhilfe schaffen könntest, wenn du für ein paar Minuten mit mir im Lagerraum verschwindest."

„Vergiss es." Sie nahm die Bierflaschen von der Bar und brachte sie zu den Gästen.

Ich beobachtete sie durch den Spiegel und sah zu, wie sich ihr Hintern bei jedem Schritt hin und her bewegte. „Hier bitte, Jungs."

Als sie zurück zur Bar kam, trafen sich unsere Blicke im Spiegel und sie lächelte. Mir war klar, dass wir nach Ladenschluss allein sein würden, und ich hatte nicht vor, auch nur eine Sekunde zu verschwenden.

Mein Schwanz sehnte sich nach ihr. Ich hatte noch nie eine so süße Muschi gehabt – und ich hatte eine Menge gehabt. Bobbi Jo machte Sachen mit mir, die keinen Sinn ergaben. Sie versuchte nicht einmal, mich anzumachen, und dennoch tat sie es.

In ihren Armen aufzuwachen, war eine schöne Überraschung gewesen. Ich war eigentlich der Typ, der verschwand und nicht über Nacht blieb. Aber mit Bobbi Jo gemeinsam aufzuwachen, war cool.

Wir hatten uns gemeinsam die Zähne geputzt. Sie hatte sich nach dem Aufstehen in das Bettlaken eingewickelt und ich hatte es ihr wieder heruntergerissen. Dann habe ich sie mir über die Schulter geworfen und bin mit ihr unter die Dusche gegangen. Wir haben viel gelacht und uns viel geküsst. Und wir haben uns auf einer Ebene verstanden, wie ich es noch mit keinem Mädchen getan habe.

Die Tür öffnete sich und eine Gruppe Frauen kam herein. Sie waren ungestümer als alle anderen in der Bar und Bobbi Jo klärte mich auf, während sie eilig gekühlte Gläser mit Bier füllte. „Mittwochabendmesse ist vorbei. Bist du dein kleines Problem los geworden, Cash? Kannst du mir jetzt helfen?"

„Ich würde es nicht *klein* nennen." Ich stand auf – jetzt ging es wieder. „Was soll ich machen?"

„Schnapp dir ein Tablett und bring den Damen ihr Bier. Nimm dich in Acht, sie können etwas anhänglich werden." Sie zwinkerte mir zu. „Aber sie geben gutes Trinkgeld, also solltest du ihnen ihre Übergriffe nicht allzu übel nehmen."

„Prima." Ich nahm das mit Bier beladene Tablett und ging zu dem Tisch. „Guten Abend, meine Damen. Wie wäre es mit einem kühlen Blonden, am heutigen *hump day*?"

„Halleluja!", rief eine von ihnen.

Und eine andere fügte hinzu: „Gepriesen sei Jesus!"

Eine dritte griff sich schnell ein Glas uns hob es hoch. „Nektar der Götter!"

Ich fand es witzig, dass diese Kirchengängerinnen ihr Bier dermaßen lobten. „Und, in welche Kirche gehen Sie, meine Damen?"

„Cowboy Church", antwortete eine von ihnen. „Deswegen mögen wir auch unser Bier so gerne."

Eine andere kniff mir in den Hintern. „Sie sollten am Sonntag mal vorbeikommen. Sonntags veranstalten die Männer immer ein Barbecue und nach der Morgenandacht betrinken wir uns alle."

„Okay, danke für die Einladung." Ich schob die Hand der Dame von meinem Hintern und versuchte, den Tisch zu verlassen.

Aber eine andere ergriff meine Hand. „Und, sind Sie Single?"

Die nächste rief: „Wie heißen Sie?"

Bevor ich antworten konnte, rief eine andere: „Glauben Sie an Liebe auf den ersten Blick?"

Ich beantwortete die Fragen in gestellter Reihenfolge: „Ich bin Single. Ich heiße Cash Gentry. Und ich glaube an Liebe auf den ersten Blick."

„Gentry?", fragte eine von ihnen. „So wie der Whisper Ranch, Gentry?"

„Ja." Ich wollte zurück zum Tresen, doch eine von den Damen hielt mich am Bein fest.

Ich schaute auf ihre Hand und sie fragte: „Können wir unsere Messe irgendwann mal dort veranstalten?"

Ich schob ihre Hand weg und antwortete: „Keine Ahnung. Ich muss erst meine Brüder fragen, was sie davon halten."

„Sind sie so umwerfend und alleinstehend wie Sie?", fragte eine große, dunkelhaarige Dame.

„Ähm, in etwa." Dieses Mal gelang es mir, den Tisch zu verlassen. „Ich komme gleich wieder und bringe neues Bier. Und vielleicht auch etwas zu essen." Ich hatte den Eindruck, dass sie etwas essen zu dem ganzen Alkohol nötig hätten. Er war ihnen bereits ein wenig zu Kopf gestiegen.

Als ich das schiefe Lächeln auf Bobbi Jos Gesicht sah, stellte ich mich neben sie und sagte: „Wirklich witzig."

„Nicht wahr?" Sie lachte. „Ich sage dir für heute Abend eine Menge Trinkgeld voraus, Cash."

Alles was ich sah, war das Ende des Abends. „Ich sehe dich, morgen früh, in meinem Bett, Bobbi Jo."

Sie errötete. „Sei dir da nicht zu sicher, Lover Boy."

„Ich dachte, du hättest gesagt, wir geben uns keine Kosenamen." Ich wollte sie nicht so schnell vom Haken lassen. „Wenn du mich Lover Boy nennst, dann werde ich dir auch einen Spitznamen geben. Wie wäre es mit Sexy Momma?"

„Nur, dass ich nicht deine Momma bin." Sie entfernte sich einen Schritt von mir.

Ich packte sie an der Hüfte. Die Bar war hoch genug, so dass niemand sehen konnte, was ich tat. „Nein, aber du bist meine kleine Liebessklavin, nicht wahr?"

„Nein." Sie befreite sich aus meinem Griff und grinste. „Ich bin von niemandem die Sklavin oder irgendetwas anderes."

„Da bin ich mir sicher." Sie konnte mich nicht zum Narren halten. Ich wusste, dass ihr gefiel – nein, dass sie liebte – was ich für sie und für ihren Körper tun konnte. „Ich werde dich später schon dazu kriegen, dass du mich anbettelst. Warte nur ab."

Ich sah, wie sie erzittere. „Psst."

Vielleicht war ich etwas zu laut gewesen. Also beugte ich mich etwas näher zu ihr heran. „Ich denke, ich werde dich Törtchen nennen."

Sie schaute mich verwirrt ab. „Törtchen? Wieso das denn?"

„Weil du feucht und süß bist, und ich es liebe, an dir zu knabbern." Ich kitzelte ihren Bauch und sie versuchte, mir zu entkommen.

„Cash!" Sie ging einen Schritt von mir weg und versuchte, nicht zu lachen. „Du bist einfach fürchterlich heute."

„Ich bin geil." Ich sah keinen Grund, sie deswegen anzulügen.

Sie stemmte die Hand in die Hüften und deutete mit dem Kopf auf den Tisch, an dem die Frauen saßen. „Eine von denen würde dir sicher gerne damit helfen."

„Ja, ich weiß." Ich ließ meinen Blick über ihren Körper schweifen. „Aber ich will nur dich."

Mit hochgezogenen Augenbrauen sagte sie: „Wir sind immer noch nur Freunde. Wenn du eine von denen willst, ist das in Ordnung für mich. Du bist ein freier Mann – vergiss das nicht."

„Und du bist eine freie Frau." Ich grinste sie an. Die Freiheit, mit jeder zusammen sein zu können, mit der ich wollte, machte sie in meinen Augen nur noch reizvoller. „Du bist in einer Bar voller verfügbarer Männer. Such dir einen aus."

Sie wedelte mit ihrem Finger vor mir her. „Zuerst einmal: Ich bin hier nicht die geile. Und zweitens: Ich lasse mich nie mit einem aus der Bar ein. Das ist schlecht für das Geschäft."

„Wie erklärst du dann mich?", fragte ich.

„Das kann ich nicht." Sie nahm das Handtuch, das auf dem Tresen lag und warf es mir zu. „Kannst du den Tisch abwischen, den die Jungs gerade verlassen haben?"

Nickend antwortete ich: „Sicher. Wenn du mir sagst, dass du morgen früh in meinem Bett aufwachen wirst."

Die Art, wie sie ihre Lippe hochzog, erregte mich. „Du fährst einen harten Kurs."

„Ich weiß, ich fahre auch andere Dinge hart." Mit einem Zwinkern ging ich an ihr vorbei und gab ihr einen Klaps auf den Hintern. „Mein Bett, morgens, in meinen Armen aufwachen."

„Vielleicht."

Ich schüttelte den Kopf. „Mit Sicherheit. Du wirst schon sehen. Du wirst mich später anflehen."

Sie gab nicht nach. „Das bezweifle ich."

Das bezweifelte ich nicht.

KAPITEL ZEHN

Bobbi Jo

Er presste seinen Körper gegen mich und seinen Mund gegen meinen Schritt, während ich meine Finger in seinem Haar vergrub. Ich stöhnte auf, als er seine Lippen von mir löste. „Nein, Cash. Nicht aufhören, ich war fast so weit."

„Oh, warst du? Ist mir nicht aufgefallen", antwortete er und küsste die Innenseite meiner Schenkel.

Der Geruch von Putzwasser stieg mir in die Nase. „Ich denke, es wird Zeit zu gehen. Wir haben vor über einer Stunde zugemacht. Die Leute werden glauben, dass wir hier mehr als nur putzen."

„Na und?" Cash schien es nicht zu interessieren, was die Leute dachten. Er stellte sich vor mich und küsste mich noch einmal, bevor er einen Schritt zurückging. „Bist du so weit?"

Ich hatte eigentlich nicht vorgehabt, mit zu ihm zu gehen. „Können wir es nicht einfach hier machen? Danach können wir wieder getrennter Wege gehen und niemand muss erfahren, was wir getan haben."

„Nochmal, Bobbi Jo: Mir ist egal, wer mitkriegt, was wir tun. Ich weiß nicht, warum du dir darüber Gedanken machst. Und wenn du mehr willst, dann weißt du, wo du mich finden kannst." Er knabberte an meinem Ohrläppchen und presste sein hartes Glied gegen meinen nackten Schritt.

Ich nahm sein Gesicht in meine Hände und sagte: „Ich dachte, du wolltest keine feste Freundin."

„Will ich auch nicht." Er grinste mich an. „Und ich weiß, dass du keinen festen Freund willst. Ich finde es gut, so wie es zwischen uns ist. Wir haben tollen Sex. Wir verstehen uns großartig. Ich sehe keinen Grund, daraus mehr zu machen."

„Und was soll dann das Gerede, dass du mich unaufhörlich in deinem Bett haben willst und ich ständig in deinen Armen aufwachen soll?" Für mich klang das schon sehr nach einer Beziehung.

„Mir gefällt das." Er legte mir seine Hände auf die Hüften. „Dir gefällt das auch. Das verrät mir deine feuchte Muschi jeden Morgen."

Meinem Körper gefiel es. „Aber die Nacht gemeinsam zu verbringen, kommt mir etwas zu intim vor. Hast du keine Angst vor dem, was vielleicht passieren könnte?"

„Etwa, dass wir uns ineinander verlieben?", fragte er und fing an zu lachen.

Dass er darüber lachte, machte mich wütend. „Findest du das so witzig? Hältst du es für so unvorstellbar, dass du dich in mich verlieben könntest?"

„Erstens: Ich verliebe mich nicht. Zweitens: Sollte ich das tun, dann wärst du eine Person, in die ich mich verlieben könnte. Aber im Moment verbringe ich einfach gerne Zeit mit dir. Ich bin gerne bei dir in der Bar. Ich unterhalte mich gerne mit dir. Und mir gefällt es wirklich ausgesprochen gut, wenn mein Schwanz ganz tief in dir steckt."

„Nett", murmelte ich.

„Ich halte die Dinge gerne einfach und ehrlich." Er sprach, während ich mir meine Hose wieder hochzog. „Und nun lass uns gehen, Törtchen."

„Nenn mich nicht so." Ich zog den Reißverschluss meiner Jeans hoch und machte anschließend den Knopf zu. „Ich werde mit meinem Auto fahren. Ich will morgen so früh wie möglich nach Hause fahren und dann bis mittags schlafen."

Er nahm meine Hand und zog mich zu sich heran. „Du fährst mit mir und wir werden zusammen bis mittags schlafen."

„Was ist mit dir los, Cash? Du willst die ganze Zeit in meiner Nähe sein." Ich hatte noch nie jemanden, der so viel Zeit mit mir verbringen wollte.

„Und?" Er spielte mit meinem Haar. „Willst du damit sagen, dass du nicht gerne mit mir zusammen bist?"

„Woher soll ich das wissen. Seit du in die Stadt gekommen bist, habe ich praktisch meine ganze Zeit mit dir verbracht." Ich lächelte ihn an. „Aber nur deshalb, weil du es dir zur Lebensaufgabe gemacht hast, immer da zu sein, wo ich die meiste Zeit verbringe."

„Und möchtest du, dass ich nicht mehr so oft komme?", fragte er und hielt mich weiter fest.

„Das habe ich nicht gesagt. Ich habe nur angemerkt, dass du derjenige bist, der ständig zu mir kommt und nicht andersherum."

Er hielt mich noch fester und antwortete mit rauer, kratziger Stimme: „Witzig, und wenn wir Sex haben, kommst du *wegen* mir."

„Bei dir dreht sich immer alles nur um Sex." Ich atmete tief durch und versuchte, mich zu beruhigen. Dabei hätte ich mir in diesem Moment am liebsten die Klamotten vom Leib gerissen und mich ihm an den Hals geworfen.

Er führte mich rückwärts zur Hintertür. Untere Autos parkten hinter der Bar. „Wahrscheinlich, weil der Sex mit dir meine Gedanken beherrscht. Ich will einfach immer mehr."

Ich war noch nie ein Sexobjekt für jemanden gewesen. Es war irgendwie überwältigend, dass jemand wie Cash mich als eines betrachtete. „Ist das alles, was ich für dich bin, Cash?"

„Nein." Er öffnete die Tür und führte mich nach draußen. Dann ließ er mich los, damit ich die Tür abschließen konnte.

Nachdem ich die Tür abgeschlossen hatte, warf ich einen Blick auf mein Auto, doch er ergriff meine Hand und zog mich zu seinem Truck. „Ich sollte wirklich mein Auto nehmen, Cash."

„Nein." Wenn er sich einmal etwas in den Kopf gesetzt hatte, ließ

er sich nicht davon abbringen. „Du hast mich noch nicht genug ange-
fleht. Deswegen muss ich dich auf dem Heimweg noch ein bisschen
quälen. Das kann ich nicht, wenn du nicht neben mir sitzt."

„Du willst mich also immer noch dazu bringen, dich anzufle-
hen?" Ich musste lachen.

Er öffnete die Tür des Trucks, hob mich hoch und setzte mich auf
den Fahrersitz. „Rutsch rüber, Törtchen."

Während ich auf den Beifahrersitz rutschte, schüttelte ich den
Kopf. „Ich hasse diesen Kosenamen, Cash."

„Dann denk dir einen neuen aus." Er setzte sich hinter das Lenkrad. „Um ehrlich zu sein: Ich musste mich dazu zwingen, dich nicht
länger Süße zu nennen."

Ich schüttelte erneut den Kopf. Damit würde ich erst gar nicht
anfangen. „Auf keinen Fall, Cash. Wir waren uns einig darüber, dass
wir keine Beziehung wollen. Ich will nicht deine Süße sein."

„Aber du kannst mich deinen Lover Boy nennen?" Er startete den
Motor.

„Du bist nicht *mein* Lover Boy" widersprach ich. „Du bist *ein*
Lover Boy."

„Ach so. Dann bist du nicht *meine* Süße, sondern *eine* Süße." Er
legte mir seinen Arm um die Schulter und zog mich zu sich heran.
„Wenn ich dich also Süße nenne, dann meine ich damit, dass du
einfach eine Süße bist. Was sagst du?"

„Das gefällt mir auch nicht." Mir war von Anfang an klar gewesen, dass Spitznamen eine schlechte Idee waren. „Vergessen wir das
mit den Spitznamen und bleiben einfach bei unseren richtigen
Namen. Ansonsten wird das Ganze doch noch kompliziert."

„Kommt mir so vor, als hättest du Angst davor, dich in mich zu
verlieben. Ich kann das verstehen. Ich bringe dich dazu, meinen
Namen zu schreien. Und dein Körper schmiegt sich so einfach an
meinen." Er schob mir seine Hand zwischen die Beine. „Deine
Muschi ist immer feucht für mich."

„Nur zu deiner Information: Woher willst du wissen, dass ich für
andere Typen nicht genauso schnell feucht geworden bin, Cash?"
Das bin ich nie geworden, aber das konnte er ja nicht wissen.

„Wenn es so gewesen wäre, dann hättest du heute Abend keine Zeit gehabt." Er öffnete meine Hose, schob seine Hand in mein Höschen und ließ seine Finger in mich hineingleiten.

„Oh", seufzte ich und umklammerte seinen Bizeps. „Verdammt, Cash."

Er bewegte sie langsam vor und zurück und sagte mit sanfter, tiefer Stimme: „Dir gefällt es, wenn ich in dir bin, Süße. Du willst mich in dir. Du sehnst dich ebenso sehr nach mir, wie ich mich nach dir. Süße. Süße. Süße."

„Cash", stöhnte ich, während er seine Finger auf unwirkliche Weise bewegte. „Woher weißt du, wo genau du mich berühren musst? Wie hast du die Stellen gefunden, die noch kein Mann gefunden hat?"

„Vielleicht, weil dein Körper dazu bestimmt war, allein von mir verwöhnt zu werden." Er bewegte seine Finger etwas schneller. „Auch wenn wir nicht ineinander verliebt sind, können wir dennoch dazu bestimmt sein, uns gegenseitig zu verwöhnen."

Ich wollte mich nicht verlieben. Ich wollte das alles, was dazugehörte, nicht. Aber ich wollte, dass dieser Mann Dinge mit meinem Körper anstellte, die nur er tun konnte. „Bitte Cash, lass mich dieses Mal kommen." Ich wollte nicht, dass er wieder aufhörte. Ich wollte diese Welle spüren, die meinen gesamten Körper ergreifen und ihn an den Höhepunkt und darüber hinaus tragen würde.

Cash schaffte, was nicht einmal ein Vibrator schaffte. Und ich hatte es oft damit versucht. Ich war genauso geil wie Cash. Zuhause hatte ich versucht, zu masturbieren und wollte mich so hart kommen lassen, wie er es getan hatte. Aber nichts konnte mich so zum Höhepunkt bringen wie er.

Er bewegte seine Finger weiter vor und zurück und flüsterte: „Warum sollte ich dich kommen lassen?"

Ich konnte die Worte nicht stoppen, die ich gegen meinen Willen aussprach: „Weil mich nichts so zum Höhepunkt bringt wie du."

Er lachte sanft. „Siehst du, das war doch nicht so schwer, oder? Ich werde dir auch etwas gestehen. Seitdem wir es miteinander treiben, kann ich mir keinen mehr runterholen. Ich brauche einfach deine enge Möse, um zu kommen. Bevor ich dich kannte, habe ich nie jemanden dafür gebraucht."

Ich wusste nicht, was das zu bedeuten hatte. Ich wusste nur, dass ich ihn in mir wollte – und zwar sofort. „Fahr rechts ran." Ich riss an seinem Hemd und die Knöpfe flogen in alle Richtungen.

Er fuhr rechts ran, stellte den Motor ab und presste mich auf den Sitz. „Du willst es jetzt?"

Ich nickte, denn ich wollte es sofort. „Bitte Cash, besorg es mir so richtig."

Er schob meine Jeans weiter runter und holte ein Kondom aus seiner Tasche, bevor er seine Jeans herunterzog. Er hielt mir das Kondom hin. „Streif du es mir über, Süße." Sein Lächeln verriet mir, dass er mich auch weiterhin so nennen würde.

Also beschloss ich, ihn ebenfalls etwas zu irritieren. „Gut, mein Schätzchen."

Während ich ihm das Kondom überstreifte, schlug mir das Herz bis zum Hals. Er flüsterte mir ins Ohr: „Heute Nacht werde ich dir zeigen, wie du mich aussaugst. Dann kannst du dich einfach mit dem Mund um mich kümmern, wenn ich es so richtig nötig habe."

Keine Ahnung warum, aber bei diesen Worten lief mir das Wasser im Munde zusammen. „Du willst mir zeigen, wie ich dir einen blase, damit ich es dir praktisch überall besorgen kann?"

„Genau." Er legte seine Finger unter mein Kinn und hob mein Gesicht an. „Auf der Toilette der Bar. Im Lagerraum der Bar. Im Führerhäuschen meines Trucks. Überall."

„Und wie besorgst du es mir?" Ich wollte sicher nicht die Einzige sein, die diesen Teil erfüllt.

„Machst du Witze?" Er lachte. „Das habe ich dir doch gezeigt, oder?"

„Du schleppst mich also einfach in den hinteren Teil der Bar, ziehst mir die Hose runter und leckst mich?" Ich war gleichermaßen geschockt und geil. „Während nebenan die Gäste sitzen?"

Er nickte. „Genau."

In meinem ganzen Leben, hatte mich noch keiner so angemacht. Ich starrte in seine Augen, während er meine Beine spreizte, dazwischen Platz nahm und kraftvoll in mich eindrang. Wir ächzten laut. „Ich schätze, wir müssen lernen leise zu sein, wenn wir das tun wollen, während andere Leute in der Nähe sind."

„Nun, jetzt sind wir alleine. Du darfst also gerne alle Geräusche machen, die du willst." Seine Bewegungen wurden härter und es verschlug mir beinahe den Atem. „Ich liebe es, wenn du meinen Namen sagst."

„Cash", flüsterte ich und schaute in seine blauen Augen. Was ich dann fühlte, machte mir ein wenig Angst. Ich könnte ganz leicht in diesem Mann versinken und nie wieder auftauchen.

KAPITEL ELF

Cash

Bobbi Jo hatte mir einige heiße Nächte beschert und ich konnte nur an sie denken, als ich die Straße entlanglief, um mir bei Dairy King einen saftigen Burger zu holen. Ich pfiff vor mich hin, als ich plötzlich eine Hand auf meinem Rücken spürte, und eine verführerische Frauenstimme flüsterte: „Vermisst du mich, Cowboy?"

Kaum hatte ich mich umgedreht, lag mir Bobbi Jo auch schon in den Armen und spitzte erwartungsvoll ihre Lippen. Wer war ich denn, mich dem Wunsch einer jungen Dame zu widersetzen? Ich beugte mich zu ihr und unsere Lippen trafen sich. Sie öffnete ihren Mund und unsere Zungen begannen, den altbekannten Tanz zu tanzen.

Sie presste sich gegen mich und ich hatte kurz das Gefühl, dass sich ihre Brüste kleiner anfühlten als sonst. Ihr Kuss schmeckte nach Zimt anstatt nach Minze. Und die Art, in der sie ihre Zunge bewegte, war irgendwie nicht richtig.

Ich stoppte den Kuss, machte einen Schritt zurück und schaute ihr in die Augen. Das teuflische Funkeln verriet mir alles, was ich wissen musste. „Betty Sue, du kleines Luder!" Ich ließ sie augenblicklich los und wischte mir den Mund ab.

Sie fuhr sich mit den Fingern über ihre Lippen. „Was für ein Küsser du bist, Cash Gentry." Sie zwinkerte mir aufreizend zu. „Kein Wunder, dass meine Schwester ständig Überstunden schiebt, seitdem du in der Stadt bist. Weißt du, sie und ich teilen uns eine Menge Sachen. Du könntest eine davon sein."

Ich wollte nicht unhöflich sein, aber ich war an ihrem Vorschlag nicht interessiert. „Nun, ich werde sicher *keines* der Dinge, die ihr euch teilt."

„Oh?" Sie schaute mich herausfordernd an. „Planst du etwas Ernsthaftes mit meiner Schwester?"

Ich schüttelte den Kopf. Ernsthaftigkeit war ganz und gar nicht meine Absicht. „Nicht zu ernst. Aber ernst genug, dass ich kein Interesse daran habe, gleichzeitig etwas mit ihrem Zwilling zu starten. Du solltest solche Spielchen überhaupt nicht treiben, Betty Sue. Glaubst du nicht, dass es deine Schwester zumindest ein wenig stört, dass wir uns geküsst haben?"

„Ich wüsste nicht, warum es sie stören sollte." Sie leckte sich provokant über die Lippen. „Sie und ich hatten schon dieselben Typen, Cash. Das ist eine kleine Stadt. Es gibt nur eine begrenzte Anzahl an Mädchen. Es ist eine Tatsache, dass die meisten von uns irgendwann etwas mit denselben Jungs hatten." Sie hakte sich bei mir unter. „Wohin wolltest du gerade?"

„Mir einen Burger holen." Ich setzte meinen Weg fort. „Du kannst mir gerne Gesellschaft leisten." Ich fand aber, dass ich einige Grundregeln aufstellen sollte. „Solange dir klar ist, dass ich nicht daran interessiert bin, dich zu daten oder sonst etwas in diese Richtung mit dir zu tun."

„Verstehe." Sie löste das Haarband aus ihren langen, blonden Haaren und schüttelte es aus. Der süße Geruch von Kirschen stieg mir in die Nase. „Tja, du kannst mir nicht übel nehmen, dass ich es versucht habe, oder?"

Ich konnte und würde ihr übel nehmen, dass sie es versucht hatte. Hätte einer meiner Brüder so ein Ding versucht, hätte ich ihm in den Arsch getreten. Aber ich wusste nichts über die Beziehung dieser zwei Schwestern, also verzichtete ich darauf, einen Aufstand wegen dieser Aktion zu machen. „Halte dich einfach zurück, das ist alles, was ich sagen will."

„Ich wollte mich nur angemessen dafür bedanken, dass du mir den Flug mit dem Jet und die Fahrt mit der Limo spendiert hast." Sie drückte sanft meinen Arm. „Ich bin noch nie geflogen. Es war der Wahnsinn!"

„Wie hat es Lance gefallen?"

„Wem?" Sie lächelte mich an. Sie wusste genau, wen ich meinte.

Wir erreichten das kleine Café und ich hielt ihr die Tür auf.

„Oh danke, Cash. Du bist ja ein wahrer Gentleman." Sie ging an mir vorbei und wartete dann, bis ich wieder an ihrer Seite war, um sich wieder bei mir unterzuhaken.

Mir wurde klar, dass sie Lance nicht thematisieren wollte, auch wenn ich nicht verstand, warum. Ich wollte nicht weiter nachbohren und beließ es einfach dabei. „Ich habe gehört, hier bekommt man großartige Cheeseburger. Möchtest du auch einen?"

Sie fuhr mit ihrer Hand an ihrer schmalen Hüfte entlang. „Ich nicht. Ich esse nur Salat."

Betty Sue war nicht ein Gramm schwerer als ihre Schwester, die alles aß, was sie wollte. „Hast du irgendwelche Gewichtsprobleme, die deine Schwester nicht hat?"

„Was?" Sie sah schockiert und verwirrt aus.

„Bobbi Jo isst, was sie will, und es scheint ihrem Gewicht nicht zu schaden. Warum isst du dann nur Salat?" Ich dachte kurz darüber nach, während wir uns an einen Tisch setzten. „Ach lass. Ich weiß, warum. Schau, iss einfach, was du willst. Ich bin ohnehin keine ‚romantische' Option. Betrachte mich eher als einen Bruder. Und Brüdern ist es völlig egal, was ihre Schwestern essen."

„Woher willst du das wissen, Cash?", fragte sie grinsend. „Du hast doch nur Brüder."

„Nun, mit denen ist es ja genauso. Uns ist es egal, was die anderen essen, wirklich. Und hier ist ein kleiner Tipp für dich: Männer interessiert es nicht, ob du wie ein Kaninchen isst oder nicht. Es bringt sie nicht dazu, besser oder schlechter über dich zu denken. Um ehrlich zu sein, führt es eigentlich eher dazu, dass ihr uns leidtut." Ich lächelte, als die Bedienung an unseren Tisch kam. „Hallo. Wir hätten gerne zwei von den Cheeseburger-Menüs. Ich nehme dazu Zwiebelringe und eine Cola." Ich nickte Betty Sue zu. „Und du?"

„Einen Schoko-Milchshake und Pommes, bitte. Und den Burger bitte ohne Zwiebeln und Gurken." Sie hielt sich die Hand vor den Mund. „Das gibt schlechten Atem."

„Dann kannst du sie auch essen", sagte ich. „Du küsst doch eh niemanden."

Sie gab mir unter dem Tisch einen Tritt. „Bist du still. Du weißt doch gar nicht, welche ich Pläne ich heute noch habe."

Ich zuckte mit den Schultern und antwortete: „Stimmt. Und wenn man bedenkt, dass du dich gerne von hinten an Männer anschleichst und dich ihnen in die Arme wirfst ..."

Ich erhielt einen weiteren Fußtritt von Betty Sue und einen schockierten Blick von der Kellnerin. „Lassen Sie sie einfach weg, bitte." Sie blickte mich böse an. „Und du musst noch lernen, darauf zu achten, was du sagst."

Ich nickte. Anhand der Reaktionen konnte ich sehen, dass ich es tatsächlich lernen sollte. „Verstanden."

Nachdem die Kellnerin unseren Tisch verlassen hatte, änderte Betty Sue ihren Ton und sagte: „Na egal. Wie gefällt dir das Farmleben? Oh, und lädst du mich mal ein und zeigst mir alles?"

Ich hatte eigentlich nie die Absicht gehabt, sie auf die Farm einzuladen. „Nach dem, was du dir heute geleistet hast, glaube ich nicht, dass es eine gute Idee wäre, dich zu mir nach Hause einzuladen."

Sie verdrehte verärgert die Augen. „Ich habe dir doch gesagt: Meine Schwester und ich haben schon oft denselben Jungen geküsst. Du bist da nichts Besonderes, Cash Gentry."

„Wow!" Ich fand das etwas unangebracht. „Kein Grund für einen Tiefschlag. Und was den Kuss angeht ... Sagst du es Bobbi Jo oder soll ich?"

„Ich verstehe nicht, warum wir es ihr überhaupt erzählen sollten." Sie holte einen Kosmetikspiegel aus ihrer Handtasche und blickte hinein. „Du hättest mir sagen können, dass ich meinen Lipgloss nachziehen muss, Cash." Sie lächelte mich verführerisch an. „Du hast mir alles weggeküsst, du Schlingel."

„In Ordnung. Ich werde es ihr sagen." Ich würde nicht zulassen, dass Bobbi Jo es nicht erfahren würde, was ihre Schwester getan hatte.

Ich hatte so etwas schon erlebt, ein Mädchen geküsst, während ich mit einer anderen rumgemacht habe. Nicht, dass das zwischen uns etwas Ernstes war, aber wenn eine dritte Person derjenigen, mit der du gerade etwas hast, erzählt, dass sie sich beim Knutschen mit einer anderen gesehen hat, dann kann das durchaus Ärger geben. Und ich wollte nicht, dass Bobbi Jo wütend auf mich wurde, wegen einer Sache, die ich nicht mit Absicht getan hatte.

Ich konnte mir zwar nicht vorstellen, dass sie sich deswegen ärgern würde, aber ich wollte auf Nummer sicher gehen. Ich war gerne mit ihr zusammen. Und vor allem gefiel mir der Sex. Ich würde nicht zulassen, dass mir das jemand versaute. Zwischen Bobbi Jo und mir stimmte einfach die Chemie und es gab noch einige Dinge, die ich mit ihr anstellen wollte. So etwas wie das hier könnte meine Pläne ernsthaft gefährden.

Während sie ihren Lipgloss auftrug, schien sie über die Sache nachzudenken. Endlich räumte sie ihren Kram wieder in die Tasche und sah mich an. „Ich werde es ihr sagen. Immerhin ging die Sache von mir aus."

„Braves Mädchen." Ich lächelte, als die Kellnerin unser Essen brachte. „Und falls sie mich danach fragt, werde ich ihr die Wahrheit sagen. Achte also darauf, dass du das ebenfalls tust."

„Das werde ich." Ihre Augen leuchteten, als sie das Essen vor sich betrachtete. „Das sieht großartig aus. Fettig, aber großartig."

„Lasst es euch schmecken", sagte die Kellnerin und ließ uns allein.

„Wenn du alles aufisst, gebe ich dir einen Dollar." Ich lachte und biss in meinen Burger.

„Einen lausigen Dollar?", fragte sie stirnrunzelnd. „Ich esse mit einem von drei Milliardären der Stadt zu Mittag und alles, was er mir anbietet, ist ein Dollar dafür, dass ich das Essen aufesse, das er bereits bezahlt hat?"

„Genau." Ich nahm mir eine ihrer Pommes. „Mit Ausnahme dieser Pommes." Ich steckte sie mir in den Mund. „Auf der stand mein Name."

Im Gegenzug schnappte sie sich einen Zwiebelring von meinem Teller. „Ich werde den zum Ausgleich nehmen."

Ich lächelte, während ich ihr beim Essen zusah. „Ich denke, das ist ein fairer Tausch." Wenn ich schon jemanden aus Bobbi Jos Familie bei mir hatte, wollte ich auch mehr über sie erfahren. „Und, hat Bobbi Jo schon viele Jungs mit nach Hause gebracht und sie euren Eltern vorgestellt?"

„Nein." Sie knabberte an ihrem Burger herum.

„Herrgott, beiß richtig rein, Betty Sue", forderte ich sie auf. „Genieß das Ding."

Sie nahm einen größeren Bissen – aber nicht zu groß. „Lecker."

„Ich weiß." Ich trank einen Schluck Cola. „Und warum hat sie noch nie jemanden mit nach Hause gebracht? Sie hat mir erzählt, dass eure Mutter im Futterlager arbeitet. Und von eurer Mutter weiß ich, dass euer Vater der Sheriff von Carthage ist. Hat sie deswegen noch niemanden der Familie vorgestellt?"

Sie legte sich den Finger auf die Nase, während sie ihr Essen kaute. Dann nickte sie und schluckte das Essen herunter. „Genau. Du hast es erfasst, Detective. Wir bringen keine Jungs nach Hause, um sie unserem Dad vorzustellen. Er ist nicht besonders entgegenkommend, wenn du verstehst, was ich meine. Mom ist nett. Dad ist ..." Sie zögerte. „Nun, Dad ist halt Dad. Ruppig, er vertraut nicht vielen Menschen und meistens hat er schlechte Laune. Ich schätze, wenn man ständig mit bösen Menschen konfrontiert wird, dann wird man wohl so. Ich vermute, er war früher anders, jedenfalls als er unsere Mutter kennengelernt hat. Sie ist nicht der Typ, der sich mit Miesepetern abgibt. Aber sie ist jetzt mit einem verheiratet. So viel ist sicher."

„Er ist also mürrisch und vertraut den Menschen nicht." Das

klang nicht allzu gut. Aber andererseits hatte ich ja nicht vor, Bobbi Jos fester Freund zu werden. „Dann ist es verständlich."

„Wolltest du, dass sie dich mit nach Hause bringt, oder was?", fragte sie und blickte mich zweifelnd an.

„Nein." Ich nahm einen weiteren Bissen von meinem Burger. „Sie erzählt nur nicht viel über ihr Privatleben."

„Ja", stimmte Betty Sue zu. „Meine Schwester ist eher eine Zuhörerin als eine Rednerin. Ich denke, deswegen ist sie auch so eine gute Barkeeperin."

„Ja, wahrscheinlich hast du recht." Wir saßen uns einige Minuten schweigend gegenüber und aßen.

Schließlich sagte sie: „Du bist gar nicht so übel, Cash. Mir ist es noch nie passiert, dass ich jemanden geküsst habe und der danach nicht noch mehr wollte."

Ich zog die Augenbrauen hoch. Ich fand das eine merkwürdige Aussage. „Sogar jemanden, der ganz offensichtlich etwas mit deiner Schwester hatte?"

Sie nickte. „Ja."

Ihre Antwort warf bei mir die Frage auf, in was für einer Familie Bobbi Jo lebte. Schwestern, die dieselben Jungs küssten ... was haben sie wohl noch mit denen gemacht?

KAPITEL ZWÖLF

Bobbi Jo

Ich räumte das Schlafzimmer, das Betty Sue und ich uns schon unser Leben lang teilten, auf, und sah mir ihre Seite des Zimmers an. „So eine Sau." Ich schob ein Stück Unterwäsche, das irgendwie auf meine Seite gelangt war mit dem Fuß zurück in ihren Bereich. „Igitt." Die Unterwäsche landete genau auf einem Berg aus schmutziger Wäsche, schmutzigem Geschirr und Papier.

Ich hörte die Haustür unseres kleinen Hauses und wusste, dass es Betty Sue sein musste. „Bobbi Jo? Bist du da?"

Mein Auto stand in der Einfahrt, also wusste sie, dass ich da war. „Ja. Was hat mich verraten, Columbo?"

Sie öffnete die Tür zu unserem Zimmer und blickte auf den Müllberg auf ihrer Seite. „Du räumst auf, wie ich sehe. Aber würde es dich umbringen, meine Schmutzwäsche auch nur einmal in die Waschmaschine zu tun, anstatt sie zu einem Haufen zusammenzuwerfen?"

„Hast du denn jemals meine Wäsche in die Maschine getan?" Ich fand eine ihrer Haarklammern auf meinem Schreibtisch. Ich nahm sie und warf sie auf ihre Seite. „Warum zur Hölle landen deine

Sachen ständig auf meinem Schreibtisch?" Ich schaute sie an und wartete auf eine Antwort.

Alles, was ich bekam, war ein Schulterzucken. „Du wirst sie wohl benutzen. Zumindest glaube ich das."

In meinem ganzen Leben hatte ich noch keine Haarklammer benutzt. „Sicher, Betty Sue."

Sie schob ein paar Sachen von ihrem Bett und setzte sich. „Rate, mit wem ich zu Mittag gegessen habe?"

Ich hatte keine Ahnung und es interessierte mich auch nicht. „Du weißt, dass mich das nicht interessiert, oder?"

„Das wird es." Sie zog ihre Schuhe aus und legte sich aufs Bett.

„Igitt." Ich deutete auf ihr Bett. „Ich kann mich nicht mal daran erinnern, wann du das letzte Mal dein Bett frisch bezogen hast. Und jetzt liegst du auf alter Wäsche, altem Essen, alten – weiß Gott was. Schämst du dich gar nicht?"

Sie zuckte die Schultern. „Nicht wirklich. Ich schätze, bei unserer Geburt hast du das Schamgefühl für uns beide abbekommen und ich bin leer ausgegangen. Danke dafür, Schwesterchen." Ihre Lippen formten sich zu einem Lächeln. „Rate, was ich heute gegessen habe?"

„Ist mir egal." Warum sollte mich interessieren, was sie gegessen hat – meistens waren es Salate. Ich hatte keine Ahnung.

„Einen Cheeseburger. Und zwar einen ganzen. Und ich habe einen ganzen Milchshake getrunken und alle meine Pommes aufgegessen. Dafür habe ich sogar einen Dollar bekommen." Sie zog den Schein aus ihrem BH hervor. „Siehst du." Sie wedelte den Schein hin und her.

„Hurraaaa!" Ich zog mit meinem Finger Kreise in der Luft. „Schau dich an: du hast dein ganzes Junkfood gegessen. Hättest du gesagt, dass du einen ganzen Teller grüner Bohnen gegessen hättest, wäre ich vielleicht beeindruckt gewesen. Dass du aber Müll in dich hineingestopft hast, macht mich nicht unbedingt stolz auf dich, Betty Sue."

Sie stimmte mir mit einem Kopfnicken zu. „Ja. Ich bin auch nicht stolz darauf, dieses ganze schlechte Essen gegessen zu haben. Ich wollte meinen üblichen Salat bestellen, aber *er* hat das nicht zugelassen."

„Er?" Ich war nicht wirklich fasziniert. Ich hatte mir schon gedacht, dass sie mit einem Typen beim Mittagessen war.

„Ja." Sie blickte lächelnd zur Zimmerdecke. „Er."

Ich wartete darauf, dass sie weitersprach, aber sie sagte kein Wort, sondern starrte weiter an die Decke. „Nun, wer ist er?" Ich wusste überhaupt nicht, warum ich sie danach fragte. Es interessierte mich gar nicht.

„Cash." Sie richtete ihren Blick auf mich.

„Mein Cash?" Ich hatte das Gefühl, in meinem Innersten wand sich etwas hin und her, etwas wie ein Fluss aus Schlangen. Meine Haut begann zu kribbeln.

„Dein?", fragte sie. „Ich dachte, zwischen euch läuft nichts Ernstes."

„Na und?" Ich versuchte, dieses furchtbare Gefühl abzuschütteln. „Wie kam es, dass ihr zusammen zu Mittag gegessen habt?"

Meine Schwester war schon immer dafür berüchtigt gewesen, dass sie nicht einfach nur mit den Typen, an denen ich interessiert war, flirtete, sondern noch viel mehr mit ihnen anstellte. Die Art, wie sie mich anlächelte, machte mich rasend.

Hatte ich auch Cash an sie verloren?

„Versprich mir zuerst was." Sie setzte sich im Schneidersitz auf ihr Bett.

„Warum?" Ich hatte noch immer ein schlechtes Gefühl.

„Weil ich deine Schwester bin und dich darum bitte, mir zuerst etwas zu versprechen. Also bitte versprich mir, dass du nicht wütend wirst." Sie schaute mich mit großen Augen an.

Jetzt wusste ich, dass ich mit Sicherheit wütend werden würde. Ich kreuzte die Finger hinter meinem Rücken. „Ich verspreche es." Ich sagte nicht, was ich versprach, nur dass ich es tat. In meinem Kopf vollendete ich mein Versprechen: *Dir in den Hintern zu treten, falls du mehr mit Cash getan hast, als nur zu essen.*

„Okay. Nun, du weißt doch, wie ich in der Highschool immer getestet habe, ob dich die Jungs auch wirklich mochten, oder?"

Natürlich wusste ich das noch. Betty Sue würde sich als mich ausgeben und die Jungs, die mich mochten, küssen. Hinterher würde sie zugeben, wer sie war und sagen, dass sie das Gefühl hatte, dass sie und der Junge eine bessere Verbindung hätten als der Junge und ich. Und die Tatsache, dass sie sehr weit ging, führte dann dazu, dass sich die Jungs für sie entschieden und mich einfach abgeschossen haben.

Verständlicherweise begann mein Blut zu kochen. Der Strom voller Schlangen, der durch meinen Körper geflossen war, war einem Lavastrom gewichen. Aber meine Stimme blieb ruhig und freundlich, als ich antwortete: „Ich erinnere mich."

„Ja, also. Ich sah Cash die Straße entlanglaufen." Sie gab einen lauten Pfiff von sich. „Und Mann, dieser Cowboy-Hintern ist wirklich toll."

„Dessen bin ich mir bewusst." Ich biss mir auf die Zunge und wartete gespannt auf den Rest der Geschichte. „Und was ist dann passiert?"

„Ähm, also. Ich konnte mich nicht zurückhalten." Sie schlang ihre Arme ums sich selbst. „Er ist einfach so heiß, weißt du?"

„Ja." Natürlich wusste ich, wie heiß er war. „Also, was ist passiert?"

Ganz plötzlich machte sie einen Rückzieher. „Okay. Jedenfalls wollte ich einen Salat bestellen und er meinte, ich bräuchte einen Burger und dass ich keine Gewichtsprobleme hätte. Und ich war mir nicht sicher, was das zu bedeuten hatte. Ich meine, hatte er meinen Körper betrachtet? Ich hatte keine Ahnung. Und dann redete er weiter und sagte, dass es Männern eigentlich egal sei, ob eine Frau Salate isst oder nicht. Als ob es ihnen völlig egal sei, was Frauen essen. Verstehst du, was ich meine?"

Natürlich verstand ich, was sie sagte. Was ich nicht verstand war, was zur Hölle sie mit meinem Mann gemacht hat. „Könntest du vielleicht etwas präziser sein, Betty Sue?"

„Oh. Ich sehe, wie sich dein Blick etwas verdunkelt." Sie lächelte. „Jedenfalls habe ich dann den Burger, die Pommes und so bekommen und er fing dann an, dass er mir einen Dollar gibt, wenn ich alles esse. Worauf ich sagte, dass ich keinen Dollar brauche, oder so ähnlich."

Ich wurde immer ungeduldiger. „Was ist passiert?" Als ob mich das verdammte Essen interessierte!

„Nun, ich habe das ganze Essen gegessen, das ist passiert. Jeden Bissen." Sie lachte. „Ich habe noch nie so viel gegessen. Aber Cash ist so lustig und cool, dass ich alles gegessen habe, ohne es überhaupt zu bemerken."

„Und dann?" Ich ballte die Fäuste, während ich auf mehr wartete. Ich wusste instinktiv, dass da noch mehr war – viel mehr.

„Okay. Also, wir sind dann gegangen und ich ging nach Hause und er – nun, er hat nicht gesagt, wo er hingeht." Sie schnaubte. „Er kann manchmal so verschlossen sein. Jedenfalls bezieht sich das Versprechen, das du mir geben solltest, auf etwas, das passiert ist, bevor wir ins Dairy King gegangen sind."

Ich sah sie in einem Funkenregen vor mir und mein Ausraster stand kurz bevor. „Was ist passiert?"

„Ich glaube nicht, dass es dich stört. Es ist ja nicht so, als wäre das noch nie vorgekommen. Und das habe ich ihm erzählt. Ich habe ihm gesagt, dass wir so etwas ständig tun und es nicht der Rede wert ist." Sie machte eine abwinkende Geste mit der Hand. „Aber Cash bestand darauf, dass es dir einer von uns beiden erzählt, und ich habe gesagt, dass ich das tun sollte."

Es stand kurz bevor. Der Einschlag würde erfolgen. „Was ist passiert?" Wenn ich noch einmal nachfragen müsste, würde ich ihr den Kopf abreißen.

„Nun, ich sah ihn und seinen süßen Hintern", sagte sie und neigte ihren Kopf zur Seite. „Er hat einen tollen Gang, nicht wahr?"

Ich nickte zustimmend. „Hat er."

„Jedenfalls, ich sah diesen Hintern, diesen Gang und als ich hinter ihm war, roch ich Leder und etwas Rauchiges und ich musste einfach eine pfiffige Bemerkung machen." Sie richtete ihren Blick zur Zimmerdecke und es sah so aus, als versuchte sie sich an ihre ach so pfiffige Bemerkung zu erinnern. „Ich glaube, ich habe so etwas wie ‚Wie geht's Cowboy?' oder so gesagt."

„Klingt nicht so schlecht." Ich versuchte, meinen Ärger etwas herunterzuschrauben.

„Ja, nicht wahr?", fragte sie, bevor sie fortfuhr. „Er drehte sich also um. Seine Augen leuchteten auf. Er packte mich, nahm mich in den Arm und ..." Sie hörte auf zu reden.

„Was?" Mittlerweile hatte ich angefangen zu zittern. Jetzt konnte ich mir auch noch den Rest anhören. „Er hat was getan?"

„Mich geküsst."

Ich blinzelte unkontrolliert. Meine Herz hörte auf zu schlagen. Ich hatte das Gefühl, dass sich Messerklingen in meine Handflächen bohrten und bemerkte, dass es meine eigenen Fingernägel waren. „Dich geküsst?"

Sie nickte. „Ja. Er hat mich geküsst."

Die Zeit stand still, der Raum begann sich zu drehen und plötzlich flog ich. Ich flog über den Haufen Schmutzwäsche. Meine Faust traf zuerst ihr Kinn. Danach spürte ich ihr seidiges Haar in meiner Hand und ich riss dran. Ich glaube, ich wollte es ihr vollständig herausreißen – ihr eine Glatze verpassen. „Du *Schlampe!*"

„Stopp!", schrie sie. „Du tust mir weh, Bobbi Jo!"

Ich fühlte gar nichts – nur blanke Wut. „Ich bring' dich um!"

Es folgten Ohrfeigen und Boxschläge. Meine Fingernägel vergruben sich in ihrem Fleisch und ihre in meinem. Alles war erlaubt.

„Stopp!", schrie meine Schwester.

„Ich hasse dich!" Dieses Mal würde ich es tun. Ich würde sie umbringen.

Ich hatte es schon einmal fast getan. Als wir in der zehnten Klasse waren, kam sie ins Kino, in dem John Parker und ich ein Date hatten. Ich musste auf die Toilette und ließ ihn in dem dunklen Kinosaal kurz alleine. Da hatte sich meine Schwester auf meinen Platz gesetzt, seine Hand genommen und sie an eine Stelle platziert, wo ich sie niemals hingeführt hätte. Als ich zurück in den Saal kam, machten die beiden wild miteinander rum. Ich konnte es nicht glauben.

Ich ging ohne eine Wort und ohne mein Popcorn. Und ohne den Jungen, von dem ich dachte, dass er mich wirklich gern hatte. Ich weinte während des gesamten Heimwegs.

Später rief John mich an und erzählte mir, dass er die ganze Zeit dachte, ich wäre das gewesen. Erst, als das Licht wieder anging, hätte er sich daran erinnert, dass ich ein rotes Shirt und Jeans anhatte; Betty Sue hatte ein blaues Top und Shorts getragen.

Ich dachte, seine Entschuldigung hieß, dass wir wieder zusammen waren. Aber er war noch nicht fertig. Er sprach weiter und erklärte mir, dass er mich wirklich mochte, aber er und meine Schwester hätten eine engere Verbindung als wir beide.

Meine Schwester und ich hatten an diesem Tag keine körperliche Auseinandersetzung gehabt. Aber ich hätte sie beinahe umgebracht. So heimlich wie sie im Kino meinen Platz neben John eingenommen hatte, so heimlich hatte ich ihr beim Abendessen Abführmittel in die Milch getan.

Als sie in dieser Nacht nicht mehr von der Toilette kam – auch nicht, als John anrief, um sie erneut ins Kino einzuladen – brachten meine Eltern sie in die Notaufnahme. Sie war gefährlich dehydriert und wäre beinahe gestorben. Und so musste ich gestehen, was ich getan hatte.

Nun fielen wir im Eifer unseres Gefechts von ihrem Bett. Wir kämpften wie Wölfe miteinander: kratzen, schlagen, beißen, ziehen und treten. Dieses Mal wollte ich ihr unmissverständlich klarmachen, wie wütend ich war und dass ich mir ihren Mist nicht länger gefallen lassen würde.

KAPITEL DREIZEHN

Cash

„Hey, das Schild ist aus, Bobbi Jo." Ich schaltete das ‚OPEN'-Neonschild im Fenster der Bar ein, damit die Leute auch wussten, dass die Bar geöffnet war. „Hier ist nichts los, weil du vergessen hast, es einzuschalten."

Das trübe Licht im Inneren der Bar machte es schwer, etwas zu sehen, aber es sah so aus, als hielte sie sich etwas vors Gesicht. „Verdammt. Das habe ich völlig vergessen. Danke, Cash."

„Na ja, es ist ja auch erst seit fünfzehn Minuten geöffnet." Ich ging zum Tresen. Je näher ich ihr kam, desto verwirrter wurde ich. „Wieso hältst du dir denn einen Beutel gefrorener Erbsen auf dein Auge?"

Sie nahm den grün-weißen Beutel von ihrem Gesicht und offenbarte ein geschwollenes blaues Auge. „Deswegen halte ich mir einen Beutel Tiefkühlerbsen vors Auge, Cash."

Ich streckte meine Hand aus und berührte ganz leicht ihre geschwollene Lippe. „Willst du mir erzählen, was zur Hölle mit dir passiert ist?"

„Ich bin in eine Prügelei geraten." Sie drehte sich von mir weg, als sich die Tür der Bar öffnete.

„Eine Prügelei?"

Sie nickte und fragte dann den Mann, der in die Bar gekommen war: „Was kann ich Ihnen bringen?" Nicht, dass sie sich zu ihm umgedreht hätte, sie stand noch immer mit dem Rücken zu uns.

„Was auch immer Ihr vom Fass habt", sagte er und ging zu den Billardtischen, die im hinteren Teil der Bar standen.

Ich ging hinter den Tresen. „Ich werde mich um ihn kümmern. Hast du schon was gegen die Schmerzen genommen?"

„Schmerzen?" Sie lachte. „Ich habe keine Schmerzen."

Nachdem ich ein gekühltes Glas aus der Tiefkühltruhe genommen hatte, sah ich sie mir genauer an und erkannte, dass sie auf jeden Fall Schmerzen hatte. „Also die Blutergüsse auf deinen Armen tun überhaupt nicht weh? Und diese Kratzer an deinem Nacken auch nicht?"

„Nein." Sie beugte sich nach unten, um etwas unter der Bar hervorzuholen und zuckte zusammen.

Jetzt wusste ich, dass sie auch in der Bauchgegend verletzt sein musste. „Und deine Rippen sind auch in Ordnung? Keine Schmerzen?"

„Nirgendwo Schmerzen. Nur ein paar blaue Flecken und so." Sie nahm das Schneidebrett und das Messer, um die Früchte zu schneiden, die in die Cocktails kamen.

Ich brachte dem Typen gerade das Bier, als weitere Gäste die Bar betraten. Es war Freitagabend, bald würde der Laden aus allen Nähten platzen. Ich ging zurück zu Bobbi Jo, die praktisch bei jeder Bewegung vor Schmerzen wimmerte, und fragte: „Kommt Joey heute Abend?"

„Er kommt um acht", sagte sie, während sie vier Bierflaschen auf den Tresen stellte. „Mir geht es gut, Cash. Wirklich. Jetzt setz dich hin. Ich komme schon klar. Es ist ja noch nicht viel los."

„Du siehst nicht gut aus. Du siehst sogar ganz furchtbar aus, um ehrlich zu sein. Ein bisschen Make-up wäre vielleicht nicht schlecht gewesen." Diese Vorlage hatte sie mir selbst gegeben.

„Halt die Klappe, Blödmann." Sie drehte sich zur Tür um, als weitere Gäste kamen. „Aber ich schätze, ich sollte deine Hilfe annehmen. Zumindest bis Joey kommt."

„Verstanden, Süße." Ich ignorierte den bösen Blick, den sie mir schenkte und machte mich an die Arbeit. Auf keinen Fall würde ich einfach nur herumsitzen und dabei zusehen, wie sie unter Schmerzen durch die Bar humpelte.

Ob sie es nun zugab oder nicht, sie hatte Schmerzen. Und aus irgendeinem Grund wollte sie mir nicht sagen, wer ihr das angetan hatte. Ich konnte nicht verstehen, warum sie so ein Geheimnis daraus machte. Aber ich ließ es für den Moment gut sein. Der Laden füllte sich und es blieb keine Zeit zu reden.

Auch nachdem Joey kam, gab es noch genug zu tun, also half ich den beiden. Mir gefiel das. Das Tempo war eine gute Abwechslung zu dem, was ich den ganzen Tag getan hatte – über das Gelände der Farm geritten und die Zäune auf Löcher oder sonstige Schäden überprüft.

Es war schon verrückt, wie viele Stellen ich gefunden hatte, die so zerstört waren, dass ein Kalb problemlos durch das Loch gepasst hätte. Ich hatte Mr. Castle dort draußen getroffen und ihn zu einem Bier heute Abend in die Bar eingeladen. Als er dann die Bar betrat, gekleidet in einem schwarzen Westernhemd mit Perlenknöpfen und einem passenden Cowboyhut, konnte ich nicht anders, als zu pfeifen. „Hallo, stilvoll gekleideter Herr." Als er sich an die Bar setzte, schob ich ihm ein gekühltes Glas Bier zu. „Schön, dass Sie gekommen sind."

„Ja", sagte er, nahm einen Schluck und stellte das Glas wieder auf den Tresen. „Es ist schon eine Weile her, dass ich das letzte Mal ausgegangen bin. Ich dachte, ich könnte mir mal einen Abend außerhalb des Hauses gönnen." Er sah sich in der lauten und vollen Bar um. „Und was für ein Abend das ist."

„Ja, Sie haben sich den richtigen ausgesucht." Ich deutete mit dem Kopf auf einen Tisch. „Wir haben dort einen Tisch voller Damen, die nur darauf warten, von einem schneidigen Cowboy zum Tanzen aufgefordert zu werden."

Er lächelte. „Vielleicht nach einem oder zwei Bier. Ich habe schon lange keine heiße Sohle mehr aufs Parkett gelegt."

Bobbi Jo tauchte neben mir auf. „Oh, Hallo."

Mr. Castles Gesichtsausdruck, beim Anblick von Bobbi Jos Gesicht, brachte mich zum Lachen. „Was zur Hölle ist denn mit Ihnen passiert?" Er räusperte sich und streckte ihr seine Hand entgegen. „Übrigens, Richard Castle."

Bobbi Jo schüttelte seine Hand. „Bobbi Jo Baker. Es freut mich, Sie kennenzulernen, Mr. Castle. Sie sind eine Legende in dieser Stadt. Es ist schon merkwürdig, dass wir uns bisher noch nie begegnet sind." Sie deutete auf ihr geschundenes Gesicht. „Und das hier passiert, wenn Geschwister unterschiedlicher Meinung sind."

Sie hatte sich also mit ihrer Schwester geprügelt. So viel wusste ich jetzt. „Wie sieht Betty Sue aus?"

„Du siehst sie hier nirgendwo, oder?" Sie lächelte und zuckte dann zusammen, die Bewegung musste schmerzhaft gewesen sein. „Au. Mehr Tiefkühlerbsen." Sich nickte Mr. Castle zu. „Es war wirklich nett, einen Nachbarn von Cash und Joeys Onkel kennenzulernen. Danke für den Besuch. Und da das heute Ihr erster Besuch im Watering Hole ist, gehen Ihre Drinks heute Abend aufs Haus."

„Wie nett. Danke schön", sagte er. „Ich verspreche auch, Ihren Laden nicht leer zu trinken."

„Das glaube ich Ihnen." Sie ging wieder, um sich um die anderen Gäste zu kümmern. Ich bemerkte, dass sie humpelte.

Sie musste sich auch am Knöchel verletzt haben. Das musste ein ganz schöner Kampf gewesen sein bei all den Verletzungen. Während der Abend seinen Lauf nahm, fragte ich mich ständig, worum es bei dem Streit der Schwestern gegangen war.

Ein Gedanke kam mir dabei immer wieder in den Sinn: der Kuss, den sich Betty Sue von mir erschlichen hatte. Aber warum sollte sich Bobbi Jo wegen so einer Sache prügeln?

Wir waren nicht fest zusammen. Sie ließ es auch nicht zu, dass ich sie Süße nannte: weder in der Öffentlichkeit noch im Bett. Warum sollte sie also ein Kuss derart stören, dass sie sich deswegen mit ihrer Schwester prügelte?

Oder ging es um etwas ganz anderes und mein Gedanke war einfach nur dumm?

Mädchen prügelten sich wegen dummer Dinge, so viel wusste ich. Vielleicht hatte Betty Sue ihren Rasierer benutzt oder sich Klamotten geliehen und diese ruiniert. Das klang irgendwie sinnvoller als eine Prügelei wegen mir und einem erschlichenem Kuss.

Als sich die Nacht in Richtung Feierabend bewegte und die Gäste nach und nach die Bar verließen, bekam ich endlich die Gelegenheit, sie darüber auszuquetschen, was wirklich geschehen war.

Während ich im Lager leere Kisten für die Aluminiumdosen suchte, die zum Recycling sollten, bekam ich endlich die Gelegenheit, sie alleine zu erwischen. „Hey." Ich stellte die Kisten ab und bewegte mich so, dass ich sie zwischen mir und der Wand einklemmte, als sie aus dem Kühlraum kam.

„Was?" Sie blickte zur Seite.

Ich nahm ihr Kinn, das ebenfalls einen blauen Schatten hatte, in die Hand und küsste sie sanft auf ihre geschwollenen Lippen. „Erzähl mir, was passiert ist."

„Meine Schwester und ich haben uns geprügelt." Sie schaute mir in die Augen.

„*Warum* hast du dich mit deiner Schwester geprügelt?" Ich küsste sie erneut, sanft und leicht.

Sie ließ ihre Hände an meinen Armen entlanggleiten, bevor sie sie um meinen Hals schlang. „Das ist egal."

„Mir nicht." Ich beugte mich vor und küsste sie auf den Hals.

Ihre Brust hob sich an, als sie seufzte: „Ich möchte jetzt nicht darüber reden, falls du damit einverstanden bist."

„Damit bin ich nicht einverstanden. Ich will wissen, warum ihr zwei aufeinander losgegangen seid." Es schien so, als hätte keiner der beiden versucht, dem Kampf auszuweichen.

Ihr wurde klar, dass ich nicht aufgeben würde, und sie nickte. „Es passierte in unserem kleinen Zimmer. Da blieb nicht viel Platz zum Ausweichen. Ich schätze, deswegen ging es auch so lange."

Ich küsste sie sanft hinter dem Ohr und flüsterte: „Und warum hat es angefangen?"

Als meine Zunge ihr Ohr umkreiste, stöhnte sie: „Oh, Cash, was du mit mir machst, sollte verboten werden."

„Stimmt." Ich ließ nicht von ihr ab und vergrub meine Hände in ihrem Haar. Im Gegenzug fuhr sie mit ihren Händen über meinen Rücken und ich spürte ihre Fingernägel durch mein Hemd. Am liebsten hätte ich sie auf der Stelle genommen. „Cash, ich glaube ich habe Joey an der Tür gehört. Wir sollten nachsehen, ob ich recht habe."

„Dann müsste ich dich loslassen. Und ich möchte dich nicht loslassen." Ich bewegte meine Lippen an ihrem Hals entlang bis zu ihren Lippen.

Sie stöhnte sanft auf, schlang ihre Beine um meine Hüften und erwiderte meinen Kuss. Dann ertönte Joeys Stimme: „Ich bin jetzt weg, Leute."

Ich löste meinen Mund von ihr und rief: „Bis morgen, Joey!"

Dann ertönte das Geräusch einer Tür, die sich schloss, und ich wusste, dass wir alleine waren. Sie blickte mich fragend an. „Wärst du wütend auf mich, wenn es in diesem Kampf um dich gegangen wäre?"

„Wütend?" Ich schüttelte den Kopf. „Aber verwirrt."

„Sie hat es mir erzählt, Cash." Sie sah etwas traurig aus und ließ ihre Füße wieder auf den Boden sinken. „Ihr habt euch geküsst."

„Nicht mit Absicht. Hat sie dir das auch erzählt?" Sie versuchte, sich aus meiner Umarmung zu lösen, aber ich hielt sie fest.

„Was meinst du damit, nicht mit Absicht?" Ihr Blick verriet mir, dass Betty Sue ihr nicht die ganze Wahrheit gesagt hatte.

„Ich dachte, sie sei du, Bobbi Jo. Sobald ich bemerkt habe, dass es nicht du warst, habe ich aufgehört und ihr klar gemacht, dass ich nichts von ihr will." Man konnte ihr die Erleichterung ansehen, was mich zum Lächeln brachte. „Ich verstehe aber nicht, warum du dich wegen mir mit jemandem streitest. Es ist ja nicht so, als wären wir fest zusammen. Ich will nicht, dass du meinetwegen verletzt wirst."

Sie presste die Zähne aufeinander und blickte mich ernst an. „Ich weiß, dass wir nicht fest zusammen sind, Cash. Du brauchst mich nicht daran erinnern."

„Ich meine nur, dass ich ungebunden bin", sagte ich und versuchte, sie damit aus der Fassung zu bringen. „Genau wie du, Bobbi Jo."

Sie legte mir ihre Hände auf die Brust. „Das weiß ich. Könntest du jetzt einen Schritt zurückgehen? Ich habe noch Arbeit zu erledigen."

Hoppla, etwas zu sehr aus der Fassung gebracht, wie es aussah.

KAPITEL VIERZEHN

Bobbi Jo

Solange Cash an mir hing, konnte ich nicht klar denken. Ich hatte ihn darum gebeten, mich loszulassen, doch er hatte keinerlei Anstalten gemacht. Also wiederholte ich meine Bitte: „Bitte, Cash. Lass mich los."

„Du bist wütend." Er hielt mich weiter fest.

„Nein." Ich schob ihn sanft, aber bestimmt von mir weg. „Ich habe einfach nur Sachen zu erledigen, das ist alles."

Er löste seine Umarmung und ging einige Schritte zurück. Ich vergrößerte den Abstand zwischen uns noch weiter. Obwohl wir keine feste Beziehung hatten, gefiel mir die Vorstellung, dass er mit anderen Mädchen zusammen sein könnte, nicht. Und schon gar nicht mit meiner Schwester.

„Der Kuss wäre niemals passiert, wenn sie sich nicht auf diese Weise an mich herangeschlichen hätte, Bobbi Jo. Ich will dich, das weißt du. Und ich habe den Kuss augenblicklich abgebrochen, als ich gemerkt habe, dass das nicht du warst. Ich will doch gar nichts von ihr." Er lehnte sich gegen die Wand, und sah einfach großartig aus.

„Und trotzdem hast du sie zum Mittagessen eingeladen." Ich

hatte mir bis jetzt nicht erlaubt, darüber nachzudenken. Mir war immer noch nicht klar, warum er das getan hatte.

„Sie ist deine Schwester, Bobbi Jo." Er richtete seinen Blick zum Boden, als ob er über eine plausible Erklärung nachdachte.

„Ja, und was ist mit mir?" Ich holte eine Kiste Bier von hinten, um die Flaschen in den Kühlschrank zu räumen. Normalerweise tat ich das erst am nächsten Tag, aber im Moment hatte ich einfach das Bedürfnis, beschäftigt zu bleiben, damit er mich nicht einfach in seine Arme und mich vom Nachdenken abhalten konnte. „Meine Schwester ist in deinem Jet geflogen. Sie ist in deiner Limo gefahren. Und jetzt war sie auch noch deine Verabredung zum Essen. Ich habe nichts von diesen Dingen gemacht."

„Eifersucht", sagte er und lächelte mich an. „Du bist eifersüchtig."

„Ich bin nicht eifersüchtig. Ich bin durcheinander. Triffst du dich mit meiner Schwester und hast mit mir Sex?" Ich hätte es mir verkneifen sollen, musste es aber einfach sagen: „Und jetzt hast du sie auch noch geküsst. Du hast sie in deinen Armen gehalten, Cash. Was, wenn ich das mit einem deiner Brüder machen würde?"

„Das passiert besser nie." Er schritt schnell durch den Raum und nahm mir die Kiste Bier ab. „Lass mich die tragen."

„Ich schaffe das schon." Ich griff nach der Kiste, aber er war bereits zu weit von mir entfernt. Ich folgte ihm zur Bar und sah zu, wie er die Flaschen in den Kühlschrank räumte. „Und, wie war der Kuss?"

„Das warst nicht du." Er stellte die letzte Flasche in den Kühlschrank und sah mich an. „Sie ist nicht du."

„Und du willst *mich*?", fragte ich, während mir das Herz bis zum Hals schlug.

„Willst du *mich*?"

Ich wusste nicht, warum ich mich so verhielt, denn normalerweise ging ich Verpflichtungen lieber aus dem Weg. „Du bist das, was ich im Moment will."

„Dito." Er kam langsam auf mich zu und legte sanft seine Finger unter mein Kinn. „Du bist auch das, was ich im Moment will. Und weißt du, was ich noch will?"

Ich schüttelte den Kopf.

„Ich möchte, dass du und ich Sonntag und Montag, wenn du frei hast, etwas unternehmen. Ich denke dabei an etwas wirklich Cooles. Wir können die Limo und den Jet nehmen und alles machen, was du willst." Seine Hände bewegten sich und legten sich langsam um mich. „Wir könnten in Maine richtig frischen Hummer essen."

„Das wäre doch etwas übertrieben." Obwohl ich Hummer wirklich gern aß.

„Ich weiß." Er küsste mich. „Aber welchen Sinn macht es, Milliardär zu sein, wenn ich mein liebstes Mädchen nicht hin und wieder groß ausführen kann?"

Mir gefiel es nicht, als sein liebstes Mädchen bezeichnet zu werden. „Du wirst mich auf keinen Fall so nennen."

Er nickte. „Alles klar. Wie wäre es mit die Perle, die ich momentan nagle?"

„Liebstes Mädchen passt schon." Ich lächelte, was meiner lädierten Lippe nicht gut bekam. „Au." Ich legte meine Finger darauf. „Das war so dämlich."

Er küsste mich auf den Kopf und wippte uns beide hin und her. „Falls es dir ein Trost ist, ich habe darüber nachgedacht, was ich wohl getan hätte, wenn einer meiner Brüder mit dir gemacht hätte, was deine Schwester mit mir gemacht hat."

„Und, zu welchem Ergebnis bist du gekommen?" Ich konnte mir gut vorstellen, dass er davon alles andere als begeistert wäre.

„Höchstwahrscheinlich würde ich einige Arschtritte verteilen." Er lachte kurz. „Aber ich war mir sicher, dass nur ich die Schläge austeilen würde. Warum hat Betty Sue zurückgeschlagen, anstatt abzuhauen?"

„Ich habe keine Ahnung. Sie hätte wirklich abhauen sollen. Schließlich war sie diejenige, die Mist gebaut hat." Ich hob meine rechte Hand und betrachtete die roten und angeschwollenen Fingerknöchel. „Ich habe ihr zwei blaue Augen verpasst – viel schlimmer als das Veilchen, das sie mir verpasst hat. Ihre Nase hat geblutet, ihr Mund auch. Und sie hat fürchterlich gekeucht, als ich endlich von ihr abgelassen habe."

Er sah etwas schockiert aus. „Wow."

„Ich weiß."

„Ich bin mir nicht sicher, ob ich jemals deinen Zorn auf mich ziehen möchte." Er strich mir über die Wange. „Du bist ganz schön krass."

„Bin ich nicht." Ich war nicht stolz darauf, meine Schwester verprügelt zu haben. Und ich wusste, was ich zu erwarten hatte, sobald mein Vater davon erfahren würde. „Mein Vater wird mir die Hölle heiß machen, wenn er meine Schwester morgen früh sieht. Das war Körperverletzung. Er wird schon dafür sorgen, dass ich das nicht so schnell vergesse."

„Er wird dich doch nicht ins Gefängnis stecken, oder?", scherzte er.

Was er nicht wusste, war, dass es gut möglich war, dass Dad so etwas tun würde. „Dad versteht bei Verstößen keinen Spaß."

„Dann ist es wohl besser, wenn ich dich bei mir behalte." Er fuhr mit seiner Hand über meinen Arm und nahm meine Hand. „Wenn er dich nicht findet, kann er dich nicht einsperren."

„Du würdest mich verstecken?" Ich fand das irgendwie süß von ihm. „Obwohl ich eine kaltblütige Schwesterschlägerin bin?"

Er zuckte nur mit den Achseln und zog mich sanft mit sich. „Wie schon gesagt, wäre die Sache andersherum passiert, dann hätte ich denjenigen auch verprügelt. Jeden Mann. Nicht nur meine Brüder. Aber meine Brüder wären in jedem Fall schlimmer dran als irgendein Fremder."

Ich blieb stehen und hielt ihn mit mir an. „Warte. Willst du damit sagen, dass, sollte mich ein anderer Mann küssen, du ihn verprügeln würdest?"

Er drehte sich zu mir um und strich mir erneut über die Wange. „Keine Ahnung. Ich weiß, dass ich meine Brüder in so einem Fall verprügeln würde. Ihr zwei teilt euch ein Zimmer, oder?"

Ich nickte. „Ja. Ich schätze, in nächster Zeit wird es nicht besonders gemütlich sein."

„Ich meine es ernst. Ich möchte, dass du bei mir bleibst. Zumindest so lange, bis sich alles wieder etwas beruhigt hat. Das ist das

Mindeste, was ich für dich tun kann. Ich will nicht sagen, dass es meine Schuld war, aber ich hätte nicht so schnell eine Frau in die Arme nehmen und küssen sollen, wenn die Frau in meinem Leben einen eineiigen Zwilling hat." Er drehte sich wieder um und führte uns weiter in Richtung Tür. „Es war einfach nicht die klügste Entscheidung von mir."

„Vielleicht wärst du etwas vorsichtiger gewesen und hättest nicht einfach ein Mädchen geküsst, das so aussieht wie ich, wenn ich dir erzählt hätte, dass meine Schwester einen Faible dafür hat, mich zu hintergehen, wenn es um Männer geht." Ich wusste, dass ich ihn über Betty Sue im Unklaren gelassen hatte. „Nicht genug, dass sie mir den einen oder anderen Typen vor der Nase weggeschnappt hat, an dem ich interessiert war. Sie hat es auch geschafft, mir einen schlechten Ruf einzubringen, indem sie sich für mich ausgegeben hat und Dinge getan hat, die ich niemals tun würde."

„Na wenn das so ist, dann sollte dein Dad doch nicht allzu sauer auf dich sein, dass du ihr endlich in den Arsch getreten hast." Vor der Tür blieb er stehen. „Es war doch das erste Mal, dass du sie so angegangen bist, oder nicht?"

„Ja." Es gab mal die eine oder andere Ohrfeige zwischen uns, aber nichts Schlimmes. „Es ist ziemlich schnell außer Kontrolle geraten. Ich habe einfach rot gesehen, dann schwarz und dann gar nichts mehr. Ich wusste überhaupt nicht, dass ich so ausrasten kann." Ich begann, mich ein wenig schlecht zu fühlen. „Ich habe ihr sogar einen Büschel Haare ausgerissen."

„Grundgütiger, Süße." Er hielt mir die Tür auf und wir verließen die Bar.

Ich schloss die Tür ab, dann nahm er mich in den Arm und trug mich zu seinen Truck. Ich schlang meine Arme um seinen Hals und schaute in seine blauen Augen. „Süße? Was habe ich dir dazu gesagt?"

„Im Moment ist es mir egal, was du dazu gesagt hast." Er setzte mich ab, um die Autotür zu öffnen. Dann hob er mich erneut hoch und setzte mich auf den Beifahrersitz. Anschließend setzte er sich neben mich auf den Fahrersitz. „Nenn mich ruhig einen Neandertaler, aber die Vorstellung, dass du dich meinetwegen geprügelt hast, macht mich wirklich an."

Ich deutete auf mein zerbeultes Gesicht. „Sogar, wenn das Ergebnis so aussieht?"

Sein Lächeln erwärmte mir das Herz. „Sogar, wenn das Ergebnis so aussieht." Er beugte sich zu mir und küsste mich.

Ich war noch nie verliebt gewesen, also kannte ich dieses Gefühl auch nicht. Aber das Gefühl, dass sein Kuss bei mir auslöste, war ein anderes. Es ging tiefer. Unsere Münder öffneten sich nicht, unsere Zungen tanzten nicht miteinander. Es war ein einfacher Kuss auf den Mund, doch er fühlte sich so ehrlich an, so aufrichtig. So musste sich Liebe anfühlen – und es verschlug mir den Atem.

Nachdem wir den Kuss beendet hatten, lächelte er mich an, blickte mir tief in die Augen und ich strich ihm sanft über die Wange. „Du bist ein sehr netter Kerl, Cash Gentry. Die meisten Männer würden diese kaputten und geschwollen Lippen nicht küssen wollen."

„Nun, die meisten Männer hatten bisher auch nicht das Vergnügen, deine Lippen in Topzustand zu küssen. Hätten sie es getan, dann wüssten sie, dass deine Lippen auch in einem verbeulten Zustand sehr gut zu küssen sind." Er gab mir noch einen Kuss und mein Herz hüpfte vor Freude.

„Ach ja?" Die Frage klang irgendwie dümmlich. Aber Tatsache war, dass ich mich von seinen Küssen ein wenig beschwipst fühlte.

„Ja." Er strich mir über die Nase und gab mir das Gefühl, süß und liebenswert zu sein. „Und ich denke, dass ich dir heute ein schönes, heißes Bad, eine Rückenmassage und ein paar Streicheleinheiten spendiere, um den Schmerz etwas zu lindern."

Ich hatte die Schmerzen heruntergespielt. Aber nun hatte ich das Gefühl, dass das nicht mehr nötig war. Er wollte mich verwöhnen – warum sollte ich ihn nicht lassen? „Ein heißes Bad klingt wunderbar. Leistest du mir Gesellschaft?"

„Aber sicher doch!" Er legte mir den Arm um die Schulter und steuerte den Wagen von der nun dunklen und ruhigen Bar weg.

Während er uns zu seinem Haus fuhr, lehnte ich meinen Kopf an seine Schulter. „Ich darf die Nacht also bei dir verbringen, was?"

„Dürfen?", fragte er. „Nein, du musst. Ich werde dich heute nicht nach Hause lassen. Und morgen auch nicht. Und für Sonntag und Montag haben wir schon Pläne, also wirst du diese Nächte auch mit mir verbringen."

„Das sind dann vier Nächte." Ich war noch nie solange von zu Hause weg gewesen. „Und ich muss noch nach Hause, um zu packen."

„Ich bin stinkreich, Süße. Ich werde dir alles kaufen, was du brauchst." Er küsste mich auf die Wange. „Das ist das Mindeste, das ich für meinen kleinen Boxer tun kann."

Sein Boxer. Seine Süße. Seins. Plötzlich gefiel mir dieser Klang.

KAPITEL FÜNFZEHN

Cash

Noch nie hatte sich ein Mädchen wegen mir geprügelt. Und nach Bobbi Jos Aussehen zu urteilen, hatte sie wie eine Löwin um mich gekämpft. Und das wegen eines kleinen Kusses. In diesem Moment wurde mir klar, dass sie ganz schön viel für mich übrighatte.

Egal, wie oft wir uns daran erinnerten, dass das mit uns nichts Ernstes war und dass wir ungebunden waren, uns beiden wurde langsam klar, wie viel wir uns gegenseitig bedeuteten.

Nachdem ich den Truck in die Garage gestellt hatte, führte ich Bobbi Jo durch die Küche ins Haus. „Hast du heute schon gegessen?" Ich hatte da so meine Zweifel.

„Ich hatte zum Frühstück ein Eiersandwich, das wars. Und mit Frühstück meine ich gegen Mittag." Sie strich sich über den Bauch. „Ich könnte schon etwas vertragen."

Das liebte ich an dieser Frau. Sie hatte keine Angst davor, mir zu sagen, wenn sie Hunger hatte. „Schauen wir mal nach, was der Kühlschrank hergibt."

Sie setzte sich an die Küheninsel und ich durchsuchte den Kühlschrank. „Ich nehme alles. Ich bin nicht pingelig."

Ich nahm ein Glas Gurken heraus. „Wie wäre es mit einem Sandwich?"

Sie nickte zustimmend. „Ich sagte *alles,* Cash."

„Möchtest du Milch dazu?" Ich holte die Mandelmilch heraus, als sie nickte.

In nur wenigen Momenten hatte ich ein paar Truthahnsandwiches, Gurken und Kartoffelchips auf einen Teller angerichtet sowie zwei Gläser Milch. Ich setzte mich neben sie und wir begannen zu essen.

In der ganzen Küche brannte nur eine kleine Lampe. Und während wir in dem schummrigen Licht dasaßen und aßen, bemerkte ich, wie sehr es mir gefiel, dass wir schweigend nebeneinander sitzen und essen konnten, ohne darüber nachdenken zu müssen, was wir als Nächstes sagen oder tun sollten.

Nachdem wir aufgegessen hatten, nahm sie unsere Teller und machte sauber. Ich schaute ihr dabei zu. „Wir sind ein gutes Team, Bobbi Jo."

„Das sind wir, nicht wahr?", erwiderte sie, während sie die schmutzigen Teller in den Geschirrspüler räumte. „Vielleicht sollten wir beide ein Geschäft starten. Du weißt schon, etwas Sinnvolles tun."

„Alles, außer einer Bar", sagte ich, stand auf und ging auf sie zu. Ich legte meine Arme um ihre Schultern und führte sie zu meinem Zimmer. „Diese Spätschichten sind nicht gut für uns."

„Du klingst wie ein alter Mann." Sie lachte und wir gingen die Treppe hinauf.

„Was ich damit meinte, war, wenn wir unsere Abende früher beenden, kommen wir auch früher ins Bett. Und wenn wir früher im Bett sind, können wir es früher und länger tun." Ich lächelte sie an, als wir den oberen Treppenabsatz erreichten.

„Oh, jetzt verstehe ich. Bei dir dreht sich alles um Sex." Sie haute mich auf die Schulter.

„Natürlich." Ich hatte nur einen Scherz gemacht, und sie wusste das. „Und kuscheln. Vergiss das Kuscheln nicht."

„Wie könnte ich das Kuscheln vergessen?" Ich hielt ihr die Tür zu meinem Schlafzimmer auf und sie ging hinein. „Was bist du doch für ein Gentleman, Cash Gentry."

„Bei dir verhalte ich mich wirklich sehr wie ein Gentleman, nicht wahr?" Ich habe mich Frauen gegenüber nie wie ein totales Arschloch verhalten, aber bei Bobbi Jo strengte ich mich tatsächlich noch mehr an.

Ich schloss die Tür und sie ging ins Badezimmer. „Ich steige aus diesen Klamotten, während du dich um das heiße Bad kümmerst, das du mir versprochen hast. Mein ganzer Körper tut weh."

Zumindest gab sie jetzt zu, dass sie Schmerzen hatte. „Ich werde dich schon wieder aufpäppeln, Rocky."

Sie blieb in der Tür stehen und drehte sich zu mir um, während sie damit begann, sich auszuziehen. „Hör' zu. Ich bereue, was ich getan habe. Vielleicht könntest du auf die Boxerspitznamen verzichten. Ich schätze, ich muss mich bei meiner Schwester entschuldigen. Ich meine, sie hat den einen oder anderen Klatsch verdient, aber ich habe sie verprügelt. Ich weiß nicht, ob das nötig war."

„Ich wette, sie wird nicht noch einmal versuchen, mich reinzulegen." Ich lief grinsend an ihr vorbei und ließ das Wasser in die große Whirlpool-Badewanne ein.

Sie lachte. „Ich wette, sie wird auch nicht noch einmal versuchen, dich zu küssen. So viel ist sicher. Aber trotzdem, ich habe übertrieben."

„Ich schätze, du bist in mich verliebt", sagte ich. Mir war klar, dass ich mich weit aus dem Fenster lehnte.

„Vielmehr habe ich es satt, dass sie das mit den Typen macht, die ich mag. Das geht schon seit Jahren so. Vielleicht hatte ich jetzt endgültig die Schnauze voll davon. Dieses Mal bin ich durchgedreht." Sie stand nackt da und blickte auf die halbvolle Wanne. „Kann ich schon rein?"

„Ich schätze schon." Während sie in die Wanne stieg, begann ich damit, mich auszuziehen. „Es muss aber noch mehr Wasser rein, bevor ich die Düsen einschalten kann."

„Ist mir egal." Sie lehnte sich zurück und schloss die Augen. „Es ist schon heiß und wundervoll. Das habe ich gebraucht." Sie öffnete die Augen in dem Moment, als ich meine Jeans zu Boden fallen ließ. „Ich brauche dich."

Ich legte das letzte Kleidungsstück ab und ließ mich hinter sie in das heiße Wasser gleiten. Sie lehnte sich gegen mich und ich fuhr mit meinen Händen durch ihr Haar. „Das gefällt mir."

„Mir auch." Sie summte leise, während ich ihre Schultern massierte.

Ich fühlte mich ungezwungen und entspannt und fragte sie: „Siehst du dich jemals sesshaft werden?"

„Noch lange nicht." Sie strich mit ihren Händen über meine Schenkel und ließ sie auf meinen Knien liegen. „Mir gefällt mein Leben. Nun, die meiste Zeit. Und nun, da ich eine willkommene Abwechslung habe, gefällt es mir sogar noch besser. Warum sollte ich jetzt sesshaft werden?"

„Ich weiß nicht. Ich dachte nur, dieses Tempo, dieses Arbeiten an fünf Nächten in der Woche – nun, das ist nicht leicht." Ich wollte eine normalere Beziehung, doch solange sie in einer Bar arbeitete, war das kaum möglich.

„Hast du deswegen mit meiner Schwester zu Mittag gegessen?", fragte sie, und ich spürte ihre Anspannung. „Weil ich nicht vor drei Uhr nachmittags verfügbar bin?"

„Darüber habe ich wirklich nicht nachgedacht. Wenn du die Wahrheit wissen willst: Ich habe sie eingeladen, um mehr über *dich* zu erfahren." Ich wusste nicht besonders viel über Bobbi Jo. Unsere gemeinsame Zeit war begrenzt und normalerweise waren immer eine Menge Leute in der Nähe. Das machte es schwierig, sie näher kennenzulernen.

„Nun, lass dir nicht noch einmal einfallen, von ihr etwas über mich erfahren zu wollen." Sie drehte ihren Kopf zur Seite und schaute mich aus dem Augenwinkel an. „Wenn du etwas wissen willst, frag mich einfach."

„Also gut. Was ist deine Lieblingsfarbe? Was machst du gerne in deiner Freizeit? Was ist dein Lieblingsessen?" Ich hatte tausend Fragen an sie.

Sie hob eine Hand. „Stopp." Sie atmete tief durch. „Blau, wie deine Augen. Schlafen und Pizza."

Ich küsste sie auf den Kopf, während ich weiter ihre Schultern massierte. „Willst du mich etwas fragen?"

„Was denkst du über Mischgemüse? Du weißt schon, was man im Supermarkt in Konserven kaufen kann?", fragte sie.

Ich hatte keine Ahnung, was ich darauf antworten sollte. Zu so etwas hatte ich überhaupt keine Meinung. „Ist das dein Ernst?"

„Absolut." Sie drehte sich um, so dass ihre Brüste sich gegen meine Brust pressten. „Ich muss wissen, ob wir wirklich kompatibel sind. Du glaubst jetzt vielleicht, dass du dazu keine Meinung hast, aber jeder hat eine. Wenn dir Mischgemüse serviert wir, was fühlst du dann? Isst du es einfach so? Trennst du grüne Bohnen, Mais und Karotten voneinander? Oder isst du es gar nicht?"

Ich musste einen Moment darüber nachdenken. Ich hatte mir tatsächlich noch nie Gedanken darüber gemacht. Aber schließlich kam ich zu einer Erkenntnis über dieses Lebensmittel. „Ich mag kein Mischgemüse. Wenn ich Mischgemüse haben wollte, würde ich es selber mischen. Warum sollte man eine Dose mit diesem Mix kaufen, wenn man es sich auch individuelle zusammenstellen kann? Was, wenn man grüne Bohnen mag aber Karotten hasst? Was, wenn man nur Mais möchte? Also ich bin gegen Mischgemüse."

Ihre Augen leuchteten auf. „Ich habe dich noch nie attraktiver gefunden, Cash Gentry."

„Du siehst das also genau so?", fragte ich.

Sie nickte. „Ich hasse es und ich will nicht mal eine einzige Dose davon in meinem Haus – wenn ich mal ein eigenes habe. Meine Mutter hat einen ganzen Vorrat von diesem Zeug. Ich könnte auf keinen Fall etwas Ernstes mit einem Mann anfangen, der keine Meinung zu Mischgemüse hat."

„Also *bin* ich eine Option?" Ich lächelte sie an, während sie mit ihrem Körper an meinem entlang glitt.

Ihre Hand lag an meinem Schwanz verriet mir, dass sie über diese Erkenntnis sehr erfreut war. „Oh ja. Du bist eine Option." Sie positionierte sich so, dass ich in sie eindringen konnte. Begleitet von einem langen Stöhnen, setzte sie sich auf mich. „Glaubst du, dass wir ein Chaos veranstalten, wenn wir es in der Wanne tun?"

„Definitiv." Ich hob sie hoch und ließ sie zurück auf meinen langen, harten Schwanz gleiten. „Aber wen interessiert das schon? Reite mich, Süße."

Sie legte ihre Hände auf meine Schultern um einen besseren Halt zu bekommen. „Gib Gas!"

Ich umfasste ihre Hüften und mit harten, festen Stößen brachte ich sie zum Wimmern vor lauter Lust. „Oh, du stehst vor dem Ritt deines Lebens."

„Gib's mir, Cowboy", stöhnte sie. „Gib es mir ordentlich. Bring mich dazu, mich an dir festzuklammern, als würde mein Leben davon abhängen."

„Mach dich auf etwas gefasst. Ich werde dich aus dem Wasser stoßen." Ihre Brüste wippten vor mir auf und ab, während ich hart und schnell zustieß. Mit jedem Stoß schwappte mehr Wasser über den Wannenrand.

Sie schob ihre Hand hinter mich und schaltete die Düsen an. Wasser schlug gegen meinen Rücken, während ich mich bewegte und sie jauchzte vor Leidenschaft. Der Klang ihres verführerischen Lachens weckte Gefühle in mir, die ich bis dahin noch nicht kannte.

Es machte mich glücklich, einfach mit ihr zusammen zu sein, Ich hatte das Gefühl, dass ich auch glücklich wäre, wenn wir nur vor dem Fernseher säßen. Sie machte mich auf eine Art glücklich, wie es bisher niemand getan hatte.

Ihr Körper verkrampfte sich, ihre Fingernägel bohrten sich in meine Schultern. „Cash!" Sie erreichte ihren Höhepunkt; ihre Muskeln umklammerten mich und holten alles aus mir heraus.

Ich veränderte unsere Position, drehte sie um und positionierte mich hinter sie. Dann drang ich von hinten in sie ein. Ich hielt sie an den Hüften fest und stieß kräftig zu – wieder und wieder. Das Wasser schwappte in Wellen über den Rand und sammelte sich auf dem gefliesten Fußboden.

Das alles zusammen bildete wohl das heißeste Szenario, das wir je hatten. Als ich den Drang verspürte, einfach loszulassen, schrie sie erneut: „Cash! Verdammt! Verdammt!"

Ich hatte keine Wahl, sie holte sich alles von mir. Ich gab ihr alles und füllte sie mit meinem heißen Samen. „Süße, verdammt!"

Sie hatte mich mit diesem Orgasmus an einen völligen neuen Ort gebracht. Und nun wollte ich diesen Ort wieder und wieder besuchen.

KAPITEL SECHZEHN

Bobbi Jo

Sanftes Schnarchen drang in meine Ohren, als ich erwachte. Cash hatte seine Arme um mich geschlungen, was mich zum Lächeln brachte. Die Feuchtigkeit zwischen meinen Beinen ließ dieses Lächeln wieder verschwinden. „Scheiße."

Warum war es zwischen meinen Beinen feucht, wenn wir ein Kondom benutzt haben?

Ich erinnerte mich an unsere Aktivitäten von letzter Nacht. Das Bad, das Bett, der Boden, der begehbare Kleiderschrank – und all diese Momente und Orte hatten eines gemeinsam.

Kein Kondom.

Ich brauchte einen Moment, um zu merken, dass ich den Atem angehalten hatte. Als ich nach Luft schnappte, rührte Cash sich ein wenig. Ich bewegte mich nicht, ich atmete nicht.

Ich musste hier weg. Vielleicht konnte ich mir die Pille danach holen. Ich musste mein leichtsinniges Verhalten wieder in Ordnung bringen.

Langsam löste ich mich aus seiner Umarmung und schlich aus

dem Bett. Mein Ziel war das Badezimmer, wo meine Klamotten lagen. Bevor ich mich wieder anzog, ging ich zur Toilette.

Ich massierte meine Schläfen und dachte darüber nach, was ich jetzt tun sollte. Ich hatte Cash nie gesagt, dass ich keinerlei Verhütungsmittel nahm. Ich hatte ihm nur gesagt, dass er ein Kondom benutzen sollte. Aber eine Menge Mädels bestanden darauf, ein Kondom zu verwenden, auch wenn sie selbst irgendeine Art von Verhütung verwendeten. Es diente als Schutz vor Geschlechtskrankheiten. Und Cash hätte ebenfalls denken können, dass es dazu diente. Er dachte wahrscheinlich nicht daran, dass wir eines benutzen *müssten*. Ansonsten hätte er letzte Nacht darauf geachtet.

Was war letzte Nacht los mit mir? Wie konnte ich die Verhütung vergessen?

Vielleicht hatte ich einen Schlag gegen den Kopf bekommen. So etwas kam vor. Vielleicht war ich etwas weggetreten, ohne es zu merken. Und dann hatte ich innerhalb einer Nacht eine ganze Menge Sex gehabt.

Ich zählte mit den Fingern die Male, an die ich mich erinnern konnte. Insgesamt vier – jedes Mal ohne Kondom und jedes Mal mit der vollen Ladung Babysaft.

Ich hatte mir noch nie so sehr gewünscht, mit dem eigenen Auto hergekommen zu sein, damit ich einfach verschwinden könnte. Aber es gab einen Taxidienst, den ich anrufen konnte. Also schmiedete ich meinen Plan. Leider hatte ich keine Ahnung, wie die Adresse zu Cashs Villa lautete.

Gerade als ich von der Toilette kam und zum Waschbecken ging, um die Zahnbürste zu benutzen, die Cash mir bei meiner ersten Übernachtung bei ihm gegeben hatte, öffnete sich die Tür und Cash kam herein. „Morgen Süße."

„Ähm, ja. Hi." Ich gab etwas Zahnpasta auf die Bürste und begann damit, meine Zähne zu putzen.

„Hi?", sagte er lachend und ging zur Toilette. Mit seiner freien Hand kratzte er sich am Kopf.

Ich spuckte die Zahnpasta aus und griff zum Mundwasser. „Weißt du, ich habe gedacht, ich rufe mir einfach ein Taxi und fahre nach

Hause." Ganz oben auf meiner Liste stand der Stopp an einer Apotheke, um mir die Pille danach zu besorgen.

„Nein." Er stellte sich hinter mich, schlang seine Arme um meine Taille und liebkoste meinen Nacken. Er flüsterte: „Du bleibst bei mir, vergessen? Und jetzt gehen wir zurück in dieses schöne, warme Bett, wo ich dich küssen, umarmen und lieben werde, bis wir wieder einschlafen."

Während ich so in seinen Armen lag, wollte ich nichts lieber als das. Aber ich musste in die Stadt und zu einer Apotheke. „Das klingt wirklich süß."

„Oh, das wird alles anderes als süß." Er presste seine Erektion gegen meinen nackten Hintern. „Siehst du?"

„Also direkt ran?" Ich schüttelte den Kopf. „Nein, ich kann nicht. Tut mir leid."

Da wir beide bereits nackt waren, schob er mich in Richtung Dusche. „Verstehe. Du fühlst dich schmutzig. Wir können es in der Dusche tun."

„Ich habe tatsächlich eine ordentliche Portion Liebessaft auf mir." Ich würde das zumindest abwaschen müssen. Zwar wäre mir eine Komplettreinigung – innen und außen – lieber gewesen, aber ich war mir nicht sicher, ob ich dafür Zeit hatte.

„Ich werde uns sauber machen", sagte er und stellte die Düsen der Dusche ein. Er zog mich mit in die Dusche, setzte mich auf die gefliese Bank, nahm die Seife und schäumte seine Hände ein.

Ich konnte nichts sagen, als seine Hände über meinen gesamten Körper glitten. Die Art, wie er sich um mich herum bewegte, machte mich schwindelig. „Ich wache gerne neben dir auf, Bobbi Jo. Ich war etwas enttäuscht, dass du nicht da warst, als ich vorhin aufgewacht bin."

„Warst du das?" Mein Kopf fiel nach hinten, als er meine Brüste massierte.

Ich spürte seine Lippen auf einem meiner Nippel. „Ich war sehr enttäuscht."

„Vielleicht bist du nur etwas zu verwöhnt." Ich stöhnte auf, als er an meinem Nippel leckte und saugte.

„Vielleicht." Er presste Küsse an meinem Bauch entlang, dann spreizte er meine Beine. „Lass mich dich ganz sauber machen."

Ich war mir sicher, dass diese Art von Aufmerksamkeit da unten keinen weiteren Schaden anrichten konnte. Es war noch genug Zeit. Ich erinnerte mich daran, dass ich einmal gelesen hatte, dass die Pille danach bis zu achtundvierzig Stunden nach dem Verkehr eingenommen werden konnte. Ich hatte also noch eine Menge Zeit. „Nur zu."

Seine eingeschäumten Hände bewegten sich über meine Muschi, die aufgrund seiner Stöße letzter Nacht, völlig geschwollen war. „Du bist so bereit für mich, Süße." Er presste seine Lippen gegen meine Klitoris und ich jauchzte bei diesem wunderbaren Gefühl laut auf. „Wenn du glaubst, dass sich das gut anfühlt, dann warte, bis ich dir einen langen, sanften Kuss gebe."

Ich musste mich an seinen Schultern festhalten, als er mich dort unten härter küsste und seine Zunge sich in unmöglicher Weise hin und her bewegte. „Cash!"

Er hörte nicht auf. Er presste seine Zunge in mich und bewegte sie vor und zurück, bis ich seinen Namen schrie. Das liebte er. Seine Finger bohrten sich in meine Schenkel und er schien gar nicht genug von mir zu bekommen.

Als er den Kopf zurückzog, sah er mich mit einem wilden Blick an und schon kniete ich auf dem Boden der Dusche, wo er mich von hinten nahm. Ich hörte nur noch die Düsen der Dusche, die das Wasser über unsere Körper verteilten und das Klatschen von Haut auf Haut.

Ich hätte etwas wegen der Verhütung sagen sollen. Ich wusste, dass ich etwas hätte sagen sollen. Aber ich wollte auch nicht aufhören und den Moment ruinieren.

Als ich die Wärme in mir spürte und sein Schwanz in mir erzitterte, wusste ich, dass ich eine neue Ladung Babysaft in mir hatte.

Mein Körper erschlaffte und ich seufzte. Er gab mir einen kleinen Klaps auf den Hintern. „Nun, das nenne ich einen gelungenen Start in den Tag. Nicht wahr, kleine Momma?"

Kleine Momma?

„Cash, ich muss dir was sagen." Er nahm mich fest in den Arm, brachte uns wieder auf die Beine und unterbrach mich mit seinen Lippen, noch bevor ich überhaupt etwas sagen konnte.

Im nächsten Moment wurde mir klar, dass wir nicht länger in der Dusche waren, sondern auf seinem Bett lagen. Dann war er auch schon über mir und in mir. Und wir waren sofort wieder bei der Sache.

Ich hatte keine Ahnung, was mit diesem Mann los war, aber er ließ es an mir aus. Wieder und wieder. Und ich brachte es auch nicht über mich, ihn davon abzuhalten.

Irgendwann waren wir völlig ineinander verschlungen. Als die Erschöpfung uns schließlich übermannte, brachen wir auf seinem Bett zusammen und schliefen ein.

In weiter Ferne erinnerte mein Verstand mich daran, dass ich in Kürze auf jeden Fall aufstehen müsste, um zur Apotheke zu fahren. Ich würde alles, was wir getan hatten, wieder ins Lot bringen. Es würde alles in Ordnung kommen.

Ich fiel in einen tiefen Schlaf. Stunden später fühlte ich, dass Cash sich hinter mir bewegte und das Bett verließ. Als ich die Augen öffnete, sagte er: „Verdammt, Süße. Steh auf. Wir müssen dich in die Bar bringen. Wir haben nur noch dreißig Minuten, bis sie aufmacht. Ich gehe zu Tyrell und frage ihn, ob Ella dir ein paar Klamotten leihen kann."

„Wir haben den ganzen Tag geschlafen?" Ich konnte mir nicht vorstellen, dass das möglich war.

„Sieht so aus. Komm schon. Beeil dich."

Eilig stand ich auf, als mir schwindelig wurde und ich mich daran erinnerte, dass ich den ganzen Tag noch nichts gegessen oder getrunken hatte. „Verdammt Cash. Ich habe das Gefühl, dass ich gleich umkippe."

Er nickte und stellte die Dusche an. „Springen wir einfach rein und verlieren keine Zeit. Wir müssen los."

Im Eiltempo machten wir uns fertig. Ich konnte mir von Ella ein T-Shirt und eine Jeans leihen. Ich hatte sie erst einmal getroffen und war für ihre Hilfe dankbar. „Erinnere mich daran, dass ich etwas

Nettes für Ella mache, dafür, dass sie mir ihre Klamotten geliehen hat. Das war nett von ihr."

„Ja, ja. Komm schon." Cash nahm meine Hand und wir machten uns auf den Weg. In der Garage hob er mich in den Truck und wir fuhren zur Bar.

Da es ein Samstagabend war, standen bereits drei Autos auf dem Parkplatz, als wir ankamen. Ich musste mich sofort an die Arbeit machen und die ganze Nacht herrschte das reine Chaos.

Ich verharrte eine Sekunde, als meine Schwester hereinkam. Ihr Haar verdeckte ihr geschundenes Gesicht. Ich winkte sie mit dem Finger heran und führte sie ins Hinterzimmer. „Hör zu. Ich bin zu weit gegangen."

Betty Sue schob ihr Haar zurück und ich konnte noch immer die Färbung ihres Auges, die Schwellung ihrer Nase und ihres Mundes und die Stelle, an der ich ihr einen Büschel Haare ausgerissen hatte, sehen. „Findest du?"

„Hat Dad dich gesehen?" Ich betete zu Gott, dass sie mich nicht verraten hatte.

„Nein. Ich bin im Bett geblieben ... Hab behauptet, dass ich krank sei." Sie seufzte. „Ich hätte nicht tun sollen, was ich getan habe. Obwohl es nicht geplant war, einen Kuss von Cash zu bekommen, habe ich alles falsch gemacht. Alles. Es tut mir leid."

„Und mir tut es leid, dass ich dich so hart angegangen bin. Wir sind erwachsen, wir hätten es wie Erwachsene klären können." Ich legte ihr meine Hand auf die Schulter. „Können wir das hinter uns lassen?"

Sie nickte. „Darüber denke ich schon die ganze Zeit nach. Wir müssen das alles hinter uns lassen. Die ganzen vergangenen Jahre, in denen ich dich verletzt habe und du dich nie dafür gerächt hast. Na ja, abgesehen von dem einen Mal, als du mich beinahe mit dem Abführmittel umgebracht hättest. Aber die meiste Zeit hast du einfach hingenommen, was ich dir angetan habe, ohne es mir heim-zuzahlen. Ich schätze, deine Prügel waren gerechtfertigt."

Ich war erleichtert, dass sie so empfand. Aber ich wusste, dass ich zu weit gegangen war. „Ein Unrecht mit einem Unrecht zu vergelten macht es noch lange nicht richtig. Ich mache es wieder gut, Betty Sue."

Sie hob ihre Hand und legte sie mir auf die Brust. „Nein, das brauchst du nicht. Wir sind jetzt quitt. Wir lassen das jetzt hinter uns und gehen nach vorn. Ich kann sehen, dass Cash dir wirklich etwas bedeutet. Und du musst ihm auch wirklich etwas bedeuten. Zumindest glaube ich das. Er ist ein guter Mann, Bobbi Jo. Mach keine Dummheiten und lass ihn nicht gehen. Und achte darauf, dass er dich nicht gehen lässt."

Bevor ich etwas sagen konnte, kam Cash ins Hinterzimmer. Als er uns zusammen sah, lächelte er. „Gut. Ihr habt euch vertragen. Schön zu sehen." Er kam zu uns und legte uns beiden seine starken Arme um die Schultern. „Jetzt können wir die Vergangenheit ruhen lassen." Er nahm seine Arme wieder von unseren Schultern, ging einen Schritt zurück und sah meine Schwester an. „Ich werde Bobbi Jo morgen ausführen, raus aus der Stadt. Wir werden nicht vor Montagnacht zurückkommen. Glaubst du, du kannst das deinen Eltern sagen, damit sie sich keine Sorgen machen?"

Sie nickte. „Das kann ich machen." Dann schaute sie mich an. „Er ist ein Guter, Schwesterchen. Verliere ihn nicht."

Bevor ich etwas sagen konnte, antwortete Cash: „Ich werde aufpassen, dass sie mich nicht verliert."

Ich konnte ihn nur wortlos anstarren. *Was zur Hölle ging hier vor?*

KAPITEL SIEBZEHN

Cash

Es war ein hektischer Abend in der Bar, trotz meiner Hilfe. Aber ich hatte es geschafft, einige Vorbereitungen für unseren Kurztrip zu treffen.

Da ich so etwas noch nie gemacht hatte, war ich schlau genug, die Dame vom örtlichen Reisebüro um Hilfe zu bitten. Sie und ihr Ehemann waren für ein paar Drinks und eine Partie Pool in die Bar gekommen. Mit ihrer Hilfe war es mir nicht nur gelungen, sämtliche Annehmlichkeiten zu buchen, ich hatte auch schon Bobbi Jos Sachen gepackt und zum Jet bringen lassen, der am Stadtflughafen von Carthage auf uns wartete.

„Das ist verrückt", debattierte Bobbi Jo, als ich uns anstatt zu ihrem Haus, direkt zum Flughafen fuhr. „Ich kann doch schnell zu Hause reinspringen und ein paar Sachen zusammenpacken."

„Ich merke schon, du lässt nicht locker. Also werde ich es dir einfach verraten." Ich legte ihr meinen Arm um die Schulter und drückte sie sanft. „Ich habe alles, was du brauchst, bereits packen und zum Flugzeug bringen lassen. Mein Zeug ist auch schon dort."

Sie schnaubte, so als würde sie mir nicht glauben. „Und wie hast du das angestellt, Cash?"

„Ich hatte Hilfe." Ich wusste, dass sie verblüfft sein würde, wenn sie sah, was ich alles vorbereitet hatte. „Du und ich sollten wirklich darüber nachdenken, ein gemeinsames Geschäft zu gründen. Vielleicht fällt uns ja in den nächsten Tagen etwas ein."

Sie verzog die Lippen zu einem einseitigen Grinsen. „Wenn du deine Finger lange genug von mir lassen kannst, um stattdessen deinen Verstand arbeiten zu lassen."

„Ja gut, vielleicht wird uns doch nichts einfallen." Ich küsste sie auf die Wange. Ich hatte nicht die Absicht, die Finger von ihr zu lassen. „Wir haben massig Zeit."

Ich parkte den Truck am Flughafen. Bobbi Jos Augen leuchteten beim Anblick des kleinen schwarzen Flugzeugs, das bereits am Hangar auf uns wartete. „Ist es das?"

„Auf der Seite steht Whisper Ranch, also würde ich davon ausgehen, dass es das ist."

Ich stieg aus dem Truck und half ihr heraus. „Es ist so schön."

„Warte, bis du es von innen siehst." Ich hatte große Pläne mir ihr in diesem Flugzeug. „Es gibt auch ein Schlafzimmer."

Sie holte tief Luft. „Das gibt es nicht."

„Doch. Im hinteren Teil des Flugzeugs. Ein Badezimmer gibt es auch." Ich ergriff ihre Hand und führte sie zum Flugzeug, wo der Pilot uns begrüßte.

„Ich höre, es geht nach Maine für etwas Hummer." Er schüttelte meine Hand. „Schön Sie zu sehen, Cash. Und Sie müssen Miss Bobbi Jo Baker sein. Mein Name ist Steven. Es freut mich, heute Abend Ihr Pilot sein zu dürfen." Er schaute auf seine Uhr. „Oder besser, heute Morgen. Wir werden Biddeford, Maine in etwa fünf Stunden erreichen. Jetzt ist es drei Uhr, das bedeutet -"

Bobbi Jo beendete den Satz: „Gegen zehn Uhr morgens. Nein, Moment. Sie sind uns eine Stunde voraus. Wir werden gegen elf Uhr da sein."

Steven nickte. „Pünktlich zum Mittagessen. Und der Hummer im Docks Boathouse ist absolute Spitzenklasse. Sie werden ihn lieben und die Atmosphäre dort. Auch wenn die Temperaturen beinahe eisig sind."

Ich hatte gar nicht daran gedacht, wie kalt Maine im Februar sein könnte. In Texas wurde es nie so kalt. „Vielleicht sollten wir in die andere Richtung fliegen."

Steven schüttelte den Kopf. „Nee. Wir werden schön in diese Richtung fliegen. Und Sie werden nirgendwo einen besseren Hummer bekommen als in Maine. Also, gehen Sie an Bord und dann kann die Party kann losgehen, oder? Nach dem Mittagessen in Maine fliegen wir weiter nach New York City, und Sie beiden werden dort die Nacht im Waldorf verbringen."

Bobbi Jos Augen wurden riesig. „Oh nein. Cash, ich habe keine Ahnung, was ich anziehen soll. Ich weiß nicht. Das ist zu viel."

„Entspann dich." Ich zog sie hinter mir her ins Flugzeug. „Ich habe dir doch gesagt: Jemand hat bereits alles für unseren kleinen Ausflug gepackt. Es wird lustig. Du wirst sehen. Aber zuerst musst du dich entspannen."

Wir nahmen unsere Sitze ein und legten die Sicherheitsgurte an, während Steven das Flugzeug startklar machte. Bobbi Jo schaute mich nervös an. „Ich bin noch nie geflogen."

„Es gibt nichts, worüber du dir Sorgen machen musst." Ich nahm ihre Hand und küsste sie. „Ich habe dich. Und in den Gepäckfächern liegen Fallschirme."

„Hast du schon einmal einen benutzt?", fragte sie mich mit einem zweifelnden Gesichtsausdruck.

„Nein." Ich bezweifelte aber auch, dass ich einen brauchen würde. „Aber glaube mir: falls dieses Flugzeug abstürzt, finde ich einen Weg, hier rauszukommen, bevor das Ding den Boden berührt."

„Cash, bei allem, was du geplant hast, brauche ich etwas Schlaf." Sie blickte auf die Tür im hinteren Teil der Maschine. „Wenn wir dort hineingehen, dann nur zum Schlafen. Verstanden?"

Ich hatte geplant, uns zu Mitgliedern des Mile-High Club zu machen. Aber es gab ja noch den Rückflug. „Verstanden, Süße."

Lächelnd schloss sie die Augen. „Ich hätte nie auch nur zu

träumen gewagt, so etwas wie das hier zu tun. Es kommt mir so unwirklich vor."

„Und es hat noch nicht einmal angefangen." Ich fand es toll, dass ich so etwas für sie und mit ihr tun konnte. „Nur damit du es weißt: Es gab bisher noch niemanden, mit dem ich so etwas überhaupt machen wollte. Ich vertraue dir wirklich, Bobbi Jo."

„Ich muss dir anscheinend auch vertrauen, Cash. Ich glaube nicht, dass ich bei einer anderen Person so einem Trip zugestimmt hätte." Sie seufzte. „Aber ich glaube, mit dir ist es sicher."

Als das Flugzeug abhob, schlossen wir beide unsere Augen und schliefen kurz darauf ein. Als die Sonne aufging, wachten wir auf und die Sicht aus dem kleinem Fenster war einfach atemberaubend. „Wow, das ist unglaublich."

Bobbi Jo nickte und streckte sich. „Von hier oben wirkt alles so anders – so majestätisch."

Ich öffnete meinen Sicherheitsgurt und wollte mich im Schlafzimmer für den neuen Tag fertig machen. „Komm mit. Wir sehen mal nach, was da hinten auf uns wartet."

Sie kam mit mir. „Ich muss einfach fragen, wie du das alles so kurzfristig hingekriegt hast."

„Ich kann zaubern", antwortete ich und öffnete die Tür. Auf dem Bett lagen zwei Reisetaschen; geöffnet und leer. „Sieht so aus, als hätte man die Taschen für uns nicht nur gepackt, sondern sie auch ausgepackt und alles eingeräumt."

Sie ging zu dem Kleiderschrank, öffnete ihn und schnappte ungläubig nach Luft. „Sieh dir diese Klamotten an. Dort hängt ein schwarzer Anzug für dich." Als sie das Label sah, wurden ihre Augen noch größer. „Willst du mich verarschen?"

„Es ist irgendein teurer Designer, nicht wahr?" Bei dem Gedanken daran, wie unbequem das Teil sein würde, schüttelte ich den Kopf.

„Nun, es ist nur Ralph Lauren, aber es sieht aus wie ein Anzug, den James Bond tragen würde." Sie nahm ein dunkelblaues Kleid heraus. „Und sieh' dir an, was ich tragen soll."

„Du wirst in diesem Kleid umwerfend aussehen." Ich stellte sie mir bereits darin vor.

„Auf keinen Fall." Sie hing es zurück in den Schrank. „Das bin nicht ich."

„Nun, ich bin auch nicht der Anzug. Aber wenn wir in New York in diesem schicken Hotel sind, werde ich ihn tragen, und du wirst dieses Kleid tragen. Es ist wunderschön." Ich nahm sie in die Arme. „Fast so schön wie du."

„Aber es ist so, nun ja, so weiblich." Sie runzelte die Stirn. „Das bin einfach nicht ich."

„In New York sollten wir uns einfach anpassen. Komm schon. Es wird wie früher sein, wenn du dich als Kind verkleidet und hübsch gemacht hast." Ich küsste sie auf die Stirn. „Jetzt lass uns duschen gehen. Dann ziehen wir erst einmal etwas Bequemes an. In den nächsten zwei Tagen bewegen wir beide uns außerhalb unseres Wohlfühlbereichs und wir werden sehen, wie die andere Seite lebt."

Sie sah mich an und blinzelte einige Male. „Nur, dass *du* jetzt Teil der anderen Seite bist, Cash. Du bist Milliardär."

„Und du bist mit mir zusammen." Ich küsste sie auf den Mund. „Komm schon. Lass und vergessen, wer wir wirklich sind und lass uns sein, wer wir sein wollen. Wenigstens für ein paar Tage. Ich hatte noch nie die Möglichkeit, so etwas wie das hier zu tun. Ich habe noch nicht einmal über so etwas nachgedacht. Und ich bin verdammt froh darüber, dass du bei mir bist."

Sie lächelte. „Ich bin auch froh, dass ich bei dir bin. Es ist schräg, aber auf eine witzige Weise."

„Wenn du deine Karten richtig ausspielst, wirst du solche Dinge noch viel öfter mit mir erleben." Ich führte sie ins Badezimmer, wo wir eine Dusche nehmen konnten.

„Wer sagt denn, dass ich überhaupt Karten spiele, Cash?" Sie lachte, als ich sie umdrehte und begann, sie auszuziehen.

„Gut, bis jetzt spielt keiner von uns Karten. Es macht einfach Spaß, Zeit miteinander zu verbringen, findest du nicht?"

Sie nickte, während ich ihr das Shirt über den Kopf zog. „Es macht Spaß, Zeit mit dir zu verbringen, Cash."

„Und es macht Spaß, Zeit mit dir zu verbringen, Bobbi Jo." Ich hoffte wirklich, dass wir auch außerhalb der Bar Zeit füreinander finden würden. „Vielleicht finden wir nach unserem Hummeressen hier ja heraus, dass wir ein Fischrestaurant in Carthage eröffnen wollen."

Sie blickte mich erstaunt an. „Das ist eigentlich eine sehr gute Idee. Aber vielleicht fällt uns noch etwas Besseres ein. Ein Restaurant zu führen ist kein Kinderspiel. Das nimmt eine Menge Zeit in Anspruch."

Ich fand, dass es eine gute Möglichkeit war, viel Zeit mit ihr zu verbringen. Aber sie hatte recht. Ein Restaurant würde viel harte Arbeit erfordern, und wahrscheinlich brauchte man auch das entsprechende Maß an Leidenschaft dafür.

„Vielleicht machen wir etwas anderes, etwas mit ein bisschen weniger Arbeit, dafür aber mehr Spaß." Ich hatte sie mittlerweile komplett entkleidet und küsste sie auf die nackte Schulter.

„Oh, ich weiß, was wir eröffnen könnten: eine Rollschuh-Bahn. Meine Eltern haben mal erzählt, dass sie als Teenager ständig in eine gegangen sind. Sie sagten, dass es der Ort war, an dem man sich damals getroffen hat um abzuhängen." Sie begann damit, mich auszuziehen. „Wir könnten es total old-school aufziehen – nostalgisch, verstehst du?"

Meine Lippen formten ein Lächeln. „Die Idee gefällt mir."

„Und, wir müssten nicht bis früh morgens geöffnet haben." Sie zog mir das Hemd aus und fuhr mit ihren Händen über meine Bauchmuskeln. „Außerdem wäre es eine tolle Möglichkeit für die Leute, sich zu bewegen."

Ich nahm ihre Hände in meine und hielt sie an mein Herz. „Das ist eine tolle Idee, Bobbi Jo." Vielleicht würden wir eine Möglichkeit finden, auch neben den Nächten in der Bar, Zeit miteinander verbringen zu können.

KAPITEL ACHTZEHN

Bobbi Jo

„So, das ist sie – die Ostküste." Ich starrte auf das mausgraue Wasser, auf dessen Oberfläche kleine, weiße Punkte schwammen. „Ich hatte mir den Atlantik immer etwas, nun ja – majestätischer – vorgestellt."

„Das ist ja auch nur eine Bucht", sagte eine Mann, der hinter Cash und mir auftauchte, während wir an dem Dock standen, das sich draußen vor dem Restaurant befand. „Glauben Sie mir, der Atlantik ist ein atemberaubender Anblick."

„Da bin ich mir sicher", sagte Cash. „Komm schon, Bobbi Jo. Gehen wir rein und essen etwas."

So wie er mich aus dem Augenwinkel ansah, befürchtete ich, dass ihm meine Aussage peinlich war. „Es ist nur, als Kind war ich mal an der Golfküste und das Wasser dort war unglaublich. Kristallklar und der Sand funkelte in einem hellen Beige. *Das* war schön." Ich machte eine Geste mit den Armen und deutete auf die Umgebung. „Das *hier* hingegen weniger."

Nun sah Cash mich mit einem Stirnrunzeln an. „Lass es einfach, Bobbi Jo."

Ich dachte, dass er sich vielleicht Sorgen darüber machte, dass wir die Einheimischen beleidigen könnten, also sagte ich nichts weiter. Das Einzige, was das Ganze rettete, war der Hummer. Cash zeigte auf eine Platte auf dem Tresen, auf der ein ganzer Haufen lag. „Wow, sieh dir das an."

„Nun, das nenne ich mal einen beeindruckenden Anblick." Mir lief sofort das Wasser im Mund zusammen.

Mit angelegten Lätzchen, machten Cash und ich uns über die köstlichen Meeresbewohner her. „Möchtest du noch etwas mehr Butter?", fragte er mich und schob die Schüssel zu mir herüber.

Ich dippte ein Stück weißes Hummerfleisch hinein. „Ja, bitte." Ich war mir sicher, dass wir nach diesem Essen nicht mehr in der Lage sein würden, aus diesem Restaurant zu laufen. Wahrscheinlich würde man uns mit Schubkarren rausfahren müssen.

Eineinhalb Stunden später watschelten wir aus dem Restaurant. Der Wagen, der uns vom Flughafen aus hierher gebracht hatte, wartete noch immer darauf, uns und unser Gepäck nach New York zu bringen. „Da sind wir, Bobbi Jo." Cash ließ mich zuerst einsteigen.

Als der Wagen losfuhr, lehnten wir uns aneinander. Wie bereits im Flugzeug, schliefen wir auch während dieser Fahrt ein.

Die Auswirkungen der langen Nächte schienen sich nun bemerkbar zu machen. Und die Stunden, die wir mit Sex verbracht haben, trugen wohl ebenfalls zu unserer Erschöpfung bei.

„Wir sind da", erklang die Stimme des Fahrers, „Ich werde Ihr Gepäck einem Gepäckträger übergeben. Sie zwei können schon hineingehen und einchecken."

Ich kam mir wie Dorothy in der *Zauberer von Oz* vor. „Wo sind wir?"

„New York", antwortete der Fahrer. „Das Waldorf Astoria."

Überall waren Menschen. Ich hätte schwören können, dass alleine vor dem Hotel mehr Menschen waren, als in unserer gesamten Heimatstadt lebten. „Ich wusste nicht, dass so viele Menschen gleichzeitig an einem Ort sein können. Es kommt mir unmöglich vor."

„Wir sind aus Texas", klärte Cash unseren Fahrer auf. „Für uns fühlt sich das hier an, als seien wir auf einem fremden Planeten."

Ein Mann öffnete unsere Autotür. Er trug einen Anzug, der denen der Palastwachen der Königin von England glich. „Willkommen im Waldorf Astoria. Bitte folgen Sie mir."

Cash und ich tauschten nervöse Blicke und stiegen aus dem Wagen. Wir gehörten nun zu der Menschenmasse und atmeten die gleiche Luft ein, es fühlte sich merkwürdig an. „Ich weiß nicht, Cash."

„Komm schon, Bobbi Jo." Er zog mich mit sich. „Das wird witzig."

„Irgendwas wird es auf jeden Fall. Ich weiß zwar nicht, ob witzig, aber irgendwas wird es." Ich war mir nicht sicher, ob ich an diesen Ort gehörte. Ich war kein vornehmes Mädchen. Ich war zwar nicht direkt ein Landei, aber ich war auch kein Stadtmensch. „Weißt du, mir wir gerade etwas über Carthage bewusst. Dafür, dass es eine Stadt ist, wirkt es plötzlich eher wie das Land. Ich fühle mich hier völlig fehl am Platze, Cash."

Er blieb stehen und sah mich mit einem ernsten Gesichtsausdruck an. „Du musst aufhören, so zu reden. Wenn du nichts Gutes sagen kannst, dann sag besser gar nichts. Bitte."

Zum ersten Mal spürte ich den Unterschied zwischen mir und Cash. Er war reich. Er hat es vielleicht nicht immer gewusst, aber er hatte es im Blut. Mit erhobenem Kopf ging er zur Rezeption. „Gentry – Reservierung für zwei."

„Oh ja. Es ist alles bereit." Die Frau hinter der Rezeption winkte schnell einen Pagen heran. „Bring unsere Gäste zu fünf-vierunddreißig." Dann winkte sie dem Mann zu, der unser Gepäck auf einen goldenen Gepäckwagen geladen hatte. „Er wird Ihr Gepäck in Ihre Suite bringen."

Cash griff in seine Hosentasche und holte ein paar Geldscheine heraus, die er dem Gepäckträger gab. „Vielen Dank."

Ich hielt Cashs Hand fest und fragte mich, wann er so niveauvoll geworden war. Ich hatte das noch nicht geschafft. „Du verhältst dich so, als hättest du das schon einmal gemacht."

Er presste seine Lippen gegen mein Ohr. „Natürlich habe das noch nie gemacht. Aber ich habe das schon in einigen Filmen gesehen. Du nicht?"

Ich zuckte mit den Achseln. Ich habe mir nie viel aus Filmen über New York oder anderen teuren Schnickschnack gemacht. „Nicht wirklich."

Ich blieb den ganzen Weg zu unserem Zimmer still. Drinnen musste ich mir eine Hand vor den Mund legen, da ich Angst hatte, etwas Dummes zu sagen. Doch nachdem der Page gegangen war – plus großzügigem Trinkgeld – musste ich es einfach rauslassen. „Dieser Ort wirkt, als käme er direkt aus einem Hemingway-Roman." Ich rannte zum Fenster und schaute auf die Gebäude, die Menschen und den Straßenverkehr. „Das ist der reine Wahnsinn da draußen."

Als ich mich umdrehte, lag Cashs Stirn erneut in Falten. „Bobbi Jo, was ist los mit dir? Ich hätte das nie erwartet. Du benimmst dich wie – ich kann es nicht anders sagen – ein Landei."

Ich warf die Hände in die Höhe. Ich hatte keine Ahnung, wie ich mich seiner Meinung nach verhalten sollte. „Soll ich so tun, als ich hätte ich schon so etwas wie das hier gesehen? Soll ich so tun, als wäre ich schon immer versnobt und halb-adelig gewesen? Und warum benimmst du dich so, als wäre das alles ein alter Hut für dich, Cash?"

„Vielleicht liegt es daran, dass ich in Dallas aufgewachsen bin, keine Ahnung." Er setzte sich auf einen Sessel, der zuhause wohl als zu teuer gelten würde, um sich daraufzusetzen. „Aber das hier ist für mich nicht so ungewöhnlich. Ich meine, natürlich ist es anders und riesig und voller Leute, und es fühlt sich auf eine Art merkwürdig an. Aber letztlich ist es auch nur ein Ort, Bobbi Jo. Du benimmst dich, als wären wir auf einem anderen Planeten."

Er hatte den Nagel auf den Kopf getroffen. „Ja, genauso fühlt es sich auch für mich an. Und du scheinst dich im Gegensatz zu mir wahnsinnig schnell akklimatisiert zu haben."

Sein Blick wanderte durch den Raum und landet bei der Minibar. „Vielleicht kann dir ein Drink beim Entspannen helfen."

„Du weißt, dass ich nicht trinke." Ich setzte mich auf das Bett und musste feststellen, dass es steinhart war. „Autsch." Ich haute mit der Hand auf die Matratze. „Das Ding ist verdammt hart."

Er kam zu mir und setzte sich neben mich. „Nun, ich würde nicht sagen hart, eher fest. Ich schätze, die Leute hier mögen ihre Matratzen etwas fester als wir in Texas."

„Ich glaube nicht, dass dieser Trip sich so entwickelt, wie wir gehofft hatten." Ich stand wieder auf und sah mich im Rest des Zimmers um.

„Du solltest darüber nachdenken, dem Ganzen eine Chance zu geben, Bobbi Jo." Cash schaute grimmig. „Wir könnten ein Nickerchen machen. Vielleicht leidest du nur unter dem Jetlag."

„Warum denkst du das?" Ich stemmte meine Hände in die Hüften. „Weil mir Texas besser gefällt als New York, leide ich am Jetlag? Vielleicht gefällt mir meine Heimat einfach besser als dir?"

Er verdrehte die Augen. „Vielleicht hätte ich dich einfach nicht herbringen sollen. Vielleicht hätte ein Trip ins Dairy King mehr deinen Vorstellungen entsprochen."

„Ich habe dich nicht hierum gebeten, Cash." Es machte mich wütend, dass er mich so behandelte, als hätte ich ihn darum gebeten und sei nun undankbar. „Das Ganze war doch deine Idee. Soll ich lügen? Soll ich so tun, als fände ich die Menschenmengen toll, den Lärm, die Eiseskälte?" Ich ließ meine Hände über meine Arme gleiten. „Was ist das überhaupt für eine Kälte? Sie ist nass und klebrig. Und ganz ehrlich, die Luft riecht hier komisch."

Er ließ sich auf das Bett fallen und seufzte tief auf. „Ich brauche ein Nickerchen. Vielleicht solltest du eine Dusche nehmen und dich fürs Abendessen fertig machen."

„Ich bin noch nicht im Entferntesten hungrig." Ich setzte mich auf den teuren Sessel, auf dem Cash zuvor gesessen hatte. „Kann man in diesem Zimmer irgendwo bequem sitzen?"

Cash setzte sich wieder auf und schaute mich ungläubig an. „Hast du eigentlich eine Ahnung, wie viel dieses Zimmer kostet?"

Ich zuckte mit den Schultern. „Ich hoffe, nicht viel. Es ist es nicht wert."

„Es *ist* viel. Und die Menschen kommen aus der ganzen Welt, um hier zu übernachten. Für die Leute ist es ein Genuss, hier zu übernachten. Dieses Hotel ist weltberühmt." Er ließ sich wieder auf die Matratze fallen. „Wie konnte ich das nicht über dich wissen?"

„Wie konnte ich nicht wissen, dass du ein verkappter reicher Typ bist?" Ich stand auf und wollte nachsehen, was die Minibar zu bieten hatte. „Ich brauche eine Dr. Pepper." Als ich sie öffnete, fand ich eine Menge Dinge darin. „Hier gibt es ein Wasser, das ich noch nie in meinem Leben gesehen habe. Und einige Limonaden. Aber rate, was es nicht gibt?"

„Dr. Pepper", sagte Cash mit müder Stimme.

„Ja. Wie kann es nur möglich sein, dass die hier keinen Dr. Pepper haben?" Ich war bestürzt.

„Kannst du nicht einfach etwas anderes nehmen, Bobbi Jo? Es ist ja nicht so, als würdest du ausschließlich diese Limo trinken." Er drehte sich auf die Seite und sah mich an. „Und wenn ich - noch einmal – empfehlen darf: einen echten Drink. Du benimmst dich ziemlich unmöglich. Seit wir gelandet sind, hast du noch nicht ein nettes Wort gesagt."

„Entschuldige mal." Ich fand das Mittagessen super. „Ich habe nur Gutes über Docks Boathouse gesagt. Dieser Ort war unglaublich. Ich habe noch nie bessere Meeresfrüchte gegessen. Ich würde auf jeden Fall wieder dorthin fahren. Auch wenn das Wasser nicht so schön war, wie ich es mir vorgestellt hatte."

„Nun, du hast hier noch nichts gegessen. Vielleicht ist das Essen hier ja deine Mühen wert." Er rollte sich wieder auf die andere Seite und drehte mir den Rücken zu.

Ich stand einfach da, sah ihn an und dachte über die Unterschiede zwischen uns nach. „Weißt du, meine Eltern hatten nie viel Geld, Cash."

„Meine auch nicht", sagte er leise.

„Ich schätze, ich konnte mir einfach nie vorstellen, jemals nach New York zu kommen oder überhaupt an die Ostküste." Ich war nie viel gereist. „Bist du je außerhalb von Texas gewesen?" Ich setzte mich neben Cash auf das Bett und ließ meine Hand über seine Rücken gleiten.

„Nein, ich bin noch nie außerhalb von Texas gewesen, Bobbi Jo." Er rollte sich auf die Seite, um mich anzusehen. „Das ist meine erste Reise außerhalb des Staats. Das ist das erste Mal, dass ich etwas anderes sehe, etwas anderes, als den texanischen Himmel, etwas anderes, als eine texanische Stadt."

Ich schluckte, als ich etwas in seinen Augen sah, dass ich zuvor noch nie gesehen hatte. „Du hast diesen Blick, den reiche und mächtige Männer haben, Cash. Ich habe den vorher noch nie an dir bemerkt, aber jetzt sehe ich ihn ganz deutlich. Du wächst über mich hinaus."

Die Art, wie er mich ansah, verfestigte diese Tatsache noch stärker in meinem Kopf und in meinem Herzen.

KAPITEL NEUNZEHN

Cash

Während unseres Trips erfuhr ich mehr über Bobbi Jo, als die einigen Male, die wir miteinander im Bett waren. Leider entwickelte sich unser Aufenthalt in New York ähnlich mies, wie er angefangen hatte.

Sie hasste das Essen im Waldorf. Sie hasste das Kleid, das sie im Flugzeug gefunden hat. Sie hasste das Hotelbett, in dem wie schliefen. Sie hasste das Frühstück, das aus Räucherlachs und Bagels bestand. Sie hasste einfach alles.

Als wir zurück in Carthage waren, entschied ich mich also, die ganze Sache etwas ruhen zu lassen. Vielleicht verstanden wir beide uns doch nicht so super. Ich konnte nicht sagen, dass ich es hätte kommen sehen, aber ich wusste, dass sie ein Mädchen vom Land war. Und ganz offensichtlich wollte sie das auch bleiben.

Es war ein Monat vergangen, seit ich sie das letzte Mal gesehen hatte. Als ich eines Abends durch die Stadt fuhr, sah ich ihr Auto vor dem Watering Hole. Sie arbeitete also noch immer in der Bar, und ich war mir beinahe sicher, dass sie das auch für den Rest ihres Lebens tun würde.

Eines Nachmittags saß ich in einer Nische im Dairy King, als sich die Frau meines Bruders zu mir setzte. Tiffanys Familie gehörte das kleine Café und an diesem Tag half sie aus. „Hallo du. Warum guckst du so niedergeschlagen?"

„Sehe ich so schlimm aus?" Mir war nicht klar, dass ich so leicht zu durchschauen war.

Sie nickte. „Du machst schon seit einiger Zeit so einen Eindruck. Und ich habe es jetzt satt, darauf zu warten herauszufinden, warum das so ist. Du wirst es mir erzählen müssen."

„Ich schätze, ich weiß einfach nicht, was ich von einer Frau will. Ich meine, ich suche jemanden, die mit beiden Beinen auf der Erde steht und so. Aber ich suche auch jemanden, der die Welt sehen möchte." Ich war mir nicht sicher, ob es da draußen so eine Frau gab.

„Ich verstehe das Problem nicht." Sie schaute mich fragend an. „Ich dachte, du und Bobbi Jo aus der Bar versteht euch gut. Was ist aus ihr geworden?"

„Ich habe sie nach New York mitgenommen."

Tiffany nickte mit dem Kopf, als verstand sie plötzlich, was das Problem war. Ich fragte mich, was New York an sich hatte, dass die Frauen aus Texas so abweisend darauf reagierten. „Nun, sie so weit wegzubringen und dann auch noch an einen Ort, der so anders als Carthage ist, war sicher riskant. Sieh mal, sie hat ihr ganzes Leben hier verbracht. Ich weiß nicht viel über sie oder ihre Familie, aber ich weiß, dass sie einen ganz schön schweren Start hatten. Vielleicht war ihr das Ganze einfach noch zu nobel."

„Ich möchte eine Frau, die mit mir an Orte reist. Ich möchte die Welt bereisen, Tiff. Ich will alles sehen." Ich wusste bis jetzt selbst nicht, dass ich das wollte.

„Dann ist sie vielleicht nicht die Richtige für dich, Cash."

Allein, dass sie das sagte, machte mich wütend. „Aber wenn doch? Was, wenn sie die Richtige ist und ich mich einfach damit abfinden muss, meinen Traum nicht leben zu können."

Sie sah mich verwirrt an und fragte: „Seit wann ist das denn dein Traum, Cash?"

„Seit dem Kurztrip." Ich seufzte. „Ich wollte wirklich alles genießen, konnte es aber nicht, weil Bobbi Jo sich über alles beschwert hat. Der einzige Ort, der ihr gefallen hat, war das Hummer-Restaurant. Das war's. Von allen Dingen, die ich ihr gezeigt habe, war es nur das."

„Okay. Na, dann war es doch ein kompletter Reinfall." Sie holte ihr Handy aus der Tasche. „Es gibt doch noch mehr Orte, die Dinge zu bieten haben, die euch beiden gefallen."

„Nur, dass wir seit einem Monat nicht mehr miteinander gesprochen haben. Ich bezweifle, dass sie noch etwas Zeit für mich übrig hat." Ich wusste, dass ich sie damit verärgert hatte, dass ich sie seit unserer Rückkehr weder angerufen noch besucht hatte. Ich habe ihr einmal zugewinkt, als wir uns auf der Straße begegnet waren. Im Gegenzug hatte sie mir den Mittelfinger gezeigt.

„Warum habt ihr nicht miteinander geredet, Cash?" Tiffany legte ihre Hand auf meine. „Hat sie euren Trip auf so schlimme Weise ruiniert, dass du nicht mit ihr reden willst?"

„Nein." Sie hatte einfach nur keinen Spaß. „Es ist nur, es war meine erste Reise außerhalb Texas. Und um ehrlich zu sein, sie war das erste Mädchen, dass ich auf eine Reise mitgenommen habe. Ich hatte es mir anders vorgestellt. Ich dachte, wir wären uns ähnlicher."

„Aber bis vor Kurzem wusstest du doch selbst noch nicht, dass du viel reisen möchtest, oder?", fragte sie.

„Ja." Ich schaute aus dem Fenster. „Aber jetzt sieht die Sache anders aus. Ich meine, ich weiß nicht mehr, was ich eigentlich will."

„Du möchtest dieses eine Mädchen aus der Kleinstadt, Cash. Aber du möchtest, dass sie etwas ist, was sie nicht ist. Das ist nicht besonders fair, oder?"

Ich schüttelte den Kopf. „Nein."

Das Telefon, das auf dem Tresen stand, klingelte, und als ich hörte, dass die Bedienung Bobbi Jos Namen sagte, wusste ich, dass sie wieder ihre tägliche Bestellung aufgab. Tiffany war das ebenfalls klar und sie rief der Kellnerin zu: „Hey, ich werde Bobbi Jos Bestellung ausliefern. Sag mir Bescheid, wenn sie fertig ist." Dann sah sie mich wieder an. „Und wenn ich *ich* sage, meine ich natürlich dich."

„Sie will vielleicht gar nicht mit mir reden." Ich hatte darüber nachgedacht, wie oberflächlich es von mir war, einfach nicht mehr

mit ihr zu reden. Vor allem aus so einem dummen Grund. „Sie abzu-
schießen, nur weil es ihr dort, wo ich sie hingebracht habe, nicht
gefallen hat, ist nicht wirklich toll, oder?"

„Nicht wirklich. Und ihr zwei seid noch jung, Cash. Sie ist vielleicht einfach noch nicht bereit dazu, die Welt zu sehen. Aber eines
Tages ist sie es vielleicht. Du hattest es vielleicht etwas zu eilig,
verstehst du?" Tiff stand auf und ging zum Tresen, als die Kellnerin
Bobbi Jos Bestellung darauf abstellte. „Komm schon, Cash. Zeit für
die Versöhnung. Ich sage nicht, dass du dich unbedingt wieder mit
ihr verabreden sollst, aber zumindest solltet ihr euch vertragen."

„Ich weiß nicht." Obwohl ich mir unsicher war, folgte ich ihr zum
Tresen. „Es fehlt mir schon, mit ihr zu reden. Und sie zu küssen."

Tiffany gab mir die Tasche mit der Bestellung. „Cash, zu einer
Beziehung gehört mehr als nur küssen. Vielleicht sollten Bobbi Jo
und du mal etwas zusammen unternehmen, das nichts mit Sex zu
tun hat. Es könnte eine willkommene Abwechslung sein, sich einfach
nur besser kennenzulernen."

„Ich hatte nicht die Absicht, etwas Festes einzugehen." Ich ging
zur Tür. „Wie konnte es ernst werden, obwohl ich das gar nicht
vorhatte?"

Sie zuckte mit den Schultern. „Manchmal geraten die Dinge
einfach außer Kontrolle. Versuch nicht, sie zu küssen. Bring ihr
einfach das Essen und sag ihr, dass du dich um die Rechnung gekümmert hast – die ich genau jetzt zerreiße – und dann möchte ich, dass
du sie fragst, wie ihr Abend läuft. Frag sie, wie es ihr geht. Lass sie
wissen, dass du sie vermisst."

„Oh Mann!" Ich verließ den Laden und ging zu meinem Truck.
„Wie konnte es nur so weit kommen?"

Auf dem Weg zur Bar fiel mir ein leeres Grundstück auf. Es war
das erste Mal, dass ich es sah. Ich hatte mich über alte Rollschuh-
bahnen informiert und dachte, dass dies ein guter Ort wäre, um eine
zu eröffnen. Aber ich würde Bobbi Jo gegenüber davon nichts
erwähnen.

Es schien, als wären sie und ich an verschiedenen Punkten in
unserem Leben. Es gab keinen Grund, sich deswegen zu hassen. Es

gab aber auch keinen Grund, es miteinander zu versuchen, wenn wir so verschieden waren.

Ich parkte den Wagen und fragte mich, wie sie mein Erscheinen wohl finden würde. Es war ein ganzer Monat. Ich musste eine ganze Portion Mut aufbringen, um die Bar zu betreten. Ich sah Joey hinter dem Tresen. „Ist Bobbi Jo in der Nähe?" Ich hielt die Tasche vom Dairy King in die Höhe. „Ich habe eine Lieferung."

„Seit wann arbeitest du denn im Dairy King, Cash?", fragte er lächelnd.

„Seit einigen Minuten." Ich sah Bobbi Jo aus dem hinteren Bereich der Bar kommen. Als sie den Kopf hob, trafen sich unsere Blicke. „Hey."

Sie drehte den Kopf schnell zur Seite. „Hey."

Ich stellte die Tasche auf den Tresen. „Ich bringe dir deine Bestellung."

„Danke." Sie nahm die Tasche und stellte sie unter dem Tresen ab.

„Hat du keinen Hunger?", fragte ich. „Oh, und die Rechnung habe ich bereits übernommen."

Sie warf mir einen scharfen Blick zu. „Das hättest du nicht tun müssen."

„Nun, ich habe es trotzdem getan." Ich klopfte mit den Fingern auf die Bar. „Nun, wie wäre es mit einem Bier?"

Joey zapfte mir eins. „Nimm Platz. Bleib ein bisschen." Er stellte das eiskalte Glas vor mir ab.

„Ist das für dich in Ordnung, Bobbi Jo?"

„Sicher." Sie sah mich nicht an und begann, die Flaschen im Regal abzuwischen.

Ich setzte mich und dachte darüber nach, was ich sagen konnte, damit sie sich nicht länger so abweisend verhielt. Obwohl ich nicht die Absicht hatte, von der Rollschuhbahn anzufangen, fiel mir kein anderes Thema ein, also platzte es einfach aus mir heraus: „Ich glaube, ich habe den perfekten Ort für die Sache gefunden, über die wir gesprochen haben."

Sie hörte auf, die Flaschen abzuwischen und drehte sich zu mir um. „Die Rollschuhbahn?"

Ich nickte. „Genau."

Sie lächelte. „Das freie Grundstück in der Nähe vom Dairy King?"

Ich nickte wieder und fragte: „Denkst du das Gleiche wie ich?"

„Das habe ich." Ihr Lächeln ließ mein Herz höher schlagen. Aber ich erinnerte mich an Tiffanys Worte. Ich sollte nicht an Sex denken. „Denkst du immer noch darüber nach?"

„Teilweise." Ich hatte viel darüber nachgedacht. Die Sache war nur, dass wir das gemeinsam machen wollten. Ohne sie sah ich keinen Grund dafür, die Sache ernsthaft anzugehen.

„Nun, das wäre ein toller Ort." Offensichtlich war ihr Appetit zurück, denn sie holte das Essen, das ich ihr gebracht hatte, unter dem Tresen hervor und begann zu essen.

Ich kaute auf meiner Unterlippe herum und dachte darüber nach, was ich als Nächstes sagen sollte. „Vielleicht könnten wir auch ein kleine Snackbar darin aufbauen. Du weißt schon, Corn-Chip Pies, Corn Dogs, Hummerröllchen. Erinnerst du dich an die Hummerröllchen, die wir gegessen haben? Die wären ein Verkaufs-schlager."

„Könnte sein." Sie nahm einen Bissen ihres Burgers. „Aber es wäre eine Menge Arbeit, das alles aufzuziehen. Glaubst du, du hast so viel Zeit?"

„Ich habe alle Zeit der Welt."

„Ja, da bin ich mir sicher." Sie trank einen Schluck Limonade. „Ich bin mir sicher, dass du tolle Arbeit leisten wirst, Cash. Bin ich wirklich."

„Aber ich kann das nicht alleine machen." Ich hoffte, dass ich nicht zu aufdringlich wurde.

„Ich würde vorschlagen, dass du dir Hilfe suchst." Sie biss ein Stück von der Gewürzgurke ab, die zu ihrem Essen gehörte.

„Was ist mit dir?", fragte ich und hielt den Atem an, während ich auf ihre Antwort wartete.

„Ich?" Sie schüttelte den Kopf und mir blieb beinahe das Herz stehen. „Ich nicht, Cash. Wir haben unterschiedliche Vorstellungen.

Du wirst jemanden finden, der mehr mit dir übereinstimmt. Und ich wünsche dir alles Glück der Welt für dein Projekt. Ich glaube, ich könnte sogar ein Rezept für diese Hummerröllchen entwickeln. Manchmal kann ich sie sogar noch schmecken."

„Nun, ich muss dich irgendwie einbinden, Bobbi Jo. Du warst diejenige, die diese Idee überhaupt erst hatte." Ich wollte sie nicht ausschließen.

„Nee." Sie biss wieder in ihren Burger und ging, als ob sie damit alles gesagt hätte, einfach weg.

Aber es gab noch eine ganze Menge dazu zu sagen und ich würde ein Nein als Antwort nicht akzeptieren.

KAPITEL ZWANZIG

Bobbi Jo

Ich fand es ziemlich merkwürdig, dass Cash an diesem Tag in die Bar kam. Und dann redete er auch noch über die Rollschuhbahn? Das war alles ganz schön schräg.

Dass Cash die Geschäftsidee ansprach, über die wir vor unserer Trennung gesprochen hatten – nun ja, es war nicht wirklich ein Trennung, da wir ja nicht ernsthaft zusammen waren – überraschte mich. „Ich kann mir nicht so viel aufhalsen, Cash. Ich habe jetzt meine eigenen Sachen, um die ich mich kümmern muss."

„Was für Sachen hast du denn jetzt am Laufen?", fragte er auf eine Art, als ob er mir nicht glaubte.

Joey antwortet für mich: „Bobbi Jo hat letzten Freitag die Bar geschenkt bekommen. Sie ist jetzt die neue Besitzerin des Watering Hole."

Cash wirkte so verdutzt und saß mit offenem Mund da, dass ich lachen musste. „Überrascht dich das?"

„Nun ... ja." Er trank einen Schluck Bier. „Wie ist das passiert?"

Ich guckte Joey an, der sich um die Tische kümmerte und neue Getränke brachte, während ich zurück an die Bar ging und mich dagegen lehnte. „Mr. und Mrs. Langford gehörte die Bar jahrelang. Als ich hier angefangen habe, sind sie nach Abilene gezogen. Ich habe den Laden die ganzen Jahre für die beiden geführt. Vor ein paar Wochen ist Mr. Langford gestorben. Mrs. Langford wird zu ihrer ältesten Tochter nach Montana ziehen. Sie will sich nicht mehr mit der Bar herumärgern müssen, also hat sie sie mir geschenkt. Und oben drauf hat sie mir noch fünfzigtausend Dollar gegeben, um den Laden nach meinen Vorstellungen umgestalten zu können. Seitdem denke ich darüber nach, wie ich diesen Laden zu meinem Laden machen kann."

„Ich weiß nicht, was ich sagen soll." Er schaute sich in der Bar um. „Es gibt eine ganze Menge zu tun, nicht wahr?"

„Ach, ich weiß nicht." Ich schaute mich ebenfalls um. „Die Einheimischen scheinen kein Problem mit dem Laden zu haben."

„Ja, aber die meisten kennen auch nichts anderes." Plötzlich lächelte er. „Warum machst du mich nicht zu deinem Geschäftspartner, Bobbi Jo?"

„Ähm ..." Ich wusste nicht, was ich sagen sollte. „Ich weiß nicht. Wir haben so unterschiedliche Ansichten."

Er verdrehte sie Augen. „Nein, haben wir nicht. Ich habe mich geirrt, Bobbi Jo. Ich weiß nicht, was ich gedacht habe. Ich weiß nicht, warum ich nach New York wollte, wenn wir noch nicht einmal darüber gesprochen hatten, was uns gefällt. Ich war zu voreilig."

„So wie du jetzt versuchst, mich in eine Partnerschaft mit dir zu treiben?" Ich hatte nicht vor, irgendetwas zu übereilen – besonders jetzt nicht.

Er holte tief Luft und atmete ganz langsam aus. „Ich weiß nicht, warum ich mich bei dir so verhalte. Es macht mich verrückt. Pass auf, ich habe dich vermisst. Und ich müsste noch eine ganze Menge sagen, aber die Hauptsache ist, dass ich dich vermisse, Bobbi Jo. Ich vermisse dein Lächeln, dein Lachen, das Grübchen auf deiner linken Arschbacke. All das vermisse ich."

„Ich würde lügen, würde ich sagen, dass ich dich nicht vermisst habe, Cash. Aber die Dinge haben sich verändert. Mir gehört jetzt eine Bar. Und es gibt noch andere Dinge, um die ich mich kümmern muss. Ich werde in nächster Zeit ziemlich beschäftigt sein." Ich wusste nicht, was ich ihm sonst hätte sagen sollen. „Es hat Spaß gemacht. Es hat wirklich Spaß gemacht. Aber nun wird mein Leben ziemlich hektisch. Ich kann nicht mehr weg. Ich kann die Nächte nicht mehr durchmachen."

„Darum habe ich dich ja nicht gebeten." Er stand auf und ging mit einem verärgerten Gesichtsausdruck weg. Dann drehte er sich um, kam wieder zurück und setzte sich wieder an die Bar. „Ich möchte mehr. Gut, nun ist es raus. Ich will dich. Ich will es dieses Mal richtig machen. Ich habe mir vorher nur selbst etwas vorgemacht. Ich habe die Spielchen satt. Also, was sagst du?"

„Was willst du von mir wissen?" Ich wusste, was er wollte, aber ich wollte, dass er es sagte – ich wollte die Worte hören.

„Du weißt, was ich will." Er sah mich mit sanften Augen an. „Du weißt, was ich wissen will."

Ich konnte nicht anders, als zu lächeln. „Das bedeutet eine Menge, Cash. Ich weiß, wie schwer es für dich war, es nicht zu sagen." Ich lachte und wusste, dass er für das große Ganze noch nicht bereit war. „Es gibt für mich jetzt einfach mehr Dinge, die ich berücksichtigen muss. Liebe zu spielen reicht mir nicht."

„Entschuldige?" Cash runzelte die Stirn. „Liebe spielen?"

„Du liebst mich nicht", sagte ich geradeheraus. „Und ich liebe dich nicht."

„Aber wir bedeuten uns doch etwas." Er war noch nicht bereit aufzugeben. „Die Liebe wird schon noch kommen. Ich weiß es."

„Kann sein", sagte ich achselzuckend. „Aber im Moment habe ich einfach keine Lust darauf. Verstehst du, was ich meine? Ich muss mich jetzt einfach um so viele Dinge kümmern." Und ich musste wirklich über viele Dinge nachdenken. Ich hatte keine Ahnung, wie Cash da hineinpassen sollte.

„Abgesehen von der Bar, was für Dinge gibt es denn noch, die dich davon abhalten, mich zu treffen?"

Ich hatte nicht vor, Neuigkeiten zu verbreiten, die noch nicht hundertprozentig feststanden. „Es ist einfach kein guter Zeitpunkt für mich, um mich auf eine Liebesbeziehung einzulassen. Und was die Geschäftsbeziehung angeht, die du angesprochen hast: das ist im Moment ebenfalls kein Thema. Ich will *mein* Ding machen, Cash. Kannst du das verstehen?"

„Nein", antwortete er stur. „Ich kann nicht verstehen, warum du dein Ding machen willst, Bobbi Jo. Dafür gibt es einfach keinen Grund. Ich kann es respektieren, wenn du mich nicht als Geschäftspartner haben willst. Wenn du mich aber nicht in deinem Bett haben willst, wüsste ich gerne, warum. Liegt ein anderer drin?"

„In so einer kleinen Stadt wäre es für mich wohl unmöglich, dir einen Mann zu verheimlichen, Cash. Ich denke, dass weißt du selbst." Ich wollte gar keinen anderen Mann. „Wenn die Dinge im Moment nicht so verrückt wären, würde ich dein Angebot auf eine Beziehung wahrscheinlich annehmen. Das war doch dein Angebot, oder?"

Er nickte. „Aber wenn ich ehrlich sein darf, ich wünschte, ich hätte es nie angesprochen. Ich fühle mich jetzt irgendwie nackt und verletzlich."

„Das glaube ich dir." Junge, ich kannte dieses Gefühl nur zu gut.

„Und du machst es auch nicht besser." Er schaute mich an, als wäre ich die einzige Person, die ihm helfen konnte.

„Pass auf, Cash. Ich weiß nicht, was ich für dich tun kann. Meiner Ansicht nach, hast du dich nach New York dafür entschieden, deine Zeit nicht mehr mit mir zu verbringen." Ich verstand, dass ihm Sachen gefielen, die ich nicht leiden konnte. Meiner Meinung nach, war das zwar kein Grund, dass wir uns nicht länger treffen konnten, doch er sah das offenbar anders. „Warum also willst du mich jetzt? New York hasse ich immer noch."

„Nun, mir ist einfach klar geworden, dass ich es auch hasse." Er warf die Hände in die Luft. „Jetzt ist es raus. Ich hasse die gleichen Dinge, die du hasst. Aber der Unterschied zwischen uns ist, dass ich der Stadt erst eine Chance gegeben habe, bevor ich mich entschieden habe, sie zu hassen."

„Und ich wusste von Anfang an, dass ich sie hasste." Ich lächelte ihn an. „Wem ich eine Chance gegeben habe, warst du. Ich habe dir die Chance gegeben zu sehen, ob du mich magst oder nicht. Und du hast weder angerufen noch bist du vorbeigekommen und hast mir gesagt, dass du mich nicht magst. Ich habe vermutet, dass es dir nicht gefallen hat, dass ich so ehrlich zu dir war. Egal, was es war, du wolltest mich nicht mehr sehen und nicht mehr mit mir reden. Und stell dir vor, ich bin darüber hinweggekommen, Cash."

„Nein, bist du nicht." Er schüttelte den Kopf. „Du bist nicht über mich hinweg."

„Ich denke, das bin ich." Ich nahm ein Handtuch und wischte über den Tresen. „Das bin ich wirklich. Die erste Woche war schmerzhaft, als ich noch auf deinen Anruf gewartet habe oder darauf, dass du in die Bar kommst. Doch in der zweiten Woche war es schon nicht mehr so schlimm. Und in der dritten Woche war ich darüber hinweg."

„Einen Scheiß warst du." Er trank sein Bier aus. „Hör auf, so zu tun. Ich weiß, dass ich falsch lag. Ich weiß, dass ich versucht habe, jemand zu sein, der ich nicht bin, während du einfach du selbst warst. Ich habe mich geirrt, okay? Willst du, dass ich dich anflehe, zu mir zurückzukommen?"

„Ganz bestimmt nicht." Ich wischte die Bar weiter und versuchte, mich nicht über sein Worte aufzuregen.

Sehnte ich mich nach Cashs starken Armen? Sicher.

Dachte ich beim Einschlafen noch immer an diesen Mann? Ja, das tat ich.

Aber würde ich ihm erneut mein Herz öffnen, wenn es ihm so leicht fiel, mich aus seinem Leben auszuschließen? Auf keinen Fall.

„Mir kommt es so vor, als willst du, dass ich bettle." Er sah mir in die Augen. „Ich werde betteln, wenn du das wirklich willst."

„Bitte nicht." Ich wollte nicht, dass er mich anflehte. „Ernsthaft, Cash. Du bist gegangen, als du gesehen hast, wie ich wirklich bin. Wir haben uns nie wirklich kennengelernt. Wir haben uns zu schnell auf Sex eingelassen. So etwas passiert. Wir mochten den Sex, und wir hätten gerne mehr. Aber ich kann nicht. Nicht mehr."

„Ich mag dich."

Ich schüttelte den Kopf. „Nein, tust du nicht. Ich wünschte, ich hätte ein Foto von deinem Gesicht gemacht, als ich sagte, dass mir das Hotel nicht gefällt. Du bist genau die Art Mann, für die ich dich gehalten habe. Du bist ein reicher Mann, der die Dinge haben möchte, die reiche Männer haben. Und ich bin eine bodenständige Frau. Ich möchte eher etwas Schlichtes – einfache Dinge. Geh und hol dir, was du willst und lass mir mein kleines Stück vom Himmel, das ich hier in Carthage gefunden habe."

„Du willst also nie verreisen?", fragte er mich.

„Das habe ich nicht gesagt." Ich interessierte mich nicht für andere Orte. „Es gibt einige Orte, die ich gerne sehen würde, und einige Dinge, die ich gerne tun würde. Und eines Tages, falls wir uns jemals richtig kennenlernen sollten, verrate ich dir, welche Orte das sind."

Er klopfte auf die Bar. „Ich will nicht, dass du es mir verrätst. Ich will es selbst herausfinden. Du glaubst, ich kenne dich nicht, aber das tue ich, Bobbi Jo Baker. Du wirst schon sehen."

„An deiner Stelle würde ich mir die Mühe nicht machen." Ich legte das Handtuch zur Seite und lächelte ihn an. „Im Moment habe ich wirklich alle Hände voll zu tun. Da kann ich mein Herz nicht länger einem Risiko aussetzen."

„Dein Herz?", fragte er. „Ich dachte, du hattest ebenfalls kein Interesse daran, etwas Ernstes anzufangen. Ich dachte, du wolltest mich nicht als deinen festen Freund."

„Wollte ich auch nicht. Will ich nicht." Ich hatte im Moment wirklich mehr um die Ohren, als ich stemmen konnte. „Ich hatte eine gute Zeit mit dir, meistens. Lass es uns nicht ruinieren."

„Das habe ich schon." Er ließ seinen Blick nach unten senken. „Ich weiß nicht, warum ich aufgehört habe, mit dir zu reden. Ich weiß es wirklich nicht. Ich war dumm. Vielleicht wollte ich jemand sein, der ich nicht bin. Vielleicht habe ich dich nur als Ausrede benutzt. Ich weiß es nicht. Ich weiß nur, dass das Leben ohne dich weniger Spaß macht." Er hob den Blick wieder und sah mich an. „Macht dein Leben ohne mich Spaß?"

Ich konnte ihn nicht anlügen. „Mit dir hat es wesentlich mehr Spaß gemacht, Cash."

„Und willst du diesen Spaß nicht zurück?"

Ich wollte schon, aber gleichzeitig wusste ich, dass ich nicht so weitermachen konnte wie bisher. Ich war mir sicher, dass Cash nicht glücklich damit sein würde, wie mein Leben von nun an verlaufen würde. „Es hat Spaß gemacht, Cash. Und nun müssen sich die Dinge ändern. Ich sage nicht, dass der Spaß absolut keine Rolle mehr spielen kann, aber er wird in Zukunft eine untergeordnete Rolle spielen müssen."

„Was soll denn das bedeuten, Bobbi Jo?"

Mit der Zeit würde er das schon erkennen, aber im Moment war ich noch nicht bereit dazu, es genauer zu erklären.

KAPITEL EINUNDZWANZIG

Cash

Verwirrt, verärgert und auch ein wenig verletzt verließ ich die Bar. Ich wusste, dass das alles meine Schuld war, dass ich das alles verursacht hatte. Und es lag an mir, die Dinge wieder zurechtzurücken. Aber es schien, als sei Bobbi Jo bereits über mich hinweg – und zwar vollkommen über mich hinweg. Das gefiel mir nicht – und zwar ganz und gar nicht.

Als ich die Farm erreichte, waren Jasper und Tyrell im Stall. Draußen brannten alle Lichter, das hatte etwas zu bedeuten. Ich betrat den Stall und fand dort beinahe jede Person, die auf der Farm lebte. Auf dem Boden lag eine Kuh, und mir wurde schnell klar, was diese Versammlung zu bedeuten hatte. „Bekommt sie ihr Kalb?"

Meine Brüder nickten.

„Ja", sagte Tyrell. „Sie ist unsere älteste Kuh. Wir sind gespannt, wie sie das verkraftet."

Es erstaunte mich immer wieder, wofür Leute auf einer Farm sich interessierten. Ich erinnerte mich an den Tag, als zwischen dem Heu ein Büschel Gras auftauchte. Detaillierte Analysen wurden durchgeführt, um herauszufinden, wie es dorthin kam. Ganz ehrlich, ich war mir beinahe sicher, dass der Vorarbeiter das FBI benachrichtigen würde. Und jetzt hatten wir eine alte Kuh, die ein Kalb erwartete. Die Unterhaltungsmöglichkeiten schienen endlos zu sein.

Ich lehnte mich gegen die Wand und vermied es, die werdende Mutter direkt anzusehen. Sie während der Geburt anzustarren, führte meist dazu, dass sie wütend wurden. „Also, ich habe kürzlich mit Bobbi Jo geredet."

Jasper machte ein komisches Geräusch. „Endlich. Hat sie dir den Marsch geblasen, nachdem du sie dermaßen hast abblitzen lassen? Denn ich hätte darauf gewettet, dass sie keine zwei Worte mit dir spricht, kleiner Bruder."

„Sie hat mit mir gesprochen." Ich sah ihn böse an. „Ich war nicht so gemein zu ihr, dass sie deswegen nicht mehr mit mir geredet hätte."

Tyrell hustete, als würde er sagen wollen, dass das lächerlich war. „Ähm, ihr einen Monat lang die kalte Schulter zu zeigen kann man nicht wirklich als nette Geste bezeichnen, Cash."

Das war mir klar. „Ich meinte, dass ich nichts Schlimmes zu ihr gesagt habe. Ich habe nicht hinter ihrem Rücken über sie geredet. Ich habe mich nicht mit anderen Frauen verabredet. Außer, dass ich nicht mit ihr geredet habe, habe ich nichts falsch gemacht. Und dieses Mal wollte ich ganz real mit ihr zusammen kommen."

„Hast du sie gefragt, ob sie wieder mit dir zusammen sein will?", fragte Jasper.

„Ja." Ich trat gegen den schmutzigen Boden.

„Und sie muss dich abgewiesen haben", sagte Tyrell.

Ich nickte. „Und nicht nur, was die Beziehung angeht. Sie hat mich auch als Geschäftspartner abgelehnt."

Jasper lachte leise vor sich hin, um die Kuh nicht zu stören. „Kannst du ihr das verübeln? Du hast doch keine Ahnung davon, wie man ein Geschäft führt, Cash."

„Und?" Ich wusste erst nicht, was ich darauf antworten sollte, doch dann fiel mir ein wichtiges Gegenargument ein: „Aber ich habe einen Haufen Geld. Ich könnte ein großartiger Geschäftspartner sein. Jeder würde mich wollen."

„Ja", stimmte Tyrell zu. „Wegen des Geldes. Was für ein Geschäft hast du Bobbi Jo überhaupt vorgeschlagen?"

„Nun, zuerst haben wir über eine altmodische Rollschuhbahn gesprochen. Doch dann habe ich herausgefunden, dass sie die neue Besitzerin der Bar ist und habe ihr angeboten, sie dabei zu unterstützen." Ich vergrub meine Hände in den Hosentaschen und ballte sie verärgert zu Fäusten zusammen. „Aber sie hat meine Hilfe höflich abgelehnt. Sie hat immer wieder betont, dass sie keine Zeit für Spaß habe und dass das Leben weitergehen müsse und so einen Mist."

Jasper und Tyrell schauten sich an, bis Jasper sagte: „Eine Rollschuhbahn klingt nach Spaß, oder nicht?"

Tyrell nickte. „Ja. Vielleicht sollten wir hier draußen eine eröffnen."

Ich musste einschreiten. „Nein, nicht hier. In der Stadt, wo jeder hingehen und Spaß haben kann."

Tyrell lächelte mich an. „Ja, in der Stadt. Das ist eine tolle Idee. Das sollten wir tun. Wir drei zusammen. Wir könnten sie die Whisper Rollschuhbahn nennen. Gefällt mir."

„Wir könnten das Logo der Farm verwenden. Das wäre toll", fügte Jasper hinzu.

„Ich hatte auch die Idee, dass es dort eine kleine Snackbar geben sollte", erzählte ich den beiden. „Bobbi Jo und ich haben in Maine diese verdammt guten Hummerröllchen gegessen. Das Restaurant dort hat sie als Vorspeise serviert. Es waren kleine Hotdog-Brötchen gefüllt mit Hummer, der auf ähnliche Art wie Thunfischsalat zubereitet war. Man könnte sie auch als große Portionen anbieten."

„Eine Snackbar?", fragte Jasper. „Dadurch könnte sich das Dairy King etwas auf den Schlips getreten fühlen, meinst du nicht?"

„Wieso?", fragte ich im Gegenzug. „Solange wir nichts verkaufen, was sie im Angebot haben, schaden wir ihrem Geschäft doch nicht."

Tyrell schüttelte den Kopf. „Der einzige Laden in dieser Stadt, aus dem man eine Rollschuhbahn machen könnte, liegt nur zwei Blocks vom Dairy King entfernt. Wenn wir Essen anbieten, locken wir Kunden von dort weg. Und das werde ich Tiffanys Familie sicher nicht antun."

Jasper stimmte zu. „Ja, ich auch nicht. Wir können also eine Roll-schuhbahn haben, aber ohne Snackbar."

„Na gut." Aber ich wollte ohnehin nie ein Geschäft mit meinen Brüdern zusammen führen. „Dann ist das euer Ding. Ich werde mir etwas anderes einfallen lassen." Aber bei allem, was mir einfiel, war Bobbi Jo involviert. Doch sie wollte mit mir kein Geschäft führen.

Ich trat erneut in den Dreck und Jasper legte mir seine Hand auf die Schulter. „Schick ihr ein paar Blumen, Brüderchen."

Tyrell stellte sich an meine andere Seite und legte mir ebenfalls eine Hand auf die Schulter. „Schick ihr auch etwas Schokolade. Mädels lieben Schokolade."

„Hast du ihr gesagt, wie leid es dir tut?", fragte Jasper.

„Hast du ihr gesagt, wie dumm du gewesen bist?", fügte Tyrell hinzu.

„Hast du ihr gesagt, dass du dich geirrt hast?", fragte Jasper weiter.

Tyrell fügte der Liste noch einen Punkt hinzu: „Hast du ihr gesagt, wie viel Glück du eigentlich mit ihr hattest?"

„Ich habe mich entschuldigt. Ich habe ihr gesagt, dass ich mich geirrt habe. Aber ich habe ihr nicht gesagt, wie viel Glück ich hatte." Vielleicht war das die eine Sache, die funktionieren würde. „Ich werde euren Rat befolgen, Brüder. Operation Blumen und Schoko-lade fängt morgen früh an. Und danach werde ich sie wissen lassen, dass sie – ohne Zweifel – das Beste ist, das mir jemals passiert ist."

Jasper zog eine Augenbraue hoch und fragte: „Cash, wann ist dir diese Erkenntnis gekommen? Ich meine, gestern hast du noch über sie geschimpft und darüber, wie sie sich auf eurer Reise benommen hat. Was ist heute anders als noch letzten Monat?"

Ich musste ehrlich sein. „Heute Morgen hatte ich diesen Traum. Es war das erste Mal, dass ich von Bobbi Jo geträumt habe. Sie war zwar nicht da, aber ihre Stimme. Sie rief nach mir und ich folgte ihrer Stimme, konnte sie aber nicht finden."

„Surreal", sagte Jasper. „Eine körperlose Stimme mit Bobbi Jos Südstaaten-Akzent ruft dich."

Ich boxte ihm gegen den Arm. „Hör auf. Du hast mich gefragt,

wie ich darauf komme, und es war heute Morgen, und es war genau
so. Kein Grund, sich über mich lustig zu machen."

Tyrell blickte Jasper mit einem ernsten Gesichtsausdruck an. „Ja,
mach dich nicht über den kleinen Träumer lustig." Er klopfte mir auf
den Rücken. „Aber ich finde, dass dieser Traum etwas schwach ist,
um tatsächlich der Grund dafür gewesen zu sein, dass du sie heute
aufgesucht hast. Du hast doch schon vorher an sie gedacht."

Ich wurde ganz still, als mir klar wurde, dass es Zeit war, etwas
zuzugeben. „Ich habe nie aufgehört, an sie zu denken."

Jasper klopfte mir feste auf den Rücken. „Na siehst du! Das ergibt
Sinn. Was hat dich dann einen ganzen Monat davon abgehalten, zu
ihr zu gehen oder mit ihr zu reden?"

„Es war der Trip. Es lag daran, wie sie sich benommen hat. Sie hat
sich so wohlgefühlt dabei, mir zu sagen, was ihr nicht gefiel." Ich
blickte zu Boden und versuchte, meine Gefühle sinnvoll auszudrücken.

„Willst du nicht, dass sie sich in deiner Gegenwart wohlfühlt,
Cash?", fragte Tyrell.

„Ich dachte schon, aber dann doch nicht." Ich sah ihn an. „Vorher
hat sich noch nie ein Mädchen bei mir so wohlgefühlt. Und um
ehrlich zu sein, es gab mir das Gefühl, dass sie mich nicht besonders
mag, wenn sie sich dermaßen wohlfühlt."

Jasper sah mich mit großen Augen an. „Verarscht du mich?"

Ich schüttelte den Kopf. „Nein." Die Mädchen, mit denen ich
früher zusammen war, führten in meiner Gegenwart immer einen
Eiertanz auf. So, als hätten sie Angst davor, ihr wahres Ich zu zeigen.
Aus Angst davor, dass ich dann Schluss machen könnte."

„Und dann *zeigt* eine von ihnen endlich ihr wahres Ich und du
hast sie daraufhin ignoriert", stellte Tyrell fest. „Komisch, oder?"

„Ich denke, es wird Zeit für dich, erwachsen zu werden, Cash",
sagte Jasper. „Bobbi Jo sollte die Möglichkeit haben, so zu sein, wie
sie ist, ohne befürchten zu müssen, dass du sie deswegen verlässt."

Plötzlich fiel es mir wie Schuppen von den Augen. Bobbi Jo war
eine starke, selbstsichere Frau. Sie hat eine Prise meiner Unreife
abbekommen und wusste, dass ihr das überhaupt nicht gefiel. Kein

Wunder, dass sie scheinbar nicht wütend auf mich war. Sie hielt einfach nicht mehr besonders viel von mir.

„Wow, ich bin ein Arsch. Ich wollte mich nie auf diese Weise sehen, aber genau das ist die ganzen Jahre über passiert. Und Bobbi Jo ist Frau genug, um sich nicht mit so einem Mist abgeben zu wollen." Ich sah die Kuh an, die laut ausatmete.

Ihre großen, braunen Augen sahen mich direkt an, und ich hatte das Gefühl, dass sie mir direkt in die Seele blickten. Die Kuh und ich starrten uns eine gefühlte Ewigkeit an, dann schloss sie ihre Augen und der Vorarbeiter rief: „Wir haben ein Mädchen!"

„Gut gemacht", flüsterte ich der Kuh zu. „Du hast dem Alter getrotzt, nicht wahr, altes Mädchen?"

Ich war das Baby in unserer Familie – der jüngste Gentry-Bruder. Vielleicht hatte ich mir noch nicht so viele Gedanken über das Erwachsenwerden gemacht. Nein, das stimmte nicht. Ich hatte mir noch überhaupt keine Gedanken über das Erwachsenwerden gemacht.

Irgendwo in meinem Inneren gefiel es mir, dass Frauen sich bei mir nicht geborgen genug fühlten, um ganz sie selbst zu sein. Mir gefiel die Tatsache, dass sie nur so taten, als mochten sie die Dinge, die ich mochte, nur um mir zu gefallen. Ich war ein oberflächlicher Idiot.

Aber ich wollte nicht mehr diese Art von Mann sein. Ich wollte verdammt nochmal erwachsen werden. Ich wollte reif werden. Aber wie?

„Tyrell, wie höre ich damit auf, so verdammt unreif zu sein?"

„An andere Leute zu denken, wäre ein Anfang", sagte er. „Die Leute so sein zu lassen, wie sie sind, ohne, dass sie befürchten müssen, von dir verurteilt zu werden. Zu Bobbi Jo zu gehen und alles zu gestehen wäre auch eine Sache, die ein erwachsener Mann tun würde."

„Vielleicht hast du recht." Ich war mir nicht sicher, ob es Bobbi Jo genügen würde, wenn ich zugeben würde, dass ich mich geirrt und kindisch verhalten habe. Sie schien wirklich nichts mehr mit mir zu tun haben zu wollen. „Na ja, jetzt, da das Kälbchen da ist, werde ich mal ins Bett gehen."

Ich verließ den Stall und während ich durch die Dunkelheit ging, dachte ich darüber nach, warum ich so war, wie ich war. Nicht zu erkennen, dass man sich unreif verhält, war eine ganz schöne Schlappe. Was hatte ich die ganzen Jahre noch an mir übersehen?

Ich ging an diesem Abend mit sehr langsamen Schritten in meine Zimmer. Ich hatte es nicht eilig, alleine ins Bett zu gehen. Alles fühlte sich so leer an. Zum ersten Mal in meinem Leben fühlte ich mich leer.

Und das fühlte sich Scheiße an.

KAPITEL ZWEIUNDZWANZIG

Bobbi Jo

Der Klang der Türklingel riss mich aus einem tiefen und erholsamen Schlaf. Ich hörte Betty Sue rufen: „Ich geh schon. Ich habe Blumen gesehen. Ist sicher für mich."

Ich war mir ebenfalls sicher, dass die Blumen für sie sein würden und kuschelte mich wieder in mein Bett. Doch nur wenige Minuten später öffnete sich die Zimmertür und es erschien ein Berg aus Blumen. „Überraschung, Bobbi Jo. Die sind für dich."

Ich rieb mir dir Augen. „Was?"

Betty Sue stellte die Blumenvase auf meinen Schreibtisch. „Die sind für dich, Bobbi Jo." Sie nahm die Karte und gab sie mir. „Ich weiß, von wem sie sind. Dafür brauche ich die Karte gar nicht erst lesen."

Der Umschlag war viel größer als die üblichen Grußkarten. „Was macht dieser Mann nur?" Als ich den Umschlag öffnete, fielen mir ein Gutschein von Amazon und eine Dankeskarte in die Hände.

„Lies die Karte laut vor, Bobbi Jo", drängelte Betty Sue.

„Okay." Ich öffnete die Karte. „Ich wollte dir einfach nur danken, Bobbi Jo. Du hast mir mehr gegeben, als ich jemals zu hoffen gewagt habe. Ich hatte die Chance, die Dinge durch deine Augen zu sehen und ich habe es vermasselt. Das ist mir jetzt klar. Du hattest recht. Das Bett war steinhart. Und die Stadt hatte einen komischen Geruch. Du hattest mit allem recht und ich bin Mann genug, zuzugeben, dass ich falsch lag. Danke, dass du mir die Augen darüber geöffnet hast, wie unreif und was für ein kleiner Arsch ich mein ganzes Leben lang gewesen bin. Mit herzlichsten Grüßen, Cash."

Ich legte die Karte zur Seite und blickte auf die Blumen, als mir Betty Sues ungläubiger Blick auffiel. „Wow. Ich glaube nicht, dass mir ein Mann schon einmal so etwas gesagt oder geschrieben hat. Und ich bin schon einigen unreifen Ärschen begegnet."

„Dabei ist es mir völlig egal." Ich legte den Gutschein zurück in die Karte und packte sie zurück in den Umschlag. „Ich hasse Cash nicht. Überhaupt nicht. Ich habe im Moment einfach Besseres zu tun." Ich strich mit der flachen Hand über meinen Bauch.

Betty Sue sah sich den riesigen Blumenstrauß an. „Er muss ihn online bestellt haben. Der Lieferant kam nicht von hier. Und in Miss Lorettas Laden habe ich diese Blumensorten noch nie gesehen."

„Warum bist du noch zu Hause?", fragte ich, da sie schon längst bei der Arbeit sein sollte.

„Ich bin seit ein paar Tagen nicht ganz auf dem Damm. Ich weiß auch nicht warum, aber ich muss ständig trocken Würgen. Es ist echt komisch." Sie legte sich die Hand auf den Bauch. „Mein Magen fühlt sich manchmal ganz flau an und dann habe ich das Gefühl, mich übergeben zu müssen. Es ich wirklich merkwürdig. Ich habe eine Krankenschwester auf der Arbeit gefragt, was das sein könnte und sie meinte, ich hätte vielleicht eine Laktoseintoleranz entwickelt. Deswegen habe ich aufgehört, Milch zu trinken. Aber bisher hat das gar nichts gebracht."

Nicht immer, aber manchmal konnten mein Zwilling und ich fühlen, was die andere fühlte. In der ersten Woche auf der Highschool litt Betty Sue unter Albträumen, und dann bekam ich ebenfalls Albträume. Tatsächlich träumten wir sogar das Gleiche. Es war komisch, und dann hörten die Träume plötzlich auf.

Und einmal hatte ich mir den kleinen Finger gebrochen, als eine

Freundin ihn mir versehentlich in der Autotür eingeklemmt hatte. Betty Sue konnte den Schmerz fühlen und kam früher aus dem Sommercamp zurück. Sie wollte unbedingt ins Krankenhaus, denn sie war sich sicher, dass sie Krebs oder so etwas hatte, da es keine offensichtliche Erklärung für die Schmerzen in ihrem Finger gab. Meine Eltern waren sprachlos, als sie erfuhren, dass ich mir den Finger gebrochen hatte. Und sobald Betty Sue von meinem Finger erfahren hatte, waren ihre Schmerzen verschwunden.

Ich fragte mich, ob ihr Unwohlsein wohl verschwinden würde, wenn ich ihr verriet, warum *ich* mich krank fühlte. Aber ich war mir noch unsicher darüber, ob ich jemandem davon erzählen sollte. Es war noch so früh und alles Mögliche könnte noch passieren. Ich wollte kein Mitleid, falls die Sache nicht so verlaufen sollte, wie ich es mir vorstellte.

Da ich nun wach war, entschied ich mich dazu, auch aufzustehen. Ich dachte über die Bar nach und darüber, was für Veränderungen ich wohl vornehmen musste. Und ich musste über einen Umzug nachdenken. „Ich sollte aufstehen. Ich habe eine Menge zu tun."

„Weil du jetzt die Besitzerin der Bar bist?", fragte sie.

Ich nickte und suchte mir etwas zum Anziehen heraus. „Ich will eine Stellenanzeige für einen neuen Barkeeper schalten. Ich würde gerne etwas kürzer treten, wenn möglich. Vielleicht nachts nicht mehr so lange bleiben. Du weißt schon, die anderen die schwere Arbeit machen lassen, während man sich selbst zurücklehnt und sich im Reichtum suhlt."

„Das wäre klug." Betty Sue legte sich wieder die Hand auf den Bauch. „Igitt. Vielleicht habe ich einen Virus. Es überkommt mich und dann ist es wieder weg. Es ist wirklich komisch."

„Das ist komisch", sagte ich. „Aber ich muss mich jetzt fertig machen. Je eher ich jemanden einstelle, desto früher kann ich mich um die eigentliche Arbeit kümmern, die in der Bar auf mich wartet. Ich denke darüber nach, einen Grill anzuschaffen. Das würde bedeuten, ich müsste auch einen Koch und einige Helfer einstellen. Und vielleicht noch ein paar Servicekräfte zum Servieren und Abräumen. Ich möchte, dass noch mehr Kunden in die Bar kommen und ich möchte, dass sie dort mehr Geld ausgeben. Ich werde wohl auch einige Onlinekurse in Betriebswirtschaft machen. Ich will das Beste aus dieser Möglichkeit machen."

„Gut." Betty Sue setzte sich auf ihr Bett. „Vielleicht kannst du dann ausziehen, damit ich dieses Zimmer ganz für mich habe."

Lächelnd nickte ich. „Das ist der Plan. Aber dafür muss ich noch einiges tun." Ich wusste, dass ich reinhauen musste, denn ich hatte nicht unbegrenzt Zeit.

Ich duschte, zog mich an und machte mich auf den Weg. Ich ging zur Redaktion unseres Lokalblatts und gab die Stellenanzeige für einen Barkeeper auf. Dann ging ich zum Gesundheitsamt und erkundigte mich über die Auflagen, die es zu beachten gab, wenn ich eine Küche in der Bar einbauen wollte.

Stunden später, gerade, als ich im Gesundheitsamt fertig war, meldete sich der Hunger. Ich war gerade in der Nähe des Dairy King. Also ging ich dorthin, um etwas zu essen.

Sofort, als ich das Geschäft betrat, sah ich Cash in einer Nische sitzen. Unsere Blicke trafen sich. Ich nickte ihm zu, gab meine Bestellung auf und ging an seinen Tisch, um ihn richtig zu begrüßen und ihm für die Blumen zu danken. „Hi. Ich habe die Blumen, den Gutschein und die Karte erhalten. Das war sehr nett von dir."

„Nimmst du meine Entschuldigung an?", fragte er.

Ich nahm sie an. „Cash, ist schon gut. Du bist, wie du bist. Ich weiß, dass du jemanden um dich haben möchtest, der die Dinge mag, die dir gefallen. Und die meisten Mädchen werden glücklich damit sein, bei allem mitzumachen, was du willst. Aber ich gehöre nicht zu diesen Mädchen."

„Möchtest du dich setzen?", fragte er und deutete auf den Platz gegenüber. „Ich würde gerne mit dir reden, wenn das für dich in Ordnung ist?"

Ich hatte noch etwas Zeit. „Okay." Ich setzte mich.

„Meine Brüder wollen diese Rollschuhbahn eröffnen." Er machte eine Pause, als wartete er auf eine Antwort von mir.

„Cool."

Er nickte. „Okay. Ich war mir nicht sicher, ob du deswegen wütend sein würdest."

„Warum sollte ich wütend sein?" Er verstand mich wirklich nicht. „Es ist eine tolle Idee, und wenn sie es machen wollen, umso besser. Ich hätte ohnehin nicht das Geld, um es selbst auf die Beine zu stellen."

„Okay", sagte er und wirkte ein wenig abwesend. „Eine unserer Kühe hat letzte Nacht ein Kalb bekommen. Sie hat mich direkt angestarrt, als es geboren wurde. Das war wirklich merkwürdig."

„Das kann ich mir vorstellen." Ich lächelte die Bedienung an, die mir meine Bestellung brachte. „Danke, Bethy."

„Gern geschehen." Sie drehte sich um und ging.

Doch ich stoppte sie. „Hey Bethy. Ich würde dir gerne eine Frage stellen, wenn ich darf."

Sie blieb stehen und kam zurück. „Klar, worum gehts?"

„Ich denke darüber nach, einen Grill in die Bar zu stellen. Denkst du, dass ich eine Bedienung brauche, um klassischen Service anzubieten? Oder würde es eher Sinn machen, einen Bestelltresen einzurichten und das Essen wird an den Tisch gebracht?"

„Bestelltresen und Bringservice. Das ist viel einfacher." Bethy lächelte. „Und ich würde sehr gerne für dich arbeiten, Bobbi Jo. Ich wette, die Trinkgelder werden super."

„Ich auch." Ich erwiderte ihr Lächeln. „Wenn ich anfange, stehst du auf meiner Liste ganz oben, versprochen. Und falls du noch jemanden kennst, der als Barkeeper arbeitet, wäre es super, wenn du ihn oder sie zu mir schickst. Sobald es geht, werde ich aufhören, die Nachtschichten zu arbeiten."

„Ich werde dir Bescheid sagen." Sie verließ den Tisch und als ich wieder zu Cash blickte, grinste er mich an.

„Du wirst keine Nachtschichten mehr machen?"

„Nicht, sobald ich einen neuen Barkeeper gefunden habe. Ich habe Besseres zu tun. Zumindest werde ich das." Ich trank ein Schluck Wasser und begann, meinen Salat zu essen.

Sein Blick wanderte zu meinem Essen. „Salat?"

Ich nickte und sagte: „Ich achte auf meine Ernährung. Das hat nichts mit dem Gewicht zu tun, sondern mit Nährstoffen. Ich möchte nur noch Speisen und Getränke mit hohen Nährwerten zu mir nehmen."

Er nickte. „Okay. Und was die Bar angeht: Was wirst du tun, wenn du nicht mehr selbst hinterm Tresen stehst?"

„Ich werde die Bar nur noch führen." Ich nahm einen weiteren Bissen und schaute gedankenverloren aus dem Fenster.

„Von zu Hause aus, oder was?", fragte er. „In der Bar gibt es doch kein Büro."

„Noch nicht, nein." Ich war mir noch immer unsicher darüber, wo ich mir ein Büro einrichten sollte. „Aber ich weiß noch nicht genau, ob ich mir dort eins einrichte oder zu Hause. Ich werde bei meinen Eltern ausziehen."

„Und wann ist es soweit?" Er nahm einen Schluck Cola und schaute mich an.

„Sobald ich eine Wohnung finde, die mir gefällt." Ich wollte etwas Hübsches. „Mindestens zwei Schlafzimmer, aber eigentlich wären drei perfekt. Dann könnte ich eins als Büro nutzen."

„Und wofür wäre dann das dritte Schlafzimmer?", wollte er wissen.

Seine Frage riss mich aus meinen Gedanken. „Was?"

Er lächelte. „Du hast gesagt, dass du drei Schlafzimmer möchtest. Ein Schlafzimmer für dich. Ein Schlafzimmer als Büro für dich. Und wofür wäre dann das dritte Schlafzimmer?"

„Ach so." Ich versuchte, so beiläufig wie möglich zu klingen, um keine große Sache daraus zu machen. „Du weißt schon, falls etwas anfällt. Du weißt doch, was ich meine."

„Nein." Er musterte mich. „Du siehst heute besonders hübsch aus, Bobbi Jo. Du hast dieses Leuchten." Seine Hände bewegten sich über den Tisch auf meine zu. „Mein Verhalten tut mir wirklich leid. Und ich weiß, du glaubst nicht, dass ich mich ändern kann. Aber ich würde es dir dennoch gerne beweisen."

Der Klang meines Handys brachte mich dazu, meine Hände zurückzuziehen. „Ich muss da rangehen. Ich habe in der Zeitung eine Stellenanzeige für einen Barkeeper geschaltet. Es könnte darum gehen." Als ich die Nachricht las, sah ich, dass sie von meiner Schwester kam.

Ich atmete tief ein und hielt die Luft an. So wie es aussah, hat sie ein wenig herumgeschnüffelt, nachdem ich das Haus verlassen hatte.

Sie wusste es.

KAPITEL DREIUNDZWANZIG

Cash

„Scheiße", zischte Bobbi Jo. „Tja, es sieht so aus, als müsste ich gehen." Sie warf einen Blick über ihre Schulter. „Bethy, kannst du mir eine Schale für den Salat bringen? Ich muss los."

Mir war nicht klar, warum sie es plötzlich so eilig hatte. „Warum so eilig, Bobbi Jo? Was ist denn so wichtig, dass du nicht einmal deinen Salat aufessen kannst?"

„Ich muss zum Büro meines Vater, bevor jemand anderes dort ist." Sie nahm die Schale, füllte ihren Salat hinein und eilte aus der Tür.

Ihre Wasserflasche ließ sie auf dem Tisch stehen und ich starrte darauf. „Was zur Hölle?"

Nichts ergab in meinen Augen Sinn und ich war mir sicher, dass es keinen Sinn ergeben würde, solange Bobbi Jo mir nicht vertraute. Ich verließ das Dairy King.

Den Truck hatte ich auf der Farm gelassen, da er einen Ölwechsel brauchte. Stattdessen war ich mit einem der Mercedes in die Stadt gefahren. Küchenchef Todd hatte zum Mittagessen ein Shrimps-Gericht gemacht. Doch seit unserem Trip konnte ich keine Meeresfrüchte mehr essen. Es erinnerte mich einfach zu sehr an Bobbi Jo und ich wollte nicht an sie erinnert werden. Doch jetzt wollte ich nicht mehr aufhören, an sie zu denken, und daran, wie ich die Dinge zwischen uns wieder in Ordnung bringen konnte.

Gerade, als ich ins Auto stieg, ertönten Sirenen. Ein weißes Auto eilte mit eingeschaltetem Blaulicht durch die Straße und ich musste einen Moment warten, bevor ich losfahren konnte.

Ich lenkte den Wagen aus der Parklücke Richtung Heimat. Ich hatte sonst nichts in der Stadt zu tun. Ich fuhr durch die kleine Stadt und sah mir alles an.

Der Marktplatz war wirklich hübsch, idyllisch und etwas, auf das man stolz sein konnte. Kleine Kirchen war in der ganzen Stadt verteilt. Ich hatte mir noch nie die Zeit genommen, mir die Stadt, die nun mein Zuhause war, genauer anzusehen. Sie war nicht nur hübsch, sondern auch gastfreundlich.

Eines Tages würde ich es vielleicht sogar wertschätzen, Carthage als meine Heimat zu bezeichnen. Bobbi Jo hat ihr ganzes Leben an diesem Ort verbracht. Ich konnte sehen, warum sie ihr gesamtes Leben hier verbringen wollte, sich hier etwas aufbauen wollte.

Die Welt zu bereisen hörte sich toll an. Jedoch nicht so toll, wie Carthage zu dem Ort zu machen, an dem wir den Rest unseres Leben verbringen würden. Meine Brüder hatten andere Vorstellungen davon, wie sie diese Stadt zu ihrer machen konnten. Bobbi Jo war dabei, die Bar so umzugestalten, dass sie sie mit Stolz als ihre Bar bezeichnen konnte. Und was machte ich?

Nichts.

Ich konnte nichts mein Eigen nennen. Nichts in dieser Stadt würde zukünftigen Generationen sagen, dass Cash Gentry einmal hier in Carthage, Texas gelebt hat.

Es musste doch etwas geben, dass ich dieser Stadt geben konnte. Etwas, das sonst niemand dieser Stadt jemals gegeben hat.

Mein Handy klingelte. Es lag auf dem Beifahrersitz und gerade, als ich es in die Hand nehmen wollte, musste ich auf die Bremse treten. Das Telefon flog vom Sitz in den Fußraum und als ich wieder anfuhr, rutschte es unter den Sitz. „Ach, verdammt." Die Pedale dieses Autos reagierten ganz schön sensibel.

Mein Telefon klingelte noch einige Male, bevor es verstummte. Ich seufzte und bog dann auf die Straße ab, die zur Farm führte. Sobald ich da sein würde, würde ich nachsehen, wessen Anruf ich verpasst hatte.

Die einzige Person, von der ich etwas hören wollte, war wahrscheinlich die Person, die mich nicht anrufen würde. Bobbi Jo schien es auch ohne mich richtig gut zu gehen. Sie sah sogar glücklich aus.

Ich kam langsam zu der Erkenntnis, dass sie mich wohl von Anfang an nicht zu sehr mochte. Vielleicht ging es wirklich nur um den Sex und nichts anderes. Vielleicht sah sie durch mein glänzendes Äußeres mein oberflächliches Inneres. Vielleicht hatte ihr nicht gefallen, was sie gesehen hatte.

Und wer konnte ihr das verübeln?

Ich war wahrscheinlich der reichste Verlierer der Welt. Niemand konnte auch nur annähernd so mies sein wie ich.

Es war wahrscheinlich das Beste für Bobbi Jo, wenn ich sie in Ruhe ließ und aufhörte, es weiter zu versuchen. Sie hatte etwas Besseres verdient als mich. Und jetzt, nachdem sie etwas Verstand in ihre böse Zwillingsschwester geprügelt hatte, würde diese sich auch nicht mehr zwischen Bobbi Jo und einem neuen Mann stellen.

Bei dem Gedanken an Bobbi Jo mit einem anderen Mann zog sich mir der Magen zusammen. Aber ich hatte nicht das Recht, mich deswegen schlecht zu fühlen. *Ich* hatte es versaut. Ich hatte meine Chance und habe sie nicht genutzt.

Und das nur, weil sie ehrlich zu mir war und ihr es dort nicht gefiel, wohin ich sie gebracht hatte. „Oh Mann, hätte ich sie nur nach Montana gebracht und dort Steaks mit ihr gegessen. Dann hätte man das alles vermeiden können."

Leute aus Texas verharrten in ihrem Verhalten, das hätte ich wissen müssen. Nirgendwo weiter nördlich als Austin aßen wir mexikanisches Essen. Alles, was hinter Austins Stadtgrenze lag, galt als nicht authentisch.

Ich habe den Fehler gemacht, Meeresfrüchte für unsere erste

Reise zu wählen. Falls sie mir jemals noch eine Chance geben sollte, würde ich diesen Fehler nicht noch einmal begehen. Aber ich bezweifelte stark, dass sie mir noch eine Chance geben würde. Warum sollte sie auch?

Ich hatte es versaut – richtig versaut!

Mein Telefon klingelte erneut und danach noch ein weiteres Mal. Ich bekam langsam den Eindruck, dass es um etwas Wichtiges ging.

Ich hörte auch, dass mir einige Nachrichten hinterlassen wurden. „Mann, was zur Hölle ist da los?"

In einigen Minuten könnte ich das Telefon unter dem Sitz hervorholen. Ich war gerade in die Einfahrt der Farm eingebogen. Was ich dann sah, verwirrte mich.

Blaue und rote Lichter drehten sich im nachmittäglichen Sonnenlicht. Das weiße Auto, das in der Stadt an mir vorbeigerast war, parkte in der Nähe unseres Eingangs. Davor stand ein großer Mann. Seine Hand lag auf seinem Pistolenhalfter und seine Augen sahen mich durch seine Sonnenbrille direkt an.

Tyrell stand an der Tür. Sein Blick war ebenfalls auf mich gerichtet. Er schüttelte den Kopf und machte eine Armbewegung. Es schien als wollte er, dass ich umdrehen und verschwinden sollte. Und dann fielen ein paar Schüsse. Die Kugeln flogen über das Autodach und vor Schreck trat ich aufs Gaspedal. „Fuck!"

Ich raste auf den Mann zu, der gerade auf mich geschossen hatte, und riss das Lenkrad im letzten Moment herum, um ihn nicht zu überfahren. Stattdessen raste ich in das Heck seines Autos. Um mich herum platzten die Airbags und das Geräusch von Metall, das auf Metall traf, erklang in meinen Ohren. „Du verdammter Bastard! Steig verdammt nochmal aus dem Auto und halt deine Hände so, dass ich sie sehen kann!"

„Was habe ich denn getan?" Ich war von dem Aufprall etwas benommen. „Was ist los?"

Eine Hand griff ins Auto und ich hörte das Geräusch von Stoff, das von einem Messer zerschnitten wurde. „Schnall dich ab und steig aus!"

„Okay, okay", murmelte ich und versuchte, zu tun, was er sagte. „Ich bin ziemlich erschrocken."

„*Du* bist erschrocken?", schrie er. „Was ist mit mir? Was glaubst du, bin ich?"

„Ich habe keine Ahnung was Sie sind oder *wer* Sie sind." Ich löste den Sicherheitsgurt und spürte eine Hand, die mich am Nacken packte und aus dem Auto zog.

Tyrell schrie: „Hey, Sie wissen nicht, ob er verletzt ist oder nicht! Packen Sie ihn nicht so hart an!"

„Junge, du hältst besser die Schnauze und überlässt dieses Stück Scheiße mir!", schrie der Mann zurück.

„Stück Scheiße?" Ich wurde in meinem Leben schon einiges genannt, aber Stück Scheiße noch nie.

Plötzlich wurde ich gegen das angeschlagene Auto gedrückt. Dabei stieß ich mit dem Kopf gegen die geöffnete Autotür. In diesem Moment tauchte mein zweiter Bruder auf. Jasper schrie: „Hey, nicht!"

„Du hältst dich daraus!", rief der Mann, der mich noch immer forsch gegen das Auto drückte, zurück.

„Ich gebe Ihnen eine Sekunde, die Hände von unserem Bruder zu lassen, oder Sie werden den nächsten Tag nicht mehr erleben, alter Mann!", schrie Jasper. „Wissen Sie eigentlich , mit wem Sie sich hier anlegen? Wir sind die Gentry-Brüder. Wir haben alles Geld der Welt. Und wenn Sie die Finger nicht von unserem Bruder nehmen, haben Sie bald nicht einmal mehr einen eigenen Eimer zum Pissen!"

„Wer sind Sie?", fragte ich. „Sie haben den Falschen. Ich kann mich nicht daran erinnern, in jüngster Vergangenheit ein Gesetz gebrochen zu haben."

„Junge, halt einfach die Schnauze und hör mir zu." Der Mann zog mich wieder hoch und drehte mich um. „Du und ich müssen reden – von Mann zu Mann. Schick deine Brüder weg und wir regeln das zwischen uns, alleine."

„Tut mir leid, aber ich werde meinen Brüdern nicht sagen, dass sie sich heraushalten sollen." Ich war kein Idiot. „Ich habe keine Ahnung, was hier los ist. Ich weiß nicht, warum Sie sauer auf mich sind. Aber ich weiß, dass sie Ihnen in den Arsch treten und die

Scheiße aus Ihnen heraus prügeln werden, wenn Sie mich nicht gehen lassen."

Er betrachtete sein verbeultes Auto und seufzte. Seine Reaktion zeigte mir, dass er keine Ahnung hatte, wie es nun weitergehen sollte. Ich bekam den Eindruck, dass er geplant hatte, mich in dieses Auto zu werfen und mit mir zu verschwinden. „Verdammt!"

„Ja, es ist eine verdammte Schande, dass Sie mich nicht entführen können." Ich fragte mich, ob er mich entführen und Lösegeld von meinen Brüdern erpressen wollte. Ich fragte ihn danach.

„Was?" Er schüttelte den Kopf und ließ mich endlich los. „Nein. Ich bin kein Entführer, du Idiot. Ich wollte dich festnehmen. Ich wollte dich so lange festhalten, bis ich Antworten hätte. Ich wollte sicherstellen, dass du weder vor mir noch vor deiner Verantwortung weglaufen kannst."

Ich hatte keine Ahnung, wovon er sprach. Und dann klingelte mein Handy erneut. „Hören Sie, ich muss da rangehen. Ich befürchte, dass es wichtig ist. Es klingelt schon seit einer Weile wie verrückt."

„Nicht jetzt." Er drückte mir die Waffe zwischen die Rippen. „Wenn du auch nur versuchst, dich zu bewegen, verpasse ich dir eine Kugel direkt ins Herz. Ich kann das. Führe mich nicht in Versuchung."

„Ich bezweifle nicht, dass Sie das können", sagte ich zu ihm. „Aber ich würde gerne wissen, *warum* Sie das tun würden, Sir." Ich hoffte, das *Sir* würde die Situation etwas entschärfen.

Dann waren Tyrell und Jasper da. Sie stellten sich zu beiden Seiten des Mannes und Tyrell sagte: „Hören Sie, Mister. Wir haben die Polizei gerufen. Sie lassen unseren Bruder jetzt besser gehen, sonst werden Sie das bereuen."

Unsere Einfahrt erstreckte sich über mehr als einen Kilometer, doch man konnte bereits quietschende Reifen hören. „Kommen Sie schon", sagte ich. „So muss das doch nicht laufen. Wir können reden. Offensichtlich sind Sie wegen irgendetwas verärgert."

„Nehmen Sie die Waffe runter", sagte Tyrell. „Kommen Sie. Die Sache muss nicht so laufen."

„Wir wollen nicht, das jemand verletzt wird", fügte Jasper hinzu.

Ich vernahm den Klang von Reifen, die über Kies fuhren. Dann kamen die Reifen zum Stehen und eine quietschende Autotür öffnete sich. „Daddy, nicht!"

Ich warf einen Blick in die Richtung, aus der die Stimme kam. „Bobbi Jo?"

KAPITEL VIERUNDZWANZIG

Bobbi Jo

Ich glaube, mir war noch niemals etwas so peinlich. Der Anblick meines Vaters, der Cash eine Waffe in die Seite presste, war ohne Zweifel das Peinlichste, das mir je passiert war. „Daddy, nicht!"

Cash blickte aus dem Augenwinkel zu mir herüber. „Bobbi Jo?" Er schaute meinen Dad an. „Das ist dein Vater?"

„Ja." Ich stellte mich neben meinen Vater, legte meine Hand auf seine und schob die Waffe von Cash weg. „Daddy, hör auf. Du musst aufhören. Wir sollten gehen. Du solltest überhaupt nicht hier sein."

Gerade, als einige Deputys meines Vaters ankamen, hatte ich es geschafft, dass er von Cash abließ. Er steckte seine Waffe zurück in den Halfter. „Schon in Ordnung, Jungs. Ihr könnt zurück zum Revier fahren. Ich habe mich beruhigt."

„Sicher, dass sie nicht bleiben sollten?", fragte Cash. „Es ist vielleicht besser, wenn sie bleiben."

„Schon gut, Cash. Daddy wird dir nichts tun", versicherte ich ihm. „Er war nur sauer." Ich warf einen Blick auf das Auto meines Vaters, in dessen Heck ein Mercedes steckte. „Wow, was ist hier passiert?"

„Ich bin in das Auto gekracht", sagte Cash und zuckte mit den

Schultern. „Ich war die Pedale nicht gewohnt und bin anstatt auf die Bremse, aufs Gas getreten. Ich muss aber zu meiner Verteidigung sagen, dass er auf mich geschossen hat, als das passiert ist."

Ich konnte nicht glauben, was mein Vater getan hatte. „Daddy!"

„Na ja, er hat versucht, abzuhauen", sagte er.

„Habe ich nicht", widersprach Cash. „Es gab keinen Grund, abzuhauen. Jedenfalls nicht bis zu dem Moment, in dem Sie auf mich geschossen haben."

Jasper räusperte sich. „Vielleicht sollten wir alle hineingehen und der ganzen Sache hier auf den Grund gehen."

Ich wollte gar keiner Sache auf den Grund gehen. „Nein. Ist schon in Ordnung. Ich werde mir einfach meinen Vater schnappen und euch Jungs in Ruhe lassen."

Cash legte seine Hand auf meinen Arm, um mich aufzuhalten. „Nein. Wir müssen herausfinden, warum dein Vater so wütend auf mich war, Bobbi Jo. Mir wäre es lieber, dass so etwas nicht noch einmal passiert."

„Ja? Nun, das wird es nicht." Ich sah meinen Vater an, der jetzt viel ruhiger wirkte.

Tyrell wollte die Sache ebenfalls nicht ruhen lassen. „Nein, wir werden das jetzt klären, Bobbi Jo. Wir können so etwas nicht einfach hinnehmen."

Mein Vater grölte: „Lass mich das einfach mit ihm klären."

„Nein." Ich atmete tief durch und spuckte es einfach aus: „Guck, mein Vater hat sich um Dinge gekümmert, um die er sich gar nicht kümmern sollte. Das ist alles. Das war's. Ich werde das regeln und wir werden euch in Ruhe lassen." Ich blickte auf das Auto meines Vaters. „Glaubst du, dass du mit deinem Auto noch fahren kannst, Dad?"

„Ich bin mir nicht sicher", schnaufte er. „Der Junge kann nicht mal richtig fahren. Was für ein -"

Ich unterbrach ihn, bevor er das sagen konnte, was ich befürchtete. „Egal, lass uns gehen. Wir können versuchen, ob es anspringt." Ich schaute zu Tyrell. „Es tut mir leid, Tyrell."

Jasper war der Nächste, der mich daran hinderte, zu gehen. „Warte einen Moment, Bobbi Jo. Du benimmst dich merkwürdig."

„Das tut sie", stimmte Cash zu. „Was ist los, Bobbi Jo?"

„Sag es ihm einfach", sagte mein Vater. „Sag es ihm, dann können wir uns endlich damit auseinandersetzen."

Cash ließ meinen Arm einfach nicht los. „Sag es mir, Bobbi Jo!"

Ich hatte keinerlei Absicht, überhaupt etwas zu sagen – zu niemandem. Nicht, bevor sich die Dinge etwas weiterentwickelt hatten. „Meine dumme Schwester ist das Problem."

„Ich kann mir nicht vorstellen, wodurch sie das hier ausgelöst haben soll", sagte Cash. „Also, klär uns auf."

„Betty Sue hat mich auf Arbeit angerufen", sagte mein Vater.

„Um ihm etwas zu erzählen, was sie absolut nichts anging", fügte ich eilig hinzu.

Dad seufzte, setzte seine Sonnenbrille ab und schaute Cash direkt an. „Junge, du hast meine Tochter geschwängert." Er sah mich streng an. „Da, jetzt ist es raus. Und, was wirst du deswegen tun?"

Cash stand absolut regungslos da. Er sah aus, als ob sich seine Gedanken überschlugen. „Hä?"

Bevor ich etwas sagen konnte, antwortete Dad: „Du wirst Vater, Cash Gentry." Er blickte wieder zu mir. „Und ich bin hier, weil ich wissen will, was er deswegen tun will."

„Nun Daddy, es liegt an mir zu entscheiden, was mit dem Baby passiert. Jetzt lass uns gehen." Ich versuchte zu gehen, doch Cash hielt mich immer noch fest.

Sein Griff wurde sogar noch fester. „Warte eine Sekunde, Bobbi Jo." Er atmete tief durch, während seine Brüder sich hinter ihn stellten.

„Ist schon gut, Cash", beruhigte Tyrell ihn.

„Du machst das schon", fügte Jasper hinzu.

Ich konnte kaum glauben, dass sich alle so sehr um ihn sorgten und weniger um mich. „Nun jedenfalls, ich bin sicher, dass du in Ordnung kommst, Cash. Wir werden jetzt gehen. Komm schon, Dad."

„Warte!" Cash zog mich zu sich heran und sah mir direkt in die Augen. „Bobbi Jo? Bekommen wir ein Baby?"

„*Ich* bekomme ein Baby." Ich erwartete nichts von ihm. „*Ich*, Cash. *Ich* bekomme dieses Baby."

Meine Vater hatte nicht die Absicht, sich herauszuhalten. „Er trägt auch Verantwortung, Bobbi Jo. Das will ich dir die ganze Zeit klarmachen, aber du hörst mir ja nicht zu."

Cash flüsterte: „Ich will es auch, Bobbi Jo. Es ist auch mein Baby."

Mein Vater seufzte erleichtert auf. „Ja, Gott sei Dank. Er will es auch. Halleluja!"

„Können wir später darüber reden, Cash?" Ich wollte das wirklich nicht vor anderen Leuten diskutieren.

„Warum klären wir die Details nicht sofort?", fragte mein Vater. „Cash, bist du dazu bereit?"

„Sicher", sagte Cash. „Ich bin dazu bereit." Er zog mich mit sich. „Lasst uns alle reingehen und dann können wir reden."

„Ich will jetzt nicht reden." Ich würde mich zu nichts zwingen lassen.

Doch mein Vater wollte nachgeben. „Cash, ich weiß nicht, was im Moment im Kopf meiner Tochter vorgeht, aber alles, was ich wissen will, ist: Wirst du meine Tochter heiraten und dich ihr und dem Baby gegenüber richtig verhalten?"

Ich ließ den Kopf hängen und spürte die Hitze, als sich ein Gefühl von Scham, in meinem ganzen Körper ausbreitete. „Nein, Dad. Wir werden nicht -"

Cash unterbrach mich: „Heirate mich, Bobbi Jo Baker."

Ich konnte nicht glauben, was er da sagte. Langsam hob ich den Kopf und schaute ihn an. „Das meinst du nicht ernst."

Er nickte. „Doch, tue ich. Heirate mich."

Mein Vater schrie vor lauter Begeisterung: „Hurra! Jippie! Es wird eine Hochzeit geben! Und ich dachte schon, ich müsste wieder meine Waffe ziehen!"

„Nicht nötig, Sir." Cash trug ein breites Lächeln im Gesicht. „Ich werde ihre Tochter liebend gerne heiraten."

Während die Männer lächelnd Highfives untereinander

austauschten, schien niemand zu bemerken, dass ich Cashs Antrag eigentlich nicht angenommen hatte. „Ähm, Entschuldigung. Ich habe nicht Ja gesagt."

Daddy lachte, hob mich hoch und wirbelte mich herum. „Aber das wirst du, Liebling. Das wirst du! Hurra!"

Cash zog mich von meinem Vater weg und küsste mich auf den Mund. „Wir werden so glücklich sein, Bobbi Jo. Ich schwöre, das werden wir."

Ich konnte kaum sprechen, als mein Vater brüllte: „Sieh dir diesen Ort an. Mein Enkel wird hier leben. Was für ein Los dieses Kind gezogen hat."

Jasper legte mir eine Hand auf die Schulter, während Cash sich noch immer weigerte, mich loszulassen. „Glückwunsch, Bobbi Jo. Eltern zu sein ist die bereicherndste Erfahrung, die man machen kann."

Tyrell nickte. „Ich freue mich für dich, Bobbi Jo."

„Aber ich habe doch gar nicht Ja gesagt." Niemand schien mich zu hören. Ich beugte mich ganz nah an Cashs Ohr, in der Hoffnung, dass er mir dann zuhörte. „Cash, ich werde dich nicht heiraten."

„Was?" Cash schaute mich an, er lächelte immer noch. „Was hast du gesagt, Süße?"

„Ich werde dich *nicht* heiraten." Ich presste meine Hände gegen seine Brust, um ihm klarzumachen, dass ich nicht umarmt werden wollte. „Cash, ich will das alleine machen. Darum hatte ich es auch nicht eilig damit, dir etwas zu sagen. Ich will das alleine machen."

Mein Vater machte ein Geräusch, als sei ein Geysir hochgegangen. „Was zum Teufel sagst du da, Mädchen? Du kannst ein Kind nicht für dich alleine haben. Zuerst einmal, ist es nicht nur dein Baby. Sag es ihr, Cash!"

„Ja, Cash. Sag es mir!" Ich starrte ihn herausfordernd an.

Es war mein Körper, der dieses Baby trug. Cash sah den Ausdruck in meinen Augen. „Ich möchte für dich und das Baby da sein. Willst du das nicht?"

„Ich weiß noch nicht, was ich will. Aber eins weiß ich: Ich werde mich nicht in eine Ehe drängen lassen. Ich werde mich nicht in eine

Beziehung mit dir drängen lassen, Cash Gentry. Es ist mir egal, ob du der Vater bist. Ich werde die Entscheidungen für dieses Kind treffen."

Mein Vater schnaubte. „Das ist doch dumm, Bobbi Jo. Dieser Mann hat einen Haufen Geld."

„Und ich will es nicht. Ich wollte es nie." Ich hatte nicht vor, als Stadtgespräch zu enden: Die Barkeeperin, die den armen Cash Gentry in eine Ehe gedrängt hat, nachdem sie sich hat schwängern lassen, um an sein Geld zu kommen.

„Das hat auch niemand behauptet, Bobbi Jo", flüsterte Cash. „Mädchen, ich *will* dich heiraten. Verstehst du, was ich sage? Ich will das. Ich *will* dich und ich *will* unser Baby. Und ich weiß, dass du das nicht aus Berechnung gemacht hast. Ich weiß aber auch, dass ein Baby beide Elternteile verdient."

„Das ist *mein* Baby", machte ich ihm klar. „Bis ich etwas anderes sage, ist es mein Baby und nur mein Baby. Du weißt doch nicht mit Sicherheit, dass du der Vater bist."

Mein Vater entließ einen Schrei. „Mädchen, wenn du nicht erwachsen und schwanger wärst, würde ich dir hier und jetzt den Hintern versohlen. Du weißt ganz genau, dass dieser Mann der Vater dieses Babys ist. Und ich werde nicht zulassen, dass du ihm etwas anderes weismachen willst."

Cash ließ mich los. Er ging einen Schritt zurück und schaute mir in die Augen. „Bobbi Jo, ich will nicht, dass du etwas tust, was du gar nicht willst. Ich will nur, dass du weißt, dass ich für dich da bin und dass ich das Richtige tun will. Aber ich werde deine Wünsche respektieren."

„Verdammt, Bobbi Jo!", schrie Dad. „Jetzt sieh dir an, was du getan hast. Er will das Richtige tun. Lass ihn!"

Ich ging zu meinem Auto. „Ich fahre jetzt, Dad. Lass dich von einem deiner Deputys fahren, wenn dein Auto nicht anspringt." Ich stieg in mein Auto und fuhr los. Ich vermied es, durch den Rückspiegel in die Gesichter zu schauen, die ich zurückließ.

Keiner von Ihnen wusste, wie ich mich fühlte. Keiner von Ihnen wusste, was es für mich bedeuten würde, einen Mann zu heiraten, der mich nicht nur nicht liebte, sondern mich nicht einmal mochte.

Cash war dazu bestimmt, eine andere Frau zu heiraten. Eine Frau, die Schnecken und Gänseleber essen wollte. Eine Frau, die in allen Dingen etwas Schönes sehen konnte. Sogar Sachen, die schlecht rochen und unbequeme Betten. Ich war nicht diese Frau. Ich war nicht Cashs Traumfrau.

Mein Handy klingelte und die Nummer meiner Schwester erschien auf dem Display. Ich nahm den Anruf entgegen. „Du kleine, hinterhältige Ratte. Ich habe keine Schwester mehr."

Bevor ich auflegen konnte, erwiderte sie: „Ich habe das nicht für dich oder Cash getan. Ich habe es für das Baby getan. Daran solltest du denken, bevor du mich verleugnest, Schwester."

KAPITEL FÜNFUNDZWANZIG

Cash

Ich schaute ihr nach, als sie davonfuhr, dann stolperte ich ins Haus. Ich würde Vater werden. Auch wenn Bobbi Jo das Kind nicht mit mir teilen wollte, ich würde Vater werden.

Ella und Tiffany redeten im Zimmer nebenan leise miteinander, als ich reinkam, um ihnen einige Fragen zu stellen. „Ähm, ich wollte euch nicht unterbrechen, aber ich habe eine Frage, die wohl nur eine Frau verstehen kann.“

Tiffany lächelte mich an. „Sicher, Cash. Raus damit!“

„Also, Bobbi Jo hat mir gerade gesagt, dass sie schwanger ist, und als ich die gefragt habe, ob sie mich heiraten will, hat sie Nein gesagt. Und ich würde wirklich gerne verstehen, warum sie das gesagt hat.“ Ich wippte auf meinen Fußsohlen hin und her und hatte das Gefühl, jeden Moment umzufallen.

Beide rissen ihre Augen weit auf und Ella legte sich die Hand auf den Mund, nachdem sie einen Freudenschrei von sich gegeben hatte. „Wow! Glückwunsch, Cash!“

Tiffany stand auf und nahm mich in den Arm. „Oh mein Gott. Das ist eine große Sache. Eine riesige Sache!“

„Nun, nicht wirklich." Ich ging einen Schritt zurück, damit sie mich los ließ. „Sie will das alleine durchziehen."

Tiffany schüttelte den Kopf. „Sie weiß im Moment nicht, was sie sagt. Glaub mir. Du kannst sie damit nicht alleine lassen, Cash."

„Ich will sie damit nicht alleine lassen, Tiff. Ich will sie. Ich will dieses Baby. Ich weiß nicht, was ich tun soll." Ich war ratlos und fühlte mich wie ein Fisch an Land.

„Sie ist geschockt", sagte Tiffany zu mir. „Das muss es sein."

„Das würde ich auch vermuten. Aber sie war so verdammt ruhig, als sie über die ganze Sache geredet hat." Ich hatte den Eindruck, dass sie bereits seit einer Weile von der Schwangerschaft wusste. „Vielleicht hatte sie schon eine gewisse Zeit, sich an die Tatsache zu gewöhnen, und sie will einfach nichts mit mir zu tun haben. Das tut irgendwie weh."

Ella kaute auf ihrer Unterlippe herum. „Ja, aber du hast sie nach dem Trip verlassen. Vielleicht denkt sie sich, es wäre besser, niemanden zu heiraten, der sie verlassen hat."

Ich hatte vor Bobbi Jo zugegeben, wie falsch ich damit lag. „Was kann ich tun, um ihr zu beweisen, dass das, was ich getan habe, dumm war? Und das ich die Dinge ändern würde, wenn ich es könnte?"

Tiffany zuckte mit den Schultern. „Da du nicht in die Vergangenheit reisen kannst, musst du wohl damit leben. Ich weiß, dass das Mist ist, aber auch ich musste damit klarkommen, was ich getan hatte, und musste Einiges tun, um das wieder hinzubiegen."

„Dann sag mir, wie ich die Dinge wieder hinbiegen kann." Das war alles, was ich wollte.

Ella schüttelte den Kopf. „Nur du kannst wissen, wie du das wieder in Ordnung bringst. Du bist derjenige, der sie liebt."

„Oh." Ich legte mir einen Finger auf die Lippen. „Liebe. Hm."

Tiffany nickte wissentlich. „Sie haben die Worte nie ausgesprochen, Ella."

Ich lächelte. Sie hatte den Nagel auf den Kopf getroffen. „Ja. Wir haben diese Worte nie gesagt. Und ganz ehrlich: Ich bin mir nicht sicher, ob ich ihr schon sagen kann, dass ich sie liebe. Wir kennen uns noch nicht so gut."

Ella seufzte. „Und was hast du dir dann dabei gedacht, sie zu fragen, ob sie dich heiratet?"

„Ja, warum habe ich das getan?" Ich kam mir so dumm vor. „Ich sollte mit ihr reden."

Als ich gehen wollte, ergriff Tiffany meine Hand. „Gib ihr etwas Raum, Cash. Ruf sie an oder schicke ihr besser eine Nachricht und sage ihr, dass du gerne mit ihr reden würdest, wenn sie bereit dazu ist. Und lass sie wissen, dass dein Heiratsantrag etwas voreilig war, aber nur deswegen, weil du dich so sehr über das Baby freust. Kümmert euch gemeinsam um das Baby und dann folgt die Liebe vielleicht später."

„Vielleicht hast du recht." Ich kreuzte die Finger und verließ den Raum.

Jasper sah mich, kam auf mich zu und nahm gab mir eine feste, brüderliche Umarmung. „Komm her du kleiner Mann, du."

„Jasper, ich weiß, du willst mit mir herumalbern, aber jetzt ist nicht die Zeit. Ich versuche gerade einen Weg zu finden, diesen ganzen Mist wieder in Ordnung zu bringen."

Er ließ mich los und boxte mir leicht gegen die Schulter, als Zeichen der Anteilnahme. „Also geht es jetzt nicht mehr nur darum, dein Mädchen zurückzubekommen, sondern du musst sie auch dazu bringen, dich zu heiraten. Was für eine Welt, nicht wahr?"

„Ich habe mit den Mädels gesprochen und ich denke, dass ich es mit der Heiratsnummer etwas langsamer angehen sollte."

Er nickte. „Sie haben wahrscheinlich recht. Rede mit ihr und finde heraus, was sie will, Brüderchen. Dann gib ihr, was immer sie will."

„Ich werde es versuchen." Bobbi Jo war kein gewöhnliches Mädchen. „Sie ist in manchen Dingen eher wie ein Mann. Ich weiß, das klingt komisch, aber es stimmt. Sie ist ehrlich. Sie zieht keine Show ab oder tut so, als sei sie jemand anders. Und ich habe mich aufgeführt, als sei ich deswegen sauer auf sie. Es war ein Fehler. Ein riesiger Fehler."

Jasper klopfte sich gegen das Kinn, während er nachdachte. „Okay. Dann wird das alles vielleicht doch wesentlich einfacher, als ich gedacht habe. Wenn wir es hier mit einer Frau zu tun haben, die wie ein Mann denkt, dann ist das schon die halbe Miete. Ich bin ein Mann. Wir sind nicht ganz sicher, was du bist, aber du machst dich ganz gut."

Ich boxte ihn gegen den Arm. „Kannst du vielleicht für eine Sekunde ernst sein, Arschloch? Ich bekomme ein Baby. Ich würde jetzt gerne mein Leben auf die Reihe kriegen."

Tyrell kam mit einem Bier in der Hand ins Zimmer. „Das habe ich für dich mitgebracht. Habe mir gedacht, dass es dich vielleicht etwas beruhigt. Und den Schmerz dieser rauen Abfuhr etwas mildert. Mann, ich weiß nicht, was ich tun würde, wenn ich so eine Abfuhr bekäme." Er nahm einen Schluck Bier, das eigentlich für mich bestimmt war.

„Gib mir das", maulte ich und riss ihm die dunkle Flasche aus der Hand. „Mann, das ist echt Scheiße."

„Absolut", stimmten mir meine Brüder zu.

Wir setzten uns hin und sie starrten mich an. „Also, sie will das alles alleine durchziehen. Und sie glaubt, dass ich sie nicht mag. Aber ich mag sie. Ich habe es komplett versaut und ich werde es wieder in Ordnung bringen. Und ich würde sagen, dass ich so etwa acht Monate Zeit dafür habe. Was soll ich also tun?"

Jasper schüttelte den Kopf. „Vielleicht solltest du ihr einen Kuchen backen."

Tyrell stieß ihn mit der Schulter an. „Oder ihr ein Haus bauen."

Ich schaute mir die Idioten an, mit denen ich verwandt war. „Die Damen waren um einiges hilfreicher als ihr. Das ist eine ernste Sache. Ich werde Vater. Ich würde mein Kind gerne aufziehen. Aber im Moment sieht es so aus, als wird das nicht passieren."

„Zuerst einmal", sagte Tyrell, „du wirst dein Kind aufziehen. Wenn Bobbi Jo versucht, es dir schwer zu machen, machst du es ihr noch schwerer. Verstehst du, was ich damit sagen will?"

Ich hatte eine Ahnung, was er meinte. „Ich bin schwerer als sie. Ja, ich weiß."

Jasper lachte. „Du Idiot. Du hast genug Geld, um dir die besten Anwälte leisten zu können. Damit schaffst du es ganz sicher, deinen Sohn aufzuziehen. Bobbi Jo hätte gar keine Chance."

Während ich so dasaß und mir alles durch den Kopf gehen ließ, begann ich, die Dinge durch Bobbi Jos Augen zu sehen. „Glaubt ihr, sie weiß das über mich?"

„Dass du Anwälte anheuern kannst, um dein Kind zu bekommen?", fragte Tyrell. „Ähm, ja. Natürlich weiß sie das."

„Glaubt ihr, dass das etwas damit zu tun hat, dass sie gesagt hat, sie will das alleine machen?" Ich konnte verstehen, dass sie sich Sorgen darum machte, dass ich der Mann sein würde, der einer Frau ihr Kind wegnahm, einfach weil er es konnte. „Sie hat etwas davon gesagt, dass ich der typische reiche Mann sei. Sie sagte, sie habe das auf unserem Trip in meinen Augen gesehen."

Jasper nickte. „Das haben wir alle, Cash. Mir gefällt das an mir auch nicht, aber wir alle haben es in uns. So, als wäre es in unseren Genen. Unser Großvater hat diesen Mist vererbt. Dad hat sich davon nicht beeindrucken lassen. Ich traue uns also zu, dass wir das tun können, was Dad getan hat. Wir können dieses Arschloch-reicher-Mann-Gen überwinden, wenn wir wollen. Oder wir können ihm nachgeben und wie Collin Gentry werden."

Ich wollte nie wie dieser Mann werden. „Ich werde nicht zulassen, dass mir das passiert. Ich habe es auch gefühlt. Es hat mich aufgeregt, dass Bobbi Jo nicht jede verdammte Sache gut fand, die ich für sie getan hatte. Ich habe vornehme Gerichte im Waldorf bestellt und sie hat bei ihrem Anblick nur den Kopf geschüttelt. Sie hat sie nicht einmal probiert. Und ich habe mich deswegen über sie geärgert. Die Sache ist nur, dass ich gar nicht weiß, warum ich mich darüber geärgert habe. Nachdem ich mir diese verdammte Schnecke in den Mund gestopft hatte, um ihr zu zeigen, wie die andere Hälfte lebt, habe ich mich beinahe übergeben."

Jasper nickte. „Ich wette, das hast du."

„Es stimmt." Ich war so dumm. „Aber ich habe dieses eklige Ding zerkaut und runtergeschluckt. Und wisst ihr, was ich dann gemacht habe?"

Tyrell verzog das Gesicht. „Du bist ins Bad gerannt und hast dich übergeben?"

„Nein", sagte ich und schüttelte den Kopf. „Ich habe noch drei gegessen, nur um ihr zu beweisen, wie gut sie schmeckten. Was sie nicht getan haben. Und dann habe ich das Gleiche mit der Gänseleberpastete gemacht. Ich habe sie beinahe komplett aufgegessen, während sie mich angeekelt angeguckt hat. Warum? Ich habe keine Ahnung. Und dann war ich Idiot sauer auf sie, weil sie sie selbst war. Bis vor einer Woche oder so dachte ich, dass sie nicht die Frau sei, die ich in meinem Leben brauchte. Ihr wisst schon, eine Frau, die alles tut, was ich will."

Tiffanys Stimme erklang, als sie und Ella den Raum betraten. „Wie langweilig wäre das denn, wenn eine Frau alles tun würde, was du willst?"

Tyrell nickte. „Ja. Bist du auf der Suche nach einer Roboterehefrau, oder was?"

„Nein." Ich war überhaupt nicht auf der Suche nach einer Ehefrau – jedenfalls bis heute. „Ich weiß nicht, was ich mir gedacht habe. Aber ich weiß, dass ich Bobbi Jo mag. Ich habe sie sehr gern. Und dass sollte für den Moment genug sein."

Mir fiel plötzlich ein, dass ich mein Handy im Auto liegen gelassen hatte. Ich sprang auf und wollte es holen. Doch als ich die Haustür öffnete, war das Auto weg. Tyrell stand direkt hinter mir. „Es wurde bereits abgeholt und in die Werkstatt gebracht."

„Mein Telefon war noch da drin." Ich sackte zusammen und lehnte mich gegen die Hauswand.

Tyrell bewegte seinen Kopf zur Seite. „Nimm ein anderes Auto und hole es. Oder noch besser: Geh zu Bobbi Jo. Sie wird jetzt nicht auf Arbeit sein. Und ich wette, sie würde gerne hören, was du zu sagen hast. Lass sie wissen, dass du ihr den Raum gibst, den sie braucht, aber dass du für sie da sein wirst, wenn sie dich braucht."

„Ja, vielleicht." Ich schaute meinen großen Bruder an. „Tyrell, das ist wirklich schwer für mich. Innerlich hüpfe ich auf und ab. Ich bin so glücklich über das Baby. Das ich das aber nicht mit der Mutter des Kindes feiern kann, damit komme ich nicht so gut klar."

„Du bist ein guter Mann, Cash." Tyrell klopfte mir auf den Rücken. „Und du wirst ein großartiger Vater sein. Sie wird das erkennen. Sei einfach du selbst und zeige ihr, dass sie ein Baby mit dem richtigen Mann bekommt."

„Ich will sie heiraten." Ich wusste nicht, ob das richtig oder falsch war, aber ich wollte es. „Aber ich schätze, ich behalte das besser noch eine Weile für mich, oder?"

„Das solltest du vielleicht, ja."

Wer hätte gedacht, dass es das Beste war, ihr keinen Heiratsantrag zu machen?

KAPITEL SECHSUNDZWANZIG

Bobbi Jo

Mein Zwilling war bisher vielleicht der Mensch, der mir von allen am nächsten stand, doch jetzt gab es mein kleines Baby. Ich wusste, dass mir dieser Mensch noch näher stehen würde. Und die Tatsache, dass meine Schwester glaubte, sie wüsste, was das Beste für mein Baby sei, machte mich richtig wütend.

Ich stürmte in unser Haus und direkt in unser Zimmer, wo ich meine Schwester fand. Sie lag auf dem Bett und schaute unschuldig auf ihr Telefon, als könnte sie kein Wässerchen trüben. „Bevor du etwas sagst, Bobbi Jo, solltest du wissen, dass es mir kein bisschen leid tut, was ich getan habe."

„Wäre ich nicht schwanger, würde ich dir jetzt noch sehr viel Schlimmere Dinge antun als damals, als du Cash geküsst hast." Ich ballte meine Fäuste und hätte sie ihr liebend gern ins Gesicht gehauen.

Sie legte ihr Handy zur Seite, setzte sich aufrecht hin und sah mich an. In ihrem Gesicht war nicht der Hauch von Reue zu erkennen. „Warum setzt du dich nicht hin, Schwesterchen?"

„Warum springst du nicht von einer Brücke, Schwesterchen?" Ich atmete tief durch, um mich zu beruhigen. „Sag mir einfach, warum du den Abfall im Badezimmer durchsucht hast, um zu finden, was du gefunden hast."

„Ich wollte ihn rausbringen. Ich habe den Test nur zufällig entdeckt." Sie lächelte. „Und eins kann ich dir sagen. Als ich ihn gefunden habe, hat mein Herz angefangen zu rasen und ich war so glücklich wie noch nie. Wie noch nie, Bobbi Jo. Das sind tolle Neuigkeiten. Warum wolltest du das verheimlichen?"

Ich setzte mich auf meinen Schreibtischstuhl. „Da sind noch die Probleme mit dem Kindsvater, die ich berücksichtigen muss, Betty Sue. Es gibt nicht nur schwarz und weiß, sondern auch eine ganze Menge grau. Und ich wollte erst noch ein wenig Zeit haben, bevor ich etwas sage. Und das hast du mir genommen. Du hast mir das gestohlen, Betty Sue. Und dir tut es noch nicht einmal ein kleines bisschen leid."

„Er hat verdient, es zu erfahren."

„Betty Sue, du hast es nicht *Cash* erzählt. Du hast es unserem *Vater* erzählt. Weißt du, was er getan hat?"

Sie schüttelte den Kopf. „Ich hatte die Hoffnung, dass er dir ins Gewissen reden würde."

„Nun, diese Hoffnung hat sich wohl nicht erfüllt." Ich schüttelte den Kopf und konnte einfach nicht glauben, wie schief alles gelaufen war. „Du hättest wissen müssen, was für ein Hitzkopf unser Vater ist, Betty Sue. Er hat Cash nicht nur eine Waffe vorgehalten, er hat sogar auf ihn geschossen."

Sie sah mich ungläubig und mit großen Augen an. „Du verarschst mich!"

„Nein." Ich legte mir die Hand auf den Bauch, etwas, das ich mir angewöhnt hatte, seit ich von dem Baby erfahren hatte. „Deinetwegen hätte der Vater dieses Kindes getötet werden können. Noch bevor ich entschieden hätte, was ich seinetwegen tun soll."

„Und, was willst du seinetwegen tun?", fragte sie.

„Ich weiß es nicht", sagte ich. „Er mag mich nicht. Ihm gefällt nicht, was für eine Person ich bin. Und ich werde mich nicht komplett ändern, nur um ihm zu gefallen. Nicht für ihn oder für einen anderen Mann. Ich finde mich gut, so wie ich bin. Wenn es ihm nicht gefällt, dass ich so geradeheraus bin, dann muss er sich nicht mit mir abgeben. Das ist für mich in Ordnung."

„Aber es ist sein Kind, Bobbi Jo. Er verdient es, eine Rolle im Leben seines Kindes zu spielen."

Ich verstand das. „Ich habe nie gesagt, dass ich ihn vollkommen außen vor lassen will. Aber ich bin erst wenige Wochen schwanger. Es ist noch viel Zeit, in der ich für mich sein kann. Aber das scheint jetzt vorbei zu sein. Es kommt mir vor, als müsse ich Cash jetzt in meine Nähe lassen, obwohl das Baby noch gar nicht geboren ist. Und ich glaube nicht, dass einer von uns beiden dabei glücklich wird. Der Junge dachte, er müsste mir einen Heiratsantrag machen. Was sagt das denn über ihn aus?"

„Was sagt das über dich aus?", fragte sie und schaute mich besorgt an.

„Dass ich eine starke Frau bin, die dieses Baby auch alleine und ohne Hilfe bekommen kann."

Sie schüttelte den Kopf. „Du hast Wahnvorstellungen."

„Habe ich nicht", antwortete ich. „Was ist mit all den Müttern da draußen, die ein Kind auch ohne den Vater großziehen? Sie schaffen das ganz alleine. Und sie haben weit weniger Ressourcen als ich. Ich habe jetzt mein eigenes Geschäft. Ich kann mir meine Arbeitszeit selbst einteilen und ich muss mir keine Sorgen wegen eines Babysitters machen. Ich kann ihn überall mit hinnehmen."

Sie sah verärgert aus. „Also hast du nicht einmal vor, unsere Hilfe anzunehmen?"

„Wessen? Deine, Moms und Dads?", fragte ich.

„Ja", sagte sie und nickte mit dem Kopf.

„Nun, du kannst gerne mit ihm spielen, aber ich *brauche* dich nicht. Ich *brauche* keinen von euch. Habe ich das noch nicht deutlich gemacht?" Ich verstand nicht, warum sich alle so schwer damit taten, dass ich alles unter Kontrolle hatte.

„Und was ist mit Cash? Darf er auch mit seinem eigenen Kind *spielen*? Oder darf er der *Vater* sein, der er sein sollte?", fragte sie.

„Ich weiß es noch nicht", gab ich zu. Ich hatte noch nicht die Zeit, wirklich darüber nachzudenken. Cash hatte kaum angefangen, wieder mit mir zu reden. Woher sollte ich wissen, was die Zukunft bereithielt.

Betty Sue schien sich über mich zu ärgern und kratzte sich am Kopf. „Bist du dir nicht darüber bewusst, wie viel Geld dieser Mann hat? Weißt du nicht, dass er das Sorgerecht für dieses Kind erhalten kann und dich aus seinem Leben streichen kann?"

„Aber das würde er nicht tun. Er ist kein Monster." Ich kannte Cash besser.

„Ach so, du weißt also, wie dieser Mann darauf reagieren wird, wenn du ihm nicht erlaubst, sein Kind zu sehen?" Sie lachte. „Ich denke, du unterschätzt ganz gewaltig, wozu ein Elternteil fähig ist, wenn es sein Kind nicht sehen darf. Das kann richtig hässlich werden, Bobbi Jo. Du solltest langsam die Realität deiner Situation anerkennen und aufhören, nur in deinen eigenen Standards zu denken. Du hast nicht wirklich so viel Macht über dieses Baby, wie du glaubst."

„Ich bin diejenige, die dieses Baby austrägt. Ich trage es in mir." Ich wusste, dass ich die Oberhand hatte.

„Du trägst es für den Moment. Klar, das kann dir niemand abnehmen. Aber dieses Baby wird nicht ewig sicher in dir stecken." Sie legte den Kopf zur Seite. „Du hast noch etwa acht Monate. Und was willst du dann tun?"

„Das habe ich mir noch nicht überlegt. Aber das werde ich. Ich meine, das muss ich. Aber im Moment möchte ich einfach meine Ruhe." Ich wollte doch nicht zu viel. Ich wollte lediglich etwas Zeit allein mit meinem Baby. Das Kind war ja noch nicht einmal auf der Welt. Was sollte denn das ganze Theater?

Es klopfte an der Haustür und Betty Sue sprang auf, um die Tür zu öffnen. „Ich frage mich, wer das wohl ist."

Ich folgte ihr und atmete tief durch, als sich die Tür öffnete. Cash stand da. „Woher weißt du, wo ich wohne?", fragte ich ihn, während Betty Sue schnell verschwand.

„Ich war beim Büro des Sheriffs, und dein Vater war mehr als glücklich, mir zu helfen." Er kam herein und schloss die Tür hinter sich. „Ich bin nicht hier, um dich zu irgendwas zu drängen. Ich will, dass du das weißt. Ich habe nur das Gefühl, dass du mir zuhören solltest. Also, sag jetzt nichts und hör einfach nur zu, okay?"

Ich stand mit verschränkten Armen vor ihm und wartete.

„Okay?", fragte er noch einmal.

„Du hast gesagt, ich solle nichts sagen. Darf ich mich hinsetzen?"

Er nickte. „Ja." Er setzte sich in den Fernsehsessel meines Vaters und ich nahm auf dem Sofa Platz. „Ich wollte dir nur sagen, dass ich völlig begeistert wegen des Babys bin. Ich war vorhin völlig überwältigt und wollte dich einfach nur in den Arm nehmen und dich küssen. Ich wollte diese fröhliche Nachricht mit dir feiern. Und als du gegangen bist und mich außen vor gelassen hast, hat sich das für mich so falsch angefühlt."

Ich nickte. „Ja, das verstehe ich. Um ehrlich zu sein, ich hatte nicht gedacht, dass du dich freuen würdest."

„Das hat mich auch überrascht." Er lächelte und mein Herz raste. „Bobbi Jo, ich weiß, dass mein Verhalten in New York dich dazu gebracht hat, zu glauben, dass ich dich nicht mag. Aber Süße, ich mag dich. Ich mag dich mehr, als ich jemals jemanden gemocht habe. Ich glaube, mit der Zeit könnten wir uns sogar ineinander verlieben."

Ich wusste nicht, was ich sagen sollte. Aber dann dachte ich an das Baby. „Und wenn wir uns nie ineinander verlieben, was dann?"

„Dann bleiben wir Freunde."

„So wie am Anfang?", fragte ich. „Freunde mit gewissen Vorzügen?"

Er lächelte mich an. „Das war nicht so schlecht, oder?"

Das wäre jetzt nicht mehr genug. „Cash, ich habe dich auch gemocht. Ich weiß nicht, ob ich das noch tue. Mir hat nicht gefallen, wie du dich benommen hast. Du hast Schnecken gegessen und so getan, als schmeckten sie dir, um Himmels Willen."

Er rieb sich die Augenbraue und blickte düster. „Ja, ich weiß. Ich kann nicht erklären, was ich damit beweisen wollte. Meine Brüder und ich haben darüber gesprochen. Wir vertreten die Ansicht, dass, wann immer wir uns wie Arschlöcher verhalten, die Gene unseres Großvaters daran schuld sind."

„Das kann ich verstehen." Ich konnte nicht anders, als zu lächeln. „Und ich kann verstehen, dass du ewig damit Probleme haben wirst. Und das ist in Ordnung. Du bist, wer du bist, daran kannst du nichts ändern. Es ist nur, dass ich davon kein Teil sein will."

Sein Blick sank zu Boden. „Du willst kein Teil von mir sein?"

Ich schüttelte den Kopf. „Nein, will ich nicht."

Ich habe noch nie so viel Schmerz in dem Blick eines anderen gesehen. Sogar Cashs Brustkorb fiel in sich zusammen, als er sich nach hinten lehnte. „Verdammt."

Ein Teil von mir fühlte sich furchtbar, ihm das angetan zu haben. „Guck nicht so, Cash. Nur weil ich kein Teil von dir sein will, heißt das nicht, dass da draußen keine Frau für dich ist. Es muss eine Frau geben, die dem entspricht, was du suchst. Ich bin ich. Ich habe meine Gewohnheiten. Ich habe Meinungen und kein Problem damit, diese auch zu äußern. Ich sage, wenn ich etwas mag oder wenn ich etwas nicht mag."

„Ich will gar kein Mädchen, das so tut, als würde es Dinge mögen, die ich mag, Bobbi Jo." Er sah mich an und ich konnte seinen Schmerz ganz deutlich erkennen. „Ich weiß, dass ich mit dem, was ich von dir wollte, falsch lag. Es war falsch von mir, nach unserer Rückkehr nicht mehr mit dir zu reden. Und ich weiß, dass es auch falsch ist, das hier zu tun. Aber ich werde gehen und dir alles geben, was du willst: die Freiheit, dieses Baby ganz alleine zu bekommen. Aber ich werde das nur tun, wenn es das ist, was du wirklich willst."

Während ich da saß und ihm zuhörte, wie er mir versprach, mir alles zu geben, was ich wollte, obwohl er etwas ganz anderes wollte, wurde ich wütend. „Cash, glaubst du wirklich auch nur für eine Sekunde, dass ich von dir erwarte, eine Person zu sein, die ich mich weigere zu sein? Ich bin keine Heuchlerin. Und mir gefällt nicht, dass du mich für eine hältst. Sei du selbst, okay? Du sagst, was immer du sagen willst, okay?"

„Du willst also, dass ich tue, was ich tun will, ohne Rücksicht darauf zu nehmen, wie du dich dabei fühlst?", fragte er mich.

Ich wusste nicht, was ich wollte. Aber ich wusste, dass sich niemand verbiegen sollte, nur damit ich zufrieden war. Nicht, wenn ich mich auch für niemanden verbiegen würde. „Sei du selbst, Cash. Ich bleibe ich und du bleibst du."

„Dann will ich für dich und unser Baby da sein. Ich werde dir den Freiraum geben, den du willst, aber letztlich will ich dem Baby ein Vater sein und ich möchte dich unterstützen, Bobbi Jo. Ich werde dich auf jede notwendige Weise unterstützen. Du musst mir nur sagen, was du brauchst oder möchtest, und ich werde es tun."

„Und wenn ich sage, dass ich in Ruhe gelassen werden will?" Ich stellte ihm diese Frage, weil ich genau das wollte – jedenfalls für den Moment.

Er stand auf und ging zur Haustür. „Ich verstehe. Du weißt, wo du mich findest und du hast meine Nummer. Ruf an, schreibe mir eine Nachricht, oder komm einfach vorbei. Ich will dich, Bobbi Jo. Ich mag dich, Bobbi Jo. Und ich glaube, dass ich dich sogar lieben könnte – mit der Zeit. Und wenn du mich fragst, ich denke, dass du mich ebenfalls lieben könntest. Aber ich werde nichts erzwingen. Nun, das stimmt nicht ganz. Ich werde eine Sache erzwingen. Ich *werde* der Vater dieses Kindes sein. Auch, wenn ich darum kämpfen muss. Ich werde dieses Kind nicht im Stich lassen. Niemals. Und niemand wird mich dazu bringen, das zu tun. Ich liebe es bereits." Dann verließ er unser Haus.

Ich saß regungslos da, die Hand auf meinem Bauch. „Hast du das gehört? Er liebt dich bereits. Das tue ich übrigens auch."

Wenn wir jetzt noch Liebe füreinander finden könnten.

KAPITEL SIEBENUNDZWANZIG

Cash

Eine ganze Woche war vergangen, ohne dass Bobbi Jo versucht hatte, mit mir zu reden. Ich wollte das Versprechen, das ich ihr gegeben hatte, halten, aber etwas sagte mir, dass ich ihr dennoch in gewisser Weise zeigen sollte, dass ich an sie dachte.

Also sprangen meine Brüder und ich in unseren Privatjet und flogen nach Maine. „Ihr werdet den Hummer im Docks Boathouse lieben." Mein Plan war, ihr etwas von diesem köstlichen Essen, das Bobbi Jo und ich fantastisch fanden, mitzubringen.

Jasper sah müde aus und hatte sich auf seinem Sitz ausgebreitet. „Aber deswegen extra nach Maine, Brüderchen? Warum so weit? Kannst du nicht in unserer Nähe einen tollen Hummer herholen?"

„Nein." Ich schaute durch das Fenster in den Himmel. „Außerdem braucht sie das. Damit kann ich ihr zeigen, wie weit ich für sie gehe, um etwas für sie zu tun. Es soll ihr zeigen, dass es keinen Grund gibt, mich auszuschließen."

Tyrell schaute auf seiner Seite aus dem Fenster. „Ich finde, das ist eine tolle Idee. Du musst etwas tun. Dieses Mädchen ist stur genug, dich so lange außen vor zu lassen, bis sie es nicht mehr vermeiden kann, sich mit dir auseinanderzusetzen."

Jasper setzte sich auf, ein Lächeln lag auf seinen Lippen. „Oh, das sollte ich euch ja erzählen, habe ich ganz vergessen. Tiffany hat vor, für Bobbi Jo eine Überraschungsbabyparty zu organisieren, wenn sie im siebten Monat ist. Sie sagt, zu diesem Zeitpunkt werden Babypartys üblicherweise veranstaltet."

„Ella wollte auch wissen, wann wir anfangen, das Kinderzimmer einzurichten, Cash", sagte Tyrell. „Du musst dir über all das Gedanken machen. Egal was kommt, dieses Baby braucht auch ein Kinderzimmer in unserem Haus."

Ich kaute auf meiner Unterlippe herum und dachte darüber nach. „Ich möchte Bobbi Jo auch eine Suite bei uns anbieten. Egal, ob sie mit mir zusammen sein möchte oder nicht, ich würde gerne, dass wir zusammen wohnen, damit wir das Kind gemeinsam großziehen können."

„Dann lade sie ein, bei uns zu wohnen", sagte Tyrell. „Ich halte das für eine großartige Idee."

Jasper schaute etwas weniger begeistert aus. „Was, wenn du und Bobbi Jo nie wieder zusammenkommt? Was, wenn du eine andere kennenlernst? Was, wenn *sie* einen anderen kennenlernt? Gemeinsam in einem Haus zu leben, in deinem Haus zu leben, ist dann vielleicht keine so gute Idee."

„Ich habe nicht vor, eine andere kennenzulernen." Ich hoffte, dass Bobbi Jo ihre Meinung noch ändern würde. „Ich *kann* sehr charmant sein, weißt du? Ich denke, dass ich sie zurückgewinnen kann, wenn sie mir erlaubt, in ihrer Nähe zu sein."

Tyrell lachte. „Sie ist eine Realistin, Cash. Sie hat deine charmante Seite gesehen, weiß jetzt aber auch, wie du wirklich bist."

„Wie kann sie wissen, wie ich wirklich bin, wenn *ich* das noch nicht einmal weiß?" Meine Entwicklung als Person war noch nicht abgeschlossen. „Ich bin noch nicht fertig. Das hier ist nicht das Endresultat."

Jasper zuckte mit den Schultern. „Was ist mit ihr? Was, wenn sie einfach nichts mehr von dir will?"

Ich lachte. „Sie wird was von mir wollen."

„Das sind ganz schön viele Vermutungen und Hoffnungen", sagte Tyrell. „Vielleicht solltest du ihr anbieten, ihr ein Haus zu kaufen?"

„Das würde sie nicht zulassen." Da war ich mir sicher. „Und das würde auch überhaupt nicht helfen. Ich will, dass wir unter einem Dach leben. Ich will, dass wir gleich viel Zeit mit unserem Kind verbringen. Und ich will nicht, dass einer von uns auch nur eine einzige Sache verpasst, wenn es um das Kind geht."

„Etwa, mitten in der Nacht aufstehen, um es zu füttern?", fragte Jasper.

Ich nickte. „Ja, auch das."

„Du wirst also auf wundersame Weise dazu in der Lage sein, das Baby zu stillen, kleiner Bruder?", fragte Tyrell grinsend.

„Ihr wisst, was ich meine." Und ich hatte keine Ahnung, ob Bobbi Jo vorhatte, zu stillen. „Ich kann ein Fläschchen benutzen, auch wenn *sie* sich dazu entscheidet, zu stillen."

Jasper brachte einen Gedanken zum Ausdruck. „Nicht alle Mütter wollen, dass ihr Baby von Beginn an ein Fläschchen bekommt. Was willst du dann machen?"

„Ich werde mich darum kümmern, wenn es soweit ist", schnaubte ich und verschränkte die Arme vor der Brust. „Sie muss einziehen. Ich werde das zu einer Bedingung machen oder so etwas. Ich will mein Kind in meinem Haus und nirgendwo anders."

Meine Brüder schauten sich an und brachen in lautes Gelächter aus. Sie fanden mich lächerlich. Aber ich wollte mein Kind bei mir zu Hause haben. Und Bobbi Jo würde sich zumindest mit einigen Dingen einverstanden erklären, die ich wollte.

Wir verbrachten die restliche Zeit des Flugs schweigend, während ich mir einige Sachen durch den Kopf gehen ließ. Bobbi Jo war noch nicht einmal im zweiten Monat und schon musste man so viele Dinge planen.

Als wir zum Restaurant kamen, hatte ich eine Erleuchtung. „Ich frage mich, ob der Koch mir das Rezept für die Hummerröllchen gibt. Dann komme ich nicht nur mit dem Essen zurück, sondern auch mit einem Rezept, das sie verwenden kann, wenn sie den Grill in der Bar eröffnet."

Tyrell nickte. „Das wäre ein schönes Geschenk."

Ich würde also nicht nur mit tollem Essen zurückkehren, sondern auch mit einer Sache, die dafür sorgen würde, dass ihr Grill hervorsticht. Ich würde schon dafür sorgen, dass Bar und Grill ein Erfolg werden.

Wir aßen, nahmen eine Kühlbox voll köstlicher Meeresfrüchte für Bobbi Jo und das Rezept und gingen zurück zum Flugzeug. Ich war ganz aufgeregt, sie wiederzusehen. Ich schickte ihr eine Nachricht und fragte, ob ich sie später abholen und zu mir bringen dürfte. Ich sagte, dass ich eine Überraschung für uns beide hätte. Es war Montag und ich wusste, dass sie nicht arbeitete, denn montags war die Bar geschlossen.

Sie schickte mir eine Antwort und sagte, dass sie auf mich warten würde. Ich fand das einen vielversprechenden Anfang. Bobbi Jo wollte meist nicht ohne ihr eigenes Auto irgendwohin. Denn so konnte sie immer weg, wenn sie wollte.

Meine Hoffnungen stiegen, als wir den kleinen, städtischen Flughafen in Carthage erreichten, ich die Kühlbox ins Auto lud und mich auf den Weg zu Bobbi Jo machte. Meine Brüder fuhren nach Hause. Ich hatte das Gefühl, sehr gut vorbereitet zu sein, und war mir sicher, dass sie mit meinen tollen Plänen einverstanden sein würde.

Ich parkte den Wagen vor dem Haus ihrer Eltern, stieg aus und ging zur Tür. Sie öffnete, bevor ich überhaupt anklopfen konnte. „Ich bin fertig."

„Okay." Ich war etwas überrascht. „Du siehst heute hübsch aus, Bobbi Jo."

„Danke." Sie ging direkt zum Truck und stieg auf der Beifahrerseite ein.

Die Sitze waren ganz schön hoch und es gab keine Stufe, die ihr den Einstieg erleichtert hätte. Also stellte ich mich hinter sie, um ihr zu helfen. Ich legte ihr meine Hände auf die Hüften und hob sie hoch. „Hier, bitte."

„Danke." Nachdem ich ihr geholfen hatte, schloss sie schnell die

Autotür. Nachdem ich eingestiegen war, blickte sie auf die Kühlbox, die auf dem Rücksitz stand. „Wo bist du gewesen?"

„Maine", antwortete ich grinsend. „Ich habe dir etwas mitgebracht, von dem ich weiß, dass du es dir niemals selbst geholt hättest."

Sie seufzte und spielte mit ihren Händen. „Das war sehr aufmerksam von dir."

„Ich habe nur an dich gedacht, Bobbi Jo." Ich fand, dass ich die Tatsache offenlegen sollte, dass sie sich die ganze Woche nicht gemeldet hatte. „Ich habe deine Stimme letzte Woche vermisst."

„Oh."

Ich vermutete, dass die Hormone etwas mit ihrer Stimmung zu tun hatten. „Und, wie war deine Woche, Bobbi Jo?"

„Voll." Sie seufzte schwer. „Das Gesundheitsamt will mir keine Erlaubnis geben, bevor ich einige große Veränderungen an der Bar durchgeführt habe. Ich habe einen Bauunternehmer kontaktiert, wegen eines Kostenvoranschlags. Und der ist höher ausgefallen, als ich bezahlen kann. Es sieht also so aus, als sei der Grill gestrichen."

„Das muss doch nicht sein." Ich war noch immer dazu bereit, eine Partnerschaft mit ihr einzugehen. „Ob wir es nun geplant hatten oder nicht, wir bekommen ein Kind zusammen. Da können wir doch auch ein Geschäft zusammen haben. Wir können die komplette Bar umbauen, wenn du willst."

Sie sah mich aus dem Augenwinkel an. „Wenn du als Partner einsteigen willst, dann nur mit der gleichen Summe, die ich aufbringen kann. Das wäre der ungefähre Wert der Bar, plus dem Geld, das ich von der Bank habe. Mehr kann ich von dir nicht nehmen. Und rechnet man die Arbeiten am Gebäude und die Kosten für den Grill dazu, dann belaufen sich die Kosten auf über dreihunderttausend Dollar. Das ist einfach nicht machbar."

„So wie ich das sehe, hat dir dieser Bauunternehmer ganz schönen Mist erzählt." Ich wusste, dass diese Summe nicht stimmen konnte. „Ich werde einen finden, der einen realistischen Betrag berechnet. Wir kriegen diesen Grill, mach dir keine Sorgen. Und ich habe für den Anfang sogar ein paar Rezepte. Etwa die Hummerröllchen." Ich gab ihr mein Telefon, auf dem ich die Rezepte gespeichert hatte. „Der Koch hat mir das Rezept gegeben und mir erlaubt, es zu verwenden. Und was die anderen betrifft, wir können kleine Steak-Stückchen servieren und sie Whisper Bissen nennen. Das Fleisch dafür können wir liefern. Wir können einige Rinder für den Grill auf einer getrennten Weide halten und dafür sorgen, dass sie ausschließlich Gras fressen. Tiere aus Weidehaltung, darauf achten die Leute heutzutage."

„Du hast dir offensichtlich viele Gedanken über mein Geschäft gemacht." Sie drehte ihren Kopf so, dass sie mich ansehen konnte. „*Mein* Geschäft, Cash."

Ich nickte. „Überschreite ich damit meine Grenzen, Bobbi Jo?"

„Vielleicht. Wenn ich dir sage, was ich zu sagen habe, nimmst du deine Angebote vielleicht wieder zurück." Sie senkte den Kopf und spielte nervös mit den Händen.

Ich wollte, dass sie sich wohler fühlte. „Süße, ich will gar nichts zurücknehmen. Ich möchte sogar, dass du auch auf die Farm ziehst. Ich möchte dir deine eigene Suite geben. Wir können das Kinderzimmer zwischen unsere Zimmer legen. Und vielleicht entscheidest du dich eines Tages dazu, in mein Zimmer umzuziehen, falls wir merken, dass wir wieder zusammen sein wollen."

„Du willst das alles vielleicht gar nicht, Cash." Sie fing an zu weinen und ich fuhr rechts ran.

„Bobbi Jo, was ist los?"

Sie schüttelte nur den Kopf und hörte nicht auf, zu weinen. Und ich hatte nur noch einen Gedanken:

Geht es dem Baby gut?

KAPITEL ACHTUNDZWANZIG

Bobbi Jo

Der Morgen war nicht gut verlaufen. Ich versuchte mir weiterhin einzureden, dass alles aus einem bestimmten Grund passierte. Aber das half nicht viel. Egal, wie oft ich mir das sagte, es tat noch immer weh.

Cash musste rechts ranfahren. Sein Gesichtsausdruck war voller Mitgefühl, als er fragte: „Bobbi Jo, was ist los?"

Ich war mir nicht sicher, wie ich es sagen sollte. Und die Schluchzer erschwerten mir das Sprechen. „Ich ..." Mehr bekam ich nicht raus, bevor sich ein Kloß in meinem Hals bildete.

Er löste seinen Sicherheitsgurt und rutschte zu mir herüber. Seine starken Arme, die sich um mich legten, fühlten sich gut an. Ich vergrub mein Gesicht in seiner Brust und er tröstete mich. „Komm schon, Süße. Du kannst mir sagen, was los ist."

Allein durch seine Umarmung fühlte ich mich schon besser. Aber nur ein wenig. „Cash, ich weiß nicht, ob ich noch schwanger bin. Ich bin heute Morgen aufgewacht und da war Blut in meinem Höschen. Ich ging auf die Toilette und da kam noch mehr Blut. Ich hatte zuhause keinen Schwangerschaftstest. Wir kriegen vielleicht gar kein

Baby. Ich habe es vielleicht verloren oder verliere es. Es ist noch so winzig. Darum wollte ich es auch niemandem erzählen. Ich wollte bis zum dritten oder vierten Monat warten."

„Wir fahren sofort zur Notaufnahme." Er küsste mich auf den Kopf. „Du lehnst dich zurück und machst dir keine Sorgen."

„Ich glaube nicht, dass das als Notfall gilt, Cash." Ich versuchte mit dem Weinen aufzuhören und auf der Suche nach einem Taschentuch öffnete ich das Handschuhfach.

„Für mich ist es ein Notfall." Er griff in das Seitenfach der Fahrertür und reichte mir einige Servietten. „Hier, bitte."

„Danke." Ich putze mir die Nase und wischte meine Augen trocken. „Cash, falls ich nicht schwanger bin, erwarte nicht von dir, dass du weiterhin zu dem stehst, was du gesagt hast."

„Ich *will* dein Partner sein." Er schaute mich an, während er nach links in Richtung Krankenhaus abbog. „Und ich *will* mit dir zusammen sein, Bobbi Jo. Egal, ob du mein Baby bekommst oder nicht. Ich will dich."

„Wirklich?" Ich konnte das nur schwer glauben. „Obwohl ich mich von dir abgewandt und dir überhaupt keine Chance gegeben habe? Du willst immer noch mit mir zusammen sein?"

Ja." Er nahm meine Hand in seine. „Die ganze Sache hat mir eines deutlich gezeigt, ich vermisse dich jeden Tag. Ich will dich nicht vermissen. Ich will dich bei mir haben. Ich will dich jeden Tag bei mir haben."

Bevor wir Schluss gemacht hatten, war er jeden Abend in die Bar gekommen, um mit mir abzuhängen. Auch, wenn wir später nicht im Bett gelandet sind. „Ist das dein Ernst?"

Er nickte. „Ich meine das ernst. Ich genieße deine Gesellschaft. Und meine Entschuldigung war absolut ehrlich gemeint. Und wenn ich dich daran erinnern darf, ich habe mich entschuldigt, bevor ich von der Schwangerschaft wusste. Ich habe das nicht nur wegen des Babys gesagt. Ich habe das gesagt, weil ich dich will. Und weißt du, was ich noch sagen kann und es auch so meine?"

„Nein." Ich versuchte es in meinen Kopf zu bekommen, dass er auch ohne Baby mit mir zusammen sein wollte.

„Ich bin deinetwegen nach Maine geflogen. Ich kann nicht aufhören, an dich zu denken. Und das bedeutet etwas für mich." Er drückte meine Hand. „Es bedeutet, dass ich dich liebe, Bobbi Jo Baker."

Ich schloss meine Augen und ließ seine Worte sinken. „Du liebst mich."

„Ich liebe dich." Er fuhr auf den Parkplatz des Krankenhauses, löste meinen Gurt und zog mich zu sich heran. „Bitte sag mir, dass, egal was mit dem Baby ist, du dich nicht von mir abwendest. Ich glaube, ich kann kein besserer Mensch werden, wenn du nicht bei mir bist. Du sorgst dafür, dass ich ein besserer Mann werden will, Bobbi Jo."

Mir stockte der Atem. Ich hatte keine Ahnung, was ich sagen sollte. Und dann rutschte es mir heraus. „Ich liebe dich auch, Cash."

Sein Lächeln erreichte seine Augen. Er presste seine Lippen an meine und ich hatte das Gefühl, dass mir eine tonnenschwere Last von den Schultern genommen wurde. Ich hatte die ganze Zeit so eine Belastung gespürt. Das war jetzt alles fort.

Er beendete den Kuss. „Lass uns reingehen und sehen, was passiert."

Also stiegen wir aus dem Wagen, gingen hinein und fanden heraus, dass ich noch immer schwanger war. Der Arzt sagte, dass kleine Blutungen manchmal vorkommen könnten. Solange es nur wenig Blut war und ich keine Krämpfe hatte, sei alles in Ordnung.

Wir verließen das Krankenhaus mit der Gewissheit, dass wir noch immer ein Baby bekommen würden und dass wir uns liebten. Cash blieb vor dem Wagen stehen, bevor er mich in den Truck hob. „Antworte mir nicht sofort. Aber eines Tages werde ich dich fragen, ob du mich heiraten willst, Bobbi Jo Baker. Ich werde dich jetzt nach Hause bringen. In *unser* Zuhause."

„Warte." Ich war noch nicht bereit dazu. „Ich brauche meine Unabhängigkeit. Wenn ich bei dir einziehe, verliere ich das. Ich will immer noch wissen, ob ich das alleine schaffe."

Er presste die Zähne zusammen, sein Körper spannte sich an und er starrte mich an. „Bobbi Jo, warum machst du es dir selbst so schwer?"

„Weil ich wissen will, ob ich das hinkriege." Ich stellte meine Füße wieder auf den Boden.

„Aber ich bin doch hier und ich kann helfen." Er schien nicht nachzugeben.

„Liebst du mich?", fragte ich ihn, während ich die Arme vor der Brust verschränke.

„Ja, das tue ich." Er legte mir die Hände auf die Schulter. „Und alles, was ich möchte, ist dich mit nach Hause zu nehmen, deinen kleinen, süßen Hintern in mein Bett – das Bett, das hoffentlich bald unser Bett sein wird – zu bringen und zärtlich Liebe mit dir zu machen."

Und das hörte sich auch für mich großartig an. „Alles klar. Lass uns das tun. Aber dann werde ich nach Hause fahren. Ich will meine eigenen vier Wände haben. Ich will das hier alleine durchziehen."

Er presste wieder die Zähne zusammen und auch sein Körper spannte sich erneut an, er konnte mich nur anstarren. „Du verarschst mich doch. Du hast einen Mann mit einem Haufen Geld und willst das alleine durchziehen. Das macht überhaupt keinen Sinn."

„Cash, ich muss wissen, dass ich das ohne Hilfe schaffen kann."

Er hob mich hoch und setzte mich in den Truck. „Rutsch rüber. Wir reden anschließend darüber."

„Im Anschluss woran?", fragte ich und rutschte auf die Beifahrerseite. Dann nahm er hinter dem Lenkrad Platz.

„Nachdem ich dich mit nach Hause genommen und wir uns auf eine Art miteinander verbunden haben, auf die ich mich bisher nur mit dir verbunden habe." Er startete den Wagen und wir fuhren los. Er legte seinen Arm um mich und küsste meine Schläfe. „Ich denke, du musst daran erinnert werden, wie gut wir zusammen waren. Hinterher, wenn du das dann immer noch alleine machen willst, werden wir reden. Ich will dich in meinem Bett oder auf der anderen Seite des Flurs. Und ich will unser Baby in unserem Haus. Ich möchte alles mit dir teilen."

„Dann erwartest du auch von mir, alles mit dir zu teilen." Ich war mir nicht sicher, ob ich das wollte.

„Leute, die sich lieben, teilen üblicherweise, Bobbi Jo." Er gab nicht auf.

Und für einen Moment war das in Ordnung für mich. Ich schloss meinen Mund und legte meinen Kopf auf seine Schulter. „Vielleicht sollten wir Sex haben. Vielleicht hilft mir das, eine Entscheidung zu treffen."

„Und vielleicht entscheidest du dich ja, etwas zurückzutreten und mir auch einige Entscheidungen zu überlassen." Er küsste mich auf die Schläfe. „Ich werde das Oberhaupt unserer Familie sein, Bobbi Jo."

Ich musste lachen. „Du hältst dich besser etwas zurück, Big Daddy. Die kleine Mami hier hat auch etwas zu sagen."

Er lachte und küsste mich auf die Wange. „Ich mache doch nur Spaß, Süße. Wenn es um unser Kind und um uns geht, werde wir gemeinsam Entscheidungen treffen."

Während wir zur Farm fuhren, schaute ich mir die Umgebung ganz genau an. Hohe Eichen, alte Mesquitebäume und sogar Ahornbäume säumten den Straßenrand. Unser Kind würde das hier sein Zuhause nennen. Unser Kind würde diese Straße sehen, wenn es nach Hause zur Farm ginge. Und nichts würde mich glücklicher machen.

„Weißt du was, Cash?", fragte ich, als wir die Auffahrt entlang fuhren. „Wir sollten auch Geschäftspartner werden. Mir gefällt deine Idee mit dem Rindfleisch von Weidetieren. Und wir könnten auch Freilandhühner halten. Wir könnten sogar einen großen Garten anlegen und selbst angebautes Gemüse züchten." Ich wurde plötzlich ganz aufgeregt.

„Sollten wir auch den Namen ändern?", fragte er mich. „Du weißt schon, um uns und die Farm zu verbinden?"

„Wie wäre es mit Whisper Bar und Grill?" Mir gefiel der Klang. „Auf diese Weise wird die Farm noch für etwas anderes bekannt als nur für Rennpferd-Samen. Ich hätte für meine Kinder gerne einen besseren Ruf, als nur Samenfarmer."

„Kinder?", fragte er lachend. „Mehr als eins?"

„Nun, du wirst mich schon heiraten müssen, wenn du mehr

Kinder willst. Ich bin fertig damit, dir uneheliche Kinder zu schenken. Ich habe einen Ruf zu verteidigen, weißt du? Ich will nicht die Einzige in unserer kleinen Familie sein, die nicht den Namen Gentry trägt."

„Ich hoffe, du hast einen Ring dabei, Süße." Er fuhr vor die Holzvilla, die mein neues Zuhause werden würde. Dann griff er in seine Hosentasche und holte einen riesigen Diamantring hervor. „Aber wenn nicht, ist das auch in Ordnung. Ich habe zufällig einen dabei, der passt."

Ich schaute auf den Ring und dann schaute ich ihn an. „ Cash Gentry, wirst du mir die Ehre erweisen und mein Ehemann werden?"

Er lächelte. „Ich will. Und Bobbi Jo Baker, wirst du mir die große Ehre erweisen und meine Ehefrau werden?"

„Ich will." Ich küsste den Mann, von dem ich wusste, dass ich mit ihm streiten, wahnsinnig viel Spaß haben und meine ganze Liebe teilen würde.

Bis dass der Tod uns scheidet.

KAPITEL NEUNUNDZWANZIG

Cash

Der siebte Schwangerschaftsmonat war erreicht und die Babyparty stand an. Meine Eltern waren gekommen, da wir die Party in einem Hotel in Dallas veranstalteten. Bobbi Jos Eltern und meine trafen sich zum ersten Mal.

Sie und ich waren nach Las Vegas durchgebrannt, nachdem wir beschlossen hatten, zu heiraten. Wir wollten nicht länger warten und ihren meinen Nachnamen geben.

Während unsere Eltern sich leise miteinander unterhielten, saßen Bobbi Jo und ich zusammen, und ihre Schwester öffnete die Geschenke. Bobbi Jo hatte sich in der letzten Woche nicht gut gefühlt. Aber da sie in dieser Woche ohnehin einen Arzttermin hatte, hielten wir es nicht für nötig, nochmal extra einen Termin zu machen. Bis sie plötzlich nach Luft schnappte, meine Hand ergriff und mich verängstigt anschaute. „Cash!"

„Was ist los?" Ich schaute in ihre Augen und sah darin pure Panik.

„Etwas stimmt nicht." Sie lehnte gegen mich und ich spürte die Hitze, die von ihr ausging.

„Mit dem Baby?", fragte ich, während sich die Gäste ums uns versammelten.

„Ich glaube nicht. Ich glaube nur mit mir." Sie atmete flach. „Ich glaube, du musst mich ins Krankenhaus bringen."

Als ich aufstand und sie hochzog, brach sie zusammen. Ich fing sie gerade rechtzeitig auf und trug sie nach draußen.

„Du solltest einen Krankenwagen rufen!", rief ihr Vater.

„Es geht schneller, wenn ich sie bringe, anstatt auf den Krankenwagen zu warten." Ich trug sie durch die Lobby. Sie war ohnmächtig, atmete aber noch.

Tyrell eilte vor, um seinen Wagen zu holen. Ich stieg mit Bobbi Jo auf die Rückbank und wir fuhren zum nächsten Krankenhaus. Alles, was ich tun konnte, war sie immer wieder zu küssen und zu beten, dass alles gut werden würde. „Du wirst schon wieder. Das ist bestimmt nur eine Grippe oder so etwas." Es musste etwas Einfaches sein, das musste es einfach.

Eine Stunde später – Bobbi Jo lag in einem Bett in der Notaufnahme – kam der verantwortliche Arzt mit einem ernsten Gesichtsausdruck zu uns. „Wir haben die Testergebnisse. Und wie ich es sehe, müssen wir sie einweisen. Die Anzahl ihrer weißen Blutkörperchen ist sehr hoch."

Bobbi Jo schaute mich verängstigt an. „Was bedeutet das?"

Ich schüttelte den Kopf. „Ich weiß es nicht."

Der Doktor fuhr fort: „Wir wissen es auch nicht, bevor wir nicht mehr Tests gemacht haben. Bobbi Jo, haben Sie an Ihrem Körper irgendetwas Ungewöhnliches bemerkt?"

Sie kaute auf ihrer Unterlippe herum. „Nun, ich weiß nicht, ob das bei einer Schwangerschaft ungewöhnlich ist oder nicht."

Der Arzt nickte. „Erzählen Sie es mir einfach."

„Meine linke Brust hat geschmerzt und ich habe eine Art Ausfluss an ihr bemerkt. Der hatte auch einen unangenehmen Geruch." Bobbi Jo blickte mich an. „Es hat vor ungefähr fünf Tagen angefangen. Ich habe nichts gesagt, weil ich dachte, dass das normal sei."

Ich war sauer, dass sie nichts gesagt hatte, hielt aber meinen

Mund. „Nun, jetzt sind wir hier. Wir werden sehen, ob du Hilfe brauchst." Ich nahm ihre Hand und presste sie gegen meine Lippen. „Aber Süße, du hättest mir wirklich etwas sagen sollen. Du hättest nicht so viel Schmerz ertragen müssen und es wäre nicht so weit gekommen, wenn du was gesagt hättest."

Der Arzt nickte zustimmend. „Es ist wichtig, dass Sie Ihrem Ehemann Bescheid sagen, wenn etwas ist, Bobbi Jo. Wenn es um Ihre Gesundheit geht, sollten Sie sich immer Unterstützung suchen."

Bobbi Jo nickte. „Ja, das ist mir jetzt auch klar geworden."

Eine Stunde später saßen wir in einem privaten Krankenzimmer – zusammen mit unseren Eltern – als ein anderer Arzt hereinkam. „Ich bin Dr. Harvey. Ich soll Sie mir einmal ansehen. Die Testergebnisse wurden mir übergeben und was ich dort gesehen habe, beunruhigt mich etwas. Eine Untersuchung kann uns vielleicht mehr Klarheit verschaffen."

Ich nickte und unsere Eltern verließen das Zimmer. Der Arzt schob das Krankenhaushemd zur Seite und untersuchte Bobbi Jos linke Brust. Sie wimmerte vor Schmerz, als der Arzt nur ganz leichten Druck auf ihre Brust ausübte. Durch den sanften Druck trat eine dunkle Flüssigkeit aus ihrer Brustwarze aus.

Er musste gar nichts sagen, ich wusste instinktiv, was los war. „Es ist Krebs, nicht wahr?"

„Ich fürchte ja." Der Arzt bedeckte Bobbi Jos Brust wieder und schaute mich schweigend an, während meine Frau leise in Tränen ausbrach. „Wir sollten sofort operieren. Im Anschluss folgt eine Bestrahlung und vielleicht sogar eine Chemo."

„Nein", wimmerte Bobbi Jo. „Bis zur Geburt des Babys werde ich gar nichts machen. Ich werde mein Baby keinem Gift aussetzen."

Ich setzte mich neben sie, hielt ihre Hand und versuchte krampfhaft, nicht selbst in Tränen auszubrechen. „Bobbi Jo, wir müssen dich da durchbringen. *Du* bist auch wichtig. Hören wir uns an, was der Arzt zu sagen hat."

„Nein." Sie schaute mich durch ihre Tränen an. „Ich werde vor der Geburt des Babys nichts tun."

Der Arzt mischte sich ein. „Hören Sie, wir müssen noch einige

Tests machen. Ich habe ein MRT angeordnet, damit wir sehen
können, wie weit der Krebs schon fortgeschritten ist. Wir können
Entscheidungen treffen, sobald wir mehr wissen."

Bobbi Jo blieb stur und sagte: „Das ändert nichts. Mein Baby ist
das Wichtigste."

Der Arzt sprach einen wichtigen Punkt an: „Wollen Sie nicht
dabei sein, wenn das Baby da ist, Bobbi Jo? Krebs breitet sich schnell
aus. Und die Tatsache, dass sie schwanger sind und dass so viele
Hormone gerade durch Ihren Körper strömen, führt dazu, dass sich
der Krebs sogar noch schneller ausbreitet. Sie haben die Chance, das
zu überstehen. Aber sobald der Krebs die Lymphknoten erreicht,
verringert sich ihre Chance."

„Nein", wiederholte sie.

Ich nahm sie in den Arm. „Lass sie tun, was sie tun müssen,
Süße."

„Nein", flüsterte sie. „Ich werde nicht zulassen, dass sie etwas
unternehmen, bevor das Baby da ist."

Ich wusste nicht, was ich tun sollte. Ich ließ sie los und verließ
den Raum. Sie war immer so dickköpfig. Aber würde sie tatsächlich
lieber sterben, als sich helfen zu lassen?

Was sollte ich tun? Konnte ich sie dazu bringen, das zu tun, was
die Ärzte ihr rieten? Konnte ich verlangen, dass die Ärzte sie igno-
rierten und alles tun würden, was sie konnten? Auf wessen Seite
stand ich? Welche Rechte hatte ich?

Meine Frau wollte zwei Monate dasitzen und nichts gegen den
Krebs unternehmen. Und sie erwartete, dass ich daneben saß und
nichts unternehmen würde?

Nein.

Zur Hölle nein!

Als ich zurück ins Zimmer kam, war der Arzt weg und sie
starrte abwesend aus dem Fenster. „Ich weiß, dass du sauer auf
mich bist, Cash. Ich kann daran nichts ändern. Wenn ich dieses
Baby noch ein paar Wochen in mir tragen kann, dann hat es eine
echte Chance zu überleben. Wenn ich aber der Operation und der
Anästhesie zustimme, dann besteht die Chance, dass ich auf dem

Operationstisch sterbe. Und dann wird unser Sohn mit mir sterben."

„Das weißt du nicht." Ich hasste es, wenn sie dachte, etwas zu wissen, was sie nicht wusste. „Du warst dir so sicher, dass es ein Mädchen wird und du hast dich geirrt. Was ist damit, Bobbi Jo? Du liegst nicht immer richtig." Ich wollte eigentlich nicht so weit gehen, aber sie befand sich schon mitten in ihrem Gedankenspiel und ich musste einfach dazwischengehen. „Und auch wenn du auf dem Tisch stirbst, überlebt das Baby vielleicht trotzdem. Er kann vielleicht gerettet werden, und dann? Du lässt mich mit einem Baby allein, das zwei Monate zu früh geboren wurde. Und dann erwartest du auch noch, dass ich diesen Jungen ganz alleine großziehe. Nein, Bobbi Jo. Ich will dich dabei haben."

Sie drehte ihren Kopf und sah mich an. Die Tränen liefen ihr über die Wangen. „Du bist Sways Vater. Du musst dich um ihn kümmern. Egal, was passiert. Ich habe dir gesagt, dass ich das alleine machen wollte und Gott hat mir diese Möglichkeit genommen. Aber er hat sie dir dafür gegeben. Vielleicht musst du das allein tun, Cash. Vielleicht wird es so sein. Aber ich werde mich nicht unters Messer legen und diese Chance so noch erhöhen. Ich werde es nicht tun, also verlange das nicht von mir."

Ich hatte keine Ahnung, was ich dazu sagen sollte. Aber sie konnte nichts gegen den Ernst ihrer Lage tun. Nachdem das MRT-Ergebnis vorlag, kam ein weiterer Arzt ins Zimmer. Sein Gesichtsausdruck verriet uns, dass er keine guten Nachrichten hatte.

„Hey Doc", sagte ich leise. Bobbi Jo lag schweigend im Bett, sie sagte nichts, sie blinzelte nicht, sie tat überhaupt nichts. „Was ist mit meiner Frau?"

Er sah meine Frau an. „Sie haben schon eine ganze Weile Schmerzen, nicht wahr?"

Sie nickte weder mit dem Kopf, noch sagte sie ein Wort. Und ich konnte nicht glauben, dass sie uns das antat. „Bobbi Jo, was hast du getan?"

Der Arzt zog etwas aus dem großen Umschlag, den er bei sich hatte. „Das ist der Tumor, der sich in der linken Brust ihrer Frau befindet." Er gab mir das Ding. „Und die kleinen Kreise überall unter ihrem linken Arm belegen, dass der Krebs bereits ihre Lymphknoten befallen hat. Sie wusste mindestens seit ungefähr zwei Monaten, dass etwas nicht stimmte. Das stimmt doch, oder nicht, Mrs. Gentry?"

Bobbi Jo bewegte sich immer noch nicht und sagte auch nichts zu ihrer Verteidigung. Und ich wusste, dass sie etwas gemerkt hatte und mir oder ihrem Arzt einfach nichts gesagt hatte.

„Gibt es etwas, das wir tun können?", fragte ich ihn.

„Wir müssen sie in den OP bekommen und zwar schnell", sagte er.

„Ich will vor der Geburt des Kindes nichts unternehmen. Darum habe ich auch nichts gesagt, als die Schmerzen und der Ausfluss das erste Mal aufgetreten sind." Bobbi Jo schaute mich mit einem müden Blick an. „Es tut mir leid. Wirklich. Aber ich werde das Leben des Babys nicht aufs Spiel setzen. Sein Leben ist wichtiger als meins."

Ich kniete mich neben das Bett. Ich hielt ihre Hand und konnte die Tränen nicht länger zurückhalten. „Sag so etwas nicht. Bitte, Bobbi Jo. Ich liebe dich. Ich will dich nicht verlieren. Ich will dich nicht verlieren. Ich liebe unser Baby auch und er hat hier auch eine Chance." Ich schaute den Arzt an. „Können Sie bitte einen Geburtshelfer holen. Ich möchte etwas wissen."

Er nickte und ließ uns alleine. Bobbi Jo wandte den Blick von mir ab. „Ich weiß nicht, woran du denkst, das vielleicht funktionieren könnte, Cash. Ich habe alles durchdacht. Ich werde warten müssen, bis das Baby da ist. Ich werde mich auf nichts anderes einlassen."

„Ich liebe dich. Ich will, dass du dich daran erinnerst, wenn es losgeht." Ich war nicht dazu bereit, einen von beiden zu verlieren. Ich wäre nicht in der Lage, ohne einen von beiden weiterzuleben.

Ich wollte nicht ohne einen von beiden weiterleben.

KAPITEL DREISSIG

Bobbi Jo

Meine Eltern saßen neben mir und ich versuchte, nach außen hin mutig zu wirken, während ich innerlich zerbrach. „Es wird schon alles gut. Ihr werdet sehen. In einem Monat oder so werde ich das Baby kriegen. Und nachdem er geboren ist, kümmere ich mich um den Krebs."

Cash hatte das Zimmer verlassen, damit ich mit meinen Eltern reden konnte. Er hatte etwas davon gesagt, dass er noch einige Details klären müsste. Ich wusste, dass er sich an jeden Strohhalm klammerte, aber ich ließ ihn einfach machen, damit er sich nicht so hilflos fühlte.

Dad stand auf und wischte sich mit der Hand über das Gesicht. „Bobbi Jo, das gefällt mir nicht. Du hattest Schmerzen und es keiner Menschenseele gesagt. Nicht einmal deinem Ehemann. Kleines, das ist nicht richtig."

Mom strich mir mit der Hand über die Stirn. „Du hättest ihm etwas sagen sollen, Schatz."

„Warum?" Ich wusste, wie er reagiert hätte. „Ich war erst im fünften Monat schwanger, als ich das erste Mal Schmerzen hatte.

Wenn ich ihm etwas gesagt hätte, hätte er darauf bestanden, dass ich zum Arzt gehe und mich so lange bearbeitet, bis ich das getan hätte, was sie von mir wollten. Und dann hätten wir unseren Sohn verloren."

Mom seufzte. „Süße, ihr könnt noch mehr Kinder haben. Aber dafür musst du am Leben bleiben. Und Cash hätte recht damit gehabt, dich zum Arzt zu bringen. Und deswegen stehen wir hinter ihm, wenn er versucht, dich jetzt dazu zu bringen, dich behandeln zu lassen."

„Ich weiß, dass er es gut meint, aber das ist *mein* Körper. Und ich will warten." Ich wusste, dass ich lange genug durchhalten würde, um mein Baby zu bekommen.

Meine Schwester kam ins Zimmer. Ihr Gesicht war rot und ihre Augen verheult und geschwollen. „Warum, Bobbi Jo? Warum hast du dir das angetan? Ich hasse dich dafür. Das tue ich wirklich." Sie fiel auf die Knie und riss die Hände in die Luft. „Warum hast du mich ihren Schmerz dieses Mal nicht spüren lassen?"

„Ich bin froh, dass du ihn nicht spürst, Betty Sue. Ich würde das niemandem wünschen." Ich hatte bisher keine Ahnung, wie viel Schmerz ein Mensch ertragen konnte. Aber ich fand es gerade heraus.

Cash kam wieder, ihm folgten einige Ärzte. „Ich habe es jetzt, Bobbi Jo. Und du wirst auch einverstanden sein." Er ging zur Seite und die Ärzte stellten sich an seine Seite. „Sagen Sie ihr, was Sie tun können."

„Ich bin Dr. Janice Prince", stellte sich die Frau vor. „Ich bin Spezialistin für Frühgeburten. Ich werde mich persönlich um den kleinen Sway kümmern, wenn er auf die Welt kommt."

Dann stellte der Mann sich mir vor: „Ich bin Doktor John Friedman. Ich bin Gynäkologe und Geburtshelfer. Wir haben Ihren Fall mit dem Onkologen besprochen."

Es war mir egal, was sie zu sagen hatten. „Hören Sie, ich weiß, dass Sie es gut meinen, aber ich habe meine Entscheidung getroffen."

Plötzlich stand Cash an meiner Seite und legte mir seine Hand auf die Schulter. „Hör dir an, was sie zu sagen haben, Bobbi Jo."

„Aber ich -" Mein Vater legte seine Hand auf meine andere Schulter, damit ich den Mund hielt.

„Bobbi Jo, sei einfach still und hör zu." Er tätschelte meine Schulter. „Wir alle lieben dich und wir alle lieben das Baby, das du in dir trägst. Aber jetzt lass dir von diesen netten Ärzten erklären, wie sie tun können, um euch beiden zu helfen. Lehn dich einfach zurück und überlasse uns die Zügel. Zwischen deiner Mom, deinem Dad und deinem Ehemann solltest du dich gut aufgehoben fühlen."

Betty Sue wischte sich über die Augen und schniefte. „Vergiss mich nicht. Du hast hier auch noch eine Zwillingsschwester. Du weißt, dass ich nicht zulassen werde, dass sie dem Baby wehtun. Ich kann es nicht erwarten, Baby Sway endlich kennenzulernen."

Als die besorgten Blick um mich herum sah, hatte ich das Gefühl, gar keine andere Wahl zu haben. „Ich werde nichts versprechen, aber ich werde mir anhören, was Sie zu sagen haben."

„Gut", sagte Dr. Prince. „Also, wir können Ihr Baby per Kaiserschnitt holen. Wir können ihn so sicher entbinden. Auf dem MRT konnten wir sehen, dass mit dem Baby alles in Ordnung zu sein scheint. Mein Team und ich werden auf alles vorbereitet sein, was eventuell nach der Entbindung auf uns zukommt. Ich kann Ihnen versichern, meine Liebe, dass wir schon viel schlimmere Situationen gemeistert haben."

Dr. Friedman übernahm das Reden: „Ich kann dieses Baby innerhalb einer Stunde auf die Welt holen. Da Sie bereits unter Narkose sind, können der Onkologe und der Chirurg sofort die Arbeit erledigen, die nötig ist, um Sie so schnell wie möglich auf den Weg der Besserung zu befördern. Und sie haben die Gewissheit, dass das Baby sicher auf die Welt kommt. Das war doch ihre größte Sorge, nicht wahr?"

Ich nickte zustimmend. „Ja." Ich schaute zu Cash. „Du glaubst wirklich, dass das eine gute Idee ist?"

Er lachte und blickte alle Anwesenden im Raum an. „Auf jeden Fall."

„Ich weiß nicht." Ich hatte das Gefühl, dass das alles zu schnell ging.

Cash küsste mich auf die Wange und flüsterte: „*Ich* weiß es. Lass mich diese Entscheidung für uns treffen. Für uns alle – *unsere* Familie, Bobbi Jo. Wie wir in unserem Ehegelübde gesagt haben: manchmal wirst du die großen Entscheidungen treffen und manchmal werde ich das tun. Jetzt bin ich an der Reihe. Lass mich diese Entscheidung treffen, die unsere Familie betrifft."

„Ich werde wahrscheinlich keine große Hilfe sein nach der Operation und mit der Chemo und so weiter." Ich wusste, dass ich nutzlos sein würde. „Kommst du alleine mit einem Baby klar?"

„Das muss ich." Er schaute zu meiner Familie. „Aber ich denke, bei unseren Familien werde ich die Hilfe bekommen, die ich brauche."

„Darauf kannst du wetten", sagte mein Vater. „Überlass ihm die Entscheidung, Bobbi Jo. Vertraue diesem Mann. Er wird dich nicht in die falsche Richtung lenken. Dieser Mann liebt dich und das Baby."

Ich schaute Cash wieder an. „Du liebst uns, oder?"

„Mehr als alles andere auf der ganzen Welt." Er küsste mich sanft auf den Mund. „Also, unterschreibst du die Papiere und überlässt mir für eine Weile die Verantwortung für deinen Körper? Ich schwöre dir, dass ich nur gute Entscheidungen treffe, wenn es um dich geht."

Ich nahm seine Hand und zog ihn nah zu mir heran. Ich wollte ihm etwas sagen, dass die anderen nicht hören sollten. Auf diese Auseinandersetzung hatte ich keine Lust. „Cash, wenn mein Herz aufhört zu schlagen, während sie an mir herumoperieren, dann will ich, dass du mich gehen lässt. Ich will, dass du mich sterben lässt."

Er schüttelte einfach nur den Kopf. „Auf gar keinen Fall, Mrs. Gentry. Ich werde sie dazu bringen, dass sie dich wieder und wieder zu mir und Sway zurückbringen. Sei also bereit, um dein Leben zu kämpfen. Ich werde das Gleiche tun."

„Ach verdammt." Ich wusste nicht, was ich sonst sagen sollte. „Du liebst mich wirklich, oder?"

Er nickte. „Das tue ich wirklich."

Ich sah die Ärzte an. „Okay, geben Sie mir die Papiere. Ich unterschreibe und lege meine Leben in die Hände meines Mannes."

Nachdem ich die Papiere unterschrieben hatte, schaute ich nach oben und sprach direkt zu Gott: „Gott, ich hoffe, du weißt, was du da tust."

Cash küsse mich noch einmal. „Keine Sorge, dass weiß er."

Während ich meinem Ehemann in die Augen schaute, versuchte ich mit aller Kraft, nicht zu weinen. Doch ich scheiterte kläglich.

Verdammt, ich habe keine Kraft mehr.

EPILOG

Cash

Ich saß im Krankenzimmer meiner Frau auf einem Schaukelstuhl und wartete darauf, dass man sie zurückbrachte. „Sie wird bald kommen, Sway. Sie ist raus aus dem OP und wacht langsam auf. Das haben sie mir gesagt. Und schon bald wirst du sie von Angesicht zu Angesicht sehen. Sie ist sehr schön, du musst dir also keine Sorgen machen. Und wundere dich nicht, wenn sie bei deinem Anblick anfängt zu weinen. Du bist selbst so unglaublich bezaubernd. Aber was soll man bei einer Mutter wie Bobbi Jo auch anderes erwarten, nicht wahr?"

Die Tür öffnete sich und ein Bett wurde hineingeschoben. „Da ist sie", flüsterte eine Krankenschwester, als meine Frau ins Zimmer gebracht wurde. „Sie ist wach. Ihr Hals ist etwas rau und sie ist noch etwas benommen, von den Medikamenten. Sie werden das Baby für sie halten müssen, Mr. Gentry. Glauben Sie nicht, dass sie ihn selbst halten kann. Das wird noch eine Weile dauern."

„Ja, ich weiß." Ich stand auf und hielt meinen kleinen Sohn gegen meine Brust. „Kannst du glauben, dass er 1,5 kg wiegt?" Ich schaute in Bobbi Jos Augen. „Du hast die meiste Zeit gegessen wie ein Pferd.

Man sollte glauben, dass unser Sohn mehr Fleisch auf den Rippen hätte."

„Tut mir leid", sagte sie mit kratziger Stimme.

Die Schwester verließ das Zimmer und ließ uns allein. Ich legte meinen Sohn rechts neben meine Frau, damit sie ihn sehen konnte. „Sieh ihn dir genau an. Er ist toll, Süße."

Sie nickte und Tränen stiegen ihr in die Augen. „Er hat deine Haare."

„Ja." Ich küsste ihren blonden Schopf. „Das Nächste hat vielleicht deine Haare."

Sie schaute mich mit weiten, glasigen Augen an. „Kein Weiteres."

Ich lachte nur. „Wir werden sehen. Du hast die Operation gut überstanden. Ich wusste, dass würdest du."

„Aber da ist noch mehr", sagte sie und guckte Sway an.

„Da ist noch mehr", bestätigte ich. „Aber du schaffst das. Dieser kleine Kerl wird dafür sorgen. Und außerdem liebst du mich auch. Du hast eine ganze Menge, für das es sich zu leben lohnt."

Sie nickte zustimmend. „Ja." Sie strich mit der Hand über den kleinen Babykopf. „Er ist so klein."

„Bevor du dich versiehst, ist er gewachsen." Ich setzte mich rechts auf die Bettkante. „Wir werden auf diesen Tag zurück schauen und uns wünschen, er wäre immer noch so klein. Natürlich wird er dann am Kronleuchter hängen und wir werden ein wenig verärgert darüber sein."

Sie schüttelte den Kopf. „Nein, wird er nicht."

Ich hatte meine Zweifel. „Na ja, vielleicht wird er ein guter Junge. Du musst dich erholen und dafür sorgen, dass er das wird. Ich verwöhne ihn vielleicht bis ins Verderben, wenn du mir alles überlässt."

Sie lächelte. „Ich schätze, dann muss ich mich sehr anstrengen, damit mich dieser Krebs nicht umbringt, was? Ich kann doch nicht zulassen, dass du unseren Sohn verziehst."

„Ich hoffe doch, dass du dich anstrengen wirst, Mrs. Gentry." Ich hatte so viele Pläne für uns und damit sie wahr werden konnten, musste sie bei uns bleiben. „Ich habe übrigens eine geschäftliche

Entscheidung getroffen, während du außer Gefecht warst und ich das Sagen hatte."

Sie verdrehte die Augen. „Und das war?"

„Du wirst mindestens ein Jahr zu Hause bleiben. Ich habe deiner Schwester das Kommando über die Bar und den Grill gegeben." Ich lächelte sie an, da Bobbi Jo ihre Schwester ohnehin darauf vorbereitet hatte, dass sie für uns einspringen müsste, sobald das Baby da war.

„Gut." Sie strich mir mit der Hand über die Wange. „Ich will ohnehin für eine lange Zeit zu Hause bei dir und Sway bleiben."

„Das will ich auch." Ich konnte mir nicht vorstellen, meine Frau noch einmal für einen längeren Zeitraum aus den Augen zu lassen. Die Zeit, die sie im OP verbracht hatte, war furchtbar. Ich wusste nicht, wie viel ich ertragen konnte. „Ich will dich so oft wie möglich direkt an meiner Seite haben."

„Ich auch." Sie lehnte ihren Kopf gegen mich, während wir beide mit Tränen in den Augen unser Baby betrachteten.

Die Sonne ging langsam unter und die Nacht würde bald über uns hereinbrechen. Meine kleine Familie hatte vielleicht einen wackeligen Start gehabt, aber ich vertraute darauf, dass wir bald wieder auf der Farm sein würden. Und schon bald wäre das Leben anders, nicht mehr so instabil. Bald würden wir wieder zusammen lachen. Eines Tages würden wir auf diese Zeit zurückblicken und Gott für alles danken, was er für uns getan hat.

Es war vielleicht erst der Anfang unseres Familienlebens, aber ich wusste, dass wir das gefunden hatten, wonach alle Menschen suchten.

Wir hatten unser *und sie lebten glücklich bis ans Ende* gefunden.

Ende

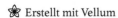 Erstellt mit Vellum

CPSIA information can be obtained
at www.ICGtesting.com
Printed in the USA
BVHW041707100321
602201BV00006B/158